春の日びより
Harunohi biyori
illust. ひたきゆう
乙女ゲームのヒロインで
—otome game no heroine de saikyo survival—
最強サバイバル V
TOブックス

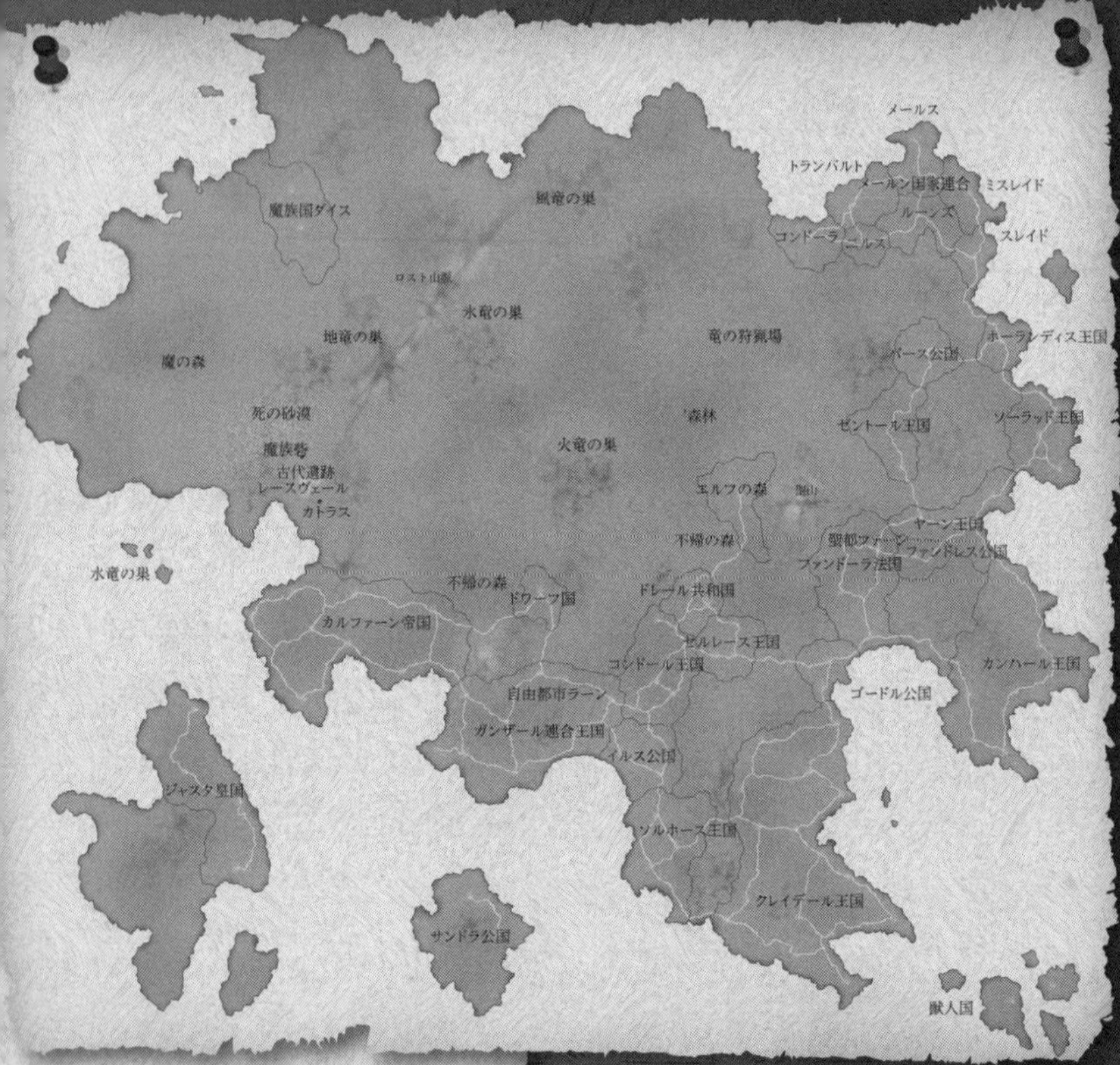

シエル・ワールド

サース大陸

MAP

otome game no heroine de
saikyo survival

大森林
街道
コンドール王国
魔物生息域
セイレス男爵領
ホーラス男爵領
セドラス伯爵領
バッシュ伯爵領
ヘーデル伯爵領
旧ダンドール公国領
モントレア伯爵領
イルス公国
コンド鉱山
トーラス伯爵領
ボルド伯爵領
ダンドール辺境伯領
ケンドラス侯爵領
魔物生息域
旧国境
ダンス侯爵領
フーデール公爵領
カルファーン伯爵領
街道
サンドーラ伯爵領
グリムス伯爵領
ヘールトン公爵領
スタンレイ伯爵領
リスト侯爵領
緩衝地帯
ソルホース王国
オーズ侯爵領
クレイデール王国
王都
ドズル伯爵領
魔術学園
コーレス侯爵領
魔物生息域
レスター伯爵領
ラクストン公爵領
旧国境
ルナール伯爵領
街道
ソラッド伯爵領
リーセル侯爵領
リース伯爵領
旧メルローズ公国領
ロンデール伯爵領
メルローズ辺境伯領
ハンクース侯爵領
サングラール伯爵領
N
W
E
S

otome game no heroine de saikyo survival

第二部

学園編

―鉄の薔薇姫―

V

第一章 乙女ゲーム

イラスト　ひたきゆう
デザイン　AFTERGLOW

contents

アリア（本名:アーリシア・メルローズ）

本作の主人公。乙女ゲーム『銀の翼に恋をする』の本来のヒロイン。転生者に殺されかけた事で「知識」を得た。生き抜くためであれば、殺しも厭わない。

エレーナ

クレイデール王国の第一王女。乙女ゲームの悪役令嬢だが、アリアにとっては同志のような存在。誇り高く、友情に熱い。

クララ

ダンドール辺境伯直系の姫であり転生者。
乙女ゲームの悪役令嬢の一人。アリアを警戒している。

カルラ

レスター伯爵家の令嬢。乙女ゲームにおける最凶最悪の悪役令嬢。アリアと殺し合いたいと考えている。

characters

characters

フェルド

お人好しな凄腕冒険者。幼いアリアに最初に戦闘スキルを教えた人物。

ヴィーロ

冒険者。凄腕斥候。アリアを気に入り、暗部騎士のセラに引き合わせた。

セラ

メルローズ辺境伯直属、暗部の上級騎士（戦闘侍女）。アリアを戦闘メイドとして鍛えた。

サマンサ

凄腕魔導士。『虹色の剣』創始者の一人。どこまでボケているのかは不明。

グレイブ

狂信的に国家の安寧を願う、元暗部組織の上級執事。現在、行方不明中。

【サバイバル】survival
厳しい環境や条件の下で生き残ること。

【乙女ゲーム】date-sim
恋愛シミュレーションゲーム。

第二部

学園編

鉄の薔薇姫

V

第一章　乙女ゲーム

偽りのヒロイン

王立魔術学園。その年度に十三歳となる貴族に連なる者だけが入学を許され、大半の貴族子女が通うことになる、クレイデール王国において最も歴史のある教育機関である。

当初の設立理由は、魔力が多い貴族子女のために魔力の制御を学ばせるためであったが、ダンドール、メルローズといった旧公国と合併して百年以上が過ぎた現在では、貴族家の資産によって生じる教育格差を埋め、国家全体の底上げをするため、貴族として必要な教養を学ばせる三年制の教育機関となっていた。

そんな魔術学園でここ数年の学園の話題といえば、昨年度の王太子エルヴァンの入学だろう。ロさがない者たちには、覇気がないと言われる穏やかな気質の王子であるが、昨年、国内の有力貴族家から三人の婚約者を得て、順調にその地盤を固め始めている。

エルヴァンが入学したその年は、最高学年である三年生に次期第三王妃と目されるパトリシア・フーデール公爵令嬢が在籍し、同じ一年生として次期正妃と目されるクララ・ダンドール辺境伯令嬢も入学したこともあり、学園内は多少浮ついた雰囲気のある一年となった。

だが今年、新入生を迎えた学園はさらに騒がしくなるだろう。

王太子エルヴァン生誕の翌年には、王家と近づく機会を得ようとした貴族家から多くの子が生まれ、例年より多くの学生に恵まれたこともあるが、エルヴァンの妹姫である第一王女エレーナや、次期第二王妃候補であるカルラ・レスター伯爵令嬢など、例年になく目立つ少女たちが魔術学園の門を潜り抜けていた。

「わぁ、素敵です！　今日からこの学園が、私の〝舞台〟になるんですねっ！」

社交界シーズンが明けた年の始まり、入学式へと向かう大勢の生徒の中、中央の開けた道を一人の少女が、執事の少年を伴って弾むように歩く。

赤みがかったダークブロンドの髪に碧い瞳。

魔力によって成長が早まる貴族の中で一際幼く見える小柄な身体は、その言動の落ち着きの無さと相まって、まるでヒヨコのような印象を受ける。

その〝少女〟は、貴族教育を受けてきた生徒たちから見て、あきらかに〝異質〟だった。

顔立ちは美しいというより、愛らしいと表現したほうがいいだろう。

目尻が下がり気味の大きな目はどことなく眠たげで、その小柄な体格と相まって、貴族の令嬢なら『はしたない』と窘《たしな》められる膝丈のスカートも『彼女なら仕方ない』と思わせる、不思議な雰囲気を醸し出していた。

「セオ君、見てください！　私、こんな立派な学園に通うんですよ！　素敵！」

「お嬢様、落ち着いてくださいっ、もっと端に寄りましょう。それと、腕を離して……」

彼女に腕を抱え込まれていたクルス人の少年執事が困った顔でそう呟く。

道の中央が空いているのは、上級貴族が馬車で乗り付けるのに邪魔にならないように、中級や下級の貴族たちが意図的にそうしているからだ。

少女に注目するのは別に、自分たちを批難するような視線を感じて少年――セオがそう諫めようとすると、少女は抜け出そうとするセオの腕をさらに強く抱え込み、一つ年下の彼にお姉さんぶった口調で注意をする。

「ダメですよ、セオ君。私のことは『リシア』って愛称で呼んでくださいって言いましたよねっ。私たちはもう家族みたいなものなんですから、他人行儀はダメですよ」

「……申し訳ありません」

好意的に受け取れば『使用人でも家族同様に信頼する』とも受け取れるが、少女が放つ媚びた声音や貴族の男女とは思えぬ距離感が、幼い容姿の少女を蠱惑的《こわくてき》に見せた。

場違い感が漂う微妙な空気に周囲の生徒たちの注目が集まりはじめた時、一台の黒塗りの馬車が到着して、紺色のドレスに臙脂《えんじ》色のローブを羽織った黒髪の令嬢が降り立つ。

たとえ〝彼女〟を知らなくても、その異様な雰囲気と病的な外見に気圧されて生徒たちが道を開き、その先にいるセオと少女の前で悠然と言葉を紡ぐ。

「──邪魔よ──」

その瞬間に〝空気〟が変わり、舞台の色が塗りかえられた。

小さくもなく大きくもない、ただ発せられたその声に周囲の音が消えていく。

その少女から膨大な魔力と共に溢れるような〝殺意〟を感じたセオが、主人である少女を庇うように前に出ると、その令嬢はそんな彼の態度に薄い氷のような笑みを浮かべた。

「お退《ど》きなさい。そんなところで道を塞いでいたら、うっかり燃やされてしまうわよ？」

「も、申し訳ございませんっ」

物騒な忠告をする令嬢にセオが素直に頭を下げたのは、相手が上級貴族の令嬢だと気付いたからではなく、彼の生存本能が強者の気配にそうさせていた。

けれど、それを感じない者もいる。

「ここは、大きな道ですよっ、通る場所ならいっぱいあるじゃないですか」

反論をするのではなく、まるで当たり前のことを言うように満面の笑顔でそう告げた少女に、セオの小麦色の肌が蒼白になり、令嬢の隈の浮いた目が、まるで珍しい〝玩具《オモチャ》〟を見つけたように細められた。

セオやそれを見ていた者たちから血の気が引いていく。このままでは必ず良くないことが起きる、と誰もが考えたその時──

「これは何の騒ぎだ！」

凍りついたその場の空気を壊すように、入学式の会場のほうから数人の生徒を伴った男子生徒が現れ、仲裁するように割り込んできた。

騎士のような礼服に臙脂色のローブを羽織った少年は、少女と執事に対峙するその令嬢を見て、少しだけ目を見開いた。

「……カルラ？　こんな所で何をしているのだ？」

「ごきげんよう、エル様。婚約者様が迎えにも来てくださらないので、たった今、一人で到着したところですわ」

「それは……すまなかった。私は在校生代表として、挨拶をする準備があったものだから……」

まるで言い訳をするように視線を逸らす王太子エルヴァンに、彼の婚約者の一人であるカルラは殊更愉しそうに笑みを深める。

「ええ、構いませんわ。後ほど埋め合わせはしていただきますけれど……、あなたたち、いつまでエル様とわたくしの視界にいるおつもり？」

「し、失礼いたしましたっ！　お嬢様、こちらに……」

「え、はい。あっ」

セオが少女を促すとエルヴァンの顔をじっと見ていた少女は、突然、足をもつれさせながら彼の前で倒れ込み――

「危ないっ」

それにいち早く気付いたエルヴァンが少女をとっさに受け止めた。

「……怪我はない？」

「はいっ」

返事をして離れるどころか、さらにエルヴァンの腕に身を預ける少女を見て、まるで白けたように興味をなくしたカルラがその脇を通り抜けると、それを見たエルヴァンが思わず呼び止める。

「カルラ、君も私の婚約者なのだから、あまり一般生徒を脅すような言葉を使わないでくれないだろうか……」

その言葉に足を止めたカルラは、肩越しに振り返り視線だけを彼に向ける。

「あら、何故かしら、エル様」

「次期王太子妃の一人として常識的な行動を……」

そんなエルヴァンの一言に、カルラが扇子で口元を隠すようにクスリと笑う。

「その婚約者の目の前で、他の女を腕に抱いているお方よりも、随分常識的だと思いますけれど？」

「それはっ……」

「では、ごきげんよう、エル様。後ほどお目にかかりましょう。ふふ」

何故か上機嫌で会場に向かうカルラを少しだけ辛そうな顔で見送り、エルヴァンは少女に手を貸して立ち上がる。

「彼女を悪く思わないでくれないか？　少々機嫌が悪いのかも……」

「はい、大丈夫ですっ、慣れてますからっ」

奇妙なことを言う少女を引き剥がすように少年執事に預けたエルヴァンは、そこでようやく正面から彼女の顔を見た。

「色々と失礼をした。君は新入生かな？」

「はいっ！　今年から学園に入学しますっ！」

少女は彼からわずかに距離を取り、短い膝丈のスカートをさらに白い脹ら脛を見せつけるように指で摘みながら、花のような笑顔を浮かべた。

「アーリシア・メルシスです！　色々と教えてくださいね。よろしくお願いします、先輩っ！」

＊＊＊

気は弱いが優しい王子様と、世間知らずな令嬢の出逢い。

まるで〝誰か〟が描いた〝舞台〟のような光景を、私に手を引かれて馬車から降りた王女エレーナが呆れきった冷たい目で見ていた。

「行きますよ、アリア」

「はい、エレーナ様」

彼《か》の令嬢は、セオに手を引かれて強引に入学式が行われる講堂のほうへ連れていかれ、そんな彼らを追い払ったカルラは、私たちに気付いて意味ありげに薄く微笑み、伴《とも》も付けずに講堂の方角へと歩いていった。

「……彼女《カルラ》は変わらないな」

「そうね。それが彼女の欠点であり、美点でもあるわ。問題の多い方ですが、今回限りは彼女に共感したいところですわね」

先ほどの少女を拒むどころか無礼に対して咎めることもできず、それどころか押しに負けたような兄を見る妹の冷たい視線にようやく気付いたのか、エルヴァンは周囲の対処を伴の二人に任せて私たちのほうへ近づいてくる。

王太子であるエルヴァンの伴はどちらも上級貴族のようだったが、片方には見覚えがあった。それは向こうも同じだったようで、彼は周囲の抑えをもう一人の赤髪の少年に任せて、呆然とした顔で私だけを見つめていた。

「エレーナっ」

「ごきげんよう、お兄様。お忙しいのに、準備はよろしいのですか？」

「いや、……迎えに行けなくてすまなかったね」

先ほどのカルラの嫌みが利いているのか、バツが悪そうに頭を下げる彼にエレーナの目付きが一瞬険しくなる。

「お兄様……王太子ともあろう方が、妹とはいえ簡単に頭を下げてはなりません。わたくしは気にしておりませんので」

「……そうかい？」

以前の政治的な設定では、エレーナは兄を慕い、他の女性に嫉妬をするほど彼に懐いていたが、今ではそうする必要性も薄れてきたので、王太子派閥との関わり自体が希薄になっている。

けれど、いまだにその設定を信じているエルヴァンは、雰囲気の変わった妹に少しだけ困惑した表情を浮かべた。

「数年前までいつも一緒だったから、少し寂しい気分だよ……何かあったのかい？」

「いいえ、お兄様。わたくしが少しだけ大人になっただけですわ」

「そうか……。ところで、彼女はエレーナの従者となったの？」

横目でわずかに私を見る彼の視線に、私は無言で一礼する。

「そのようなものですわ。取らないでくださいましね。お兄様には、クララとカルラがいらっしゃるでしょ？」

「そう……だね」

エレーナのその言葉にエルヴァンは複雑そうな顔で小さく頷いた。

不確定だった最後の『加護持ち』は、ダンドール辺境伯令嬢で王太子の筆頭婚約者となったクララだった。彼女が正式な『筆頭婚約者』となったのは、その功績が大きく影響したのだとエレーナから聞いている。

同じく【加護《ギフト》】を得たカルラが第二王太子妃なのはあの性格上仕方ないが、クララの名を聞いてエルヴァンが浮かべた表情は以前とは少し違っていた。

「それでは、わたくしも入学式で新入生代表の挨拶がございますので、失礼させていただきますわ。それではお兄様も上手くいかれるとよろしいですわね。行きましょう、アリア」

「かしこまりました」

「あ……ああ。エレーナも頑張って」

わずかに戸惑う王太子ご一行に、私も一礼してエレーナの後に続くと、彼らや周囲から多くの視線が寄せられた。

彼女の才覚に遠からず多くの者が気付くことになるだろう。それまでにエレーナはこれまで通り有力貴族との繋がりを深め、同時に学園内で有能な者を王女派閥に引き込む必要がある。

それでも性急すぎれば敵を増やす結果にもなりかねない。エレーナに近づくため強引な手段をとる者もいるはずだ。そうなった場合、それらを排除するのも私の仕事になる。

そんなことを考えていると、それを読まれたのか、エレーナが小さな声で囁くように呟いた。

「任せるわ、アリア。ある程度までなら目を瞑るから」

「了解」

彼女だけに聞こえる声でそう呟き、私は王女殿下の〝側仕え〟として恭しく頭を下げた。

入学式の再会

あのダンジョン攻略から一年後の現在、私とエレーナは同じ新入生として学園に入学した。

――魔術学園内での三年間の護衛――。

それが、エレーナから出された、冒険者である私への依頼だった。

詳しい契約内容はドルトンたちとも詰めているが、大まかな依頼の内容は以下の通りとなる。

まず一つ目――。

第一王女エレーナの入学時から学園内での三年間、卒業までの王女の護衛。

三年間となっているが、王家の大きな問題が片づいた場合は短縮も考慮される。エレーナの考えでは、二年後に王太子が卒業すれば大まかな問題は解決できるらしい。長期の拘束になるが、私が冒険者として動く場合はエレーナの許可で認められる。

二つ目――。

学園内における危険の排除。

エレーナだけでなく王太子を含めた王族の安全のため、私の力が必要ならそれを行使する権限が与えられる。具体的には犯罪が確定した貴族の捕縛や、武力による脅威の排除もそれに含まれる。そのために私は、一時的にだがセラと同様に『暗部の上級戦闘侍女』の権限が与えられた。

三つ目――。

学園内での活動に際して、ヴィーロも潜入させる。

これは私が口を出すことではないが、学園内での情報収集や私のフォローなどを暗部に内定しているヴィーロに任せるらしい。それによってこの依頼は、王女から私個人への依頼とは別に、暗部から〝虹色の剣〟への依頼にもなった。

ヴィーロは斥候としては有能でも、子どもから見るとダメな大人だけど、これに関しては私が心配することではない。

四つ目――。

授業中での護衛もするため、従者や侍女ではなく同級生として入学すること。

私的にはこれが一番の問題だった。私が貴族しか入学することができない魔術学園に入学するために、ドルトンとセラが話し合いをした結果、私はセラのレイトーン準男爵家の『養女』となることになった。

そんなことが許されるのかと思ったが、聞くところによると、上位貴族の生徒が従者として歳の近い者を学園に連れていく場合、裏技として見込みのある子どもを配下の貴族家の養子とすることが公然と許されているらしい。

ただ、その場合は仮の養子縁組で、見込みがない場合は卒業後に養子縁組の解消となり、見込みがあった場合はそのまま下級貴族の養子として、上級貴族の従者となるそうだ。

正直、私は貴族にあまり良い印象はないが、エレーナを護るために必要なら許容する。

貴族ならドルトンの養子でも良いかと思ったけど、一代限りの名誉貴族だと、本人はともかくその血縁者は貴族とは認められないそうだ。

その話し合いの後、私はしばらく自由に動ける時間を貰うことができた。

一度、師匠《セレジュラ》の所へ戻り、ランク6と戦闘したことのお叱りを受けた。その後で師匠からは後で必要になるからと光魔術の訓練をされ、私は新しく得た戦技【鉄の薔薇《アイアンローズ》】の検証を頼んだ。師匠も興味があったらしい。

その次に立ち寄ったガルバスには特殊な素材を渡して武器の強化をお願いした。

そのときにジルやシュリの近況も聞いたが、二人は知り合いの冒険者パーティーに入って、鍛えられているそうで、少しだけ安心した。

そうしてほとぼりを冷ますように時間を置いた後で、王都でセラの養子となり、王女の側仕えとしての教育を施された。

その時、久しぶりに再会したセオは、私が仮の養子とはいえ姉になったり、背が私より低かったりで、色々と落ち込んでいた。


そして今、私は舞台袖から入学式の様子を監視している。

この学園にはグループ分けは存在しない。貴族家によって教育に掛けられる予算も教育課程にも差があるので、まとめて同じ教育をする意味がないからだ。

学園とは、下級貴族が必要な教養を平均まで高め、自分の有能さを他者に示す場であり、上級貴族にとっては社交と政治を学び、有能な者を見つけ出す場所であった。

なので、あの女の〝知識〟にあったような十数名の『クラス分け』をする必要はないが、入学式に参加する生徒には明確な〝区別〟があった。

人数の少ない上級貴族は前列の特別席に向かい、数だけは多い下級貴族は後列になって、綺麗に位による区別がされていた。

私も本来なら下級貴族の席で入学式を受けるのだが、王女の側仕えであり、『王家の命』で護衛を任されている私は入学式に出る必要がない。

「あからさまに怪しい奴はいない……が」

舞台袖から講堂を見渡しても、エレーナとカルラの存在感は群を抜いていた。

六千家以上ある下級貴族や六百家近い中級貴族と違って、王家を含めても三十六しかない上級貴族の新入生はただでさえ数が少ないのに、彼女たちの周りは誰も近づかないせいで空白地帯となっている。

その他に目立つ生徒といえば、中級貴族席にいるセオが護衛をしていたあの少女だろう。

私と同じ『アーリシア』の名を持つその少女は、無邪気すぎる……空気を読めない明るさで周囲の男子生徒に愛嬌を振りまいていた。

……彼女とはどこか昔に会った気がする。特に男性にばかり庇護を求めるようなその姿に少しだけ既視感を感じるのは、彼女の言動に〝違和感〟を覚えたせいかもしれない。


式は進み、王太子エルヴァンの新入生を歓迎する挨拶の後に、エレーナが新入生代表として挨拶を終える。

エレーナの周囲に怪しい影はない。警備の者たちも、こんな目立つ場所で何かしでかす者がいるとは思わないだろうが、エレーナと私が警戒するのは貴族派の貴族だけでない。

王女を襲うと宣言したグレイブも、この国の何処かに潜んでいるからだ。

グレイブでも、警備の厳重な城に居るエレーナを襲うほど愚かではない。ならば高確率でこの学園に滞在中に仕掛けてくると私は考えている。

挨拶を終えたエレーナが舞台から降りるタイミングで、私も学園の使用人に紛れて彼女の側に戻ろうとしたその時、不意に〝誰か〟が私を止めるように腕を掴もうとした。

「待って、君は――」

その瞬間、一呼吸で身体強化をしてその手を弾いた私は、その襲撃者の足を払い、薙ぎ倒してから倒れた男の眉間に暗器を突きつける。

私がその見覚えのある顔に半眼を向けると、今朝、王太子の後ろに見かけたその男は、痛みに耐えながらも絞り出すように声を漏らした。

「……君に会いたかった」

「…………」

その言葉の意味を正確に理解できず、私は記憶から彼のことを引き出した。

「確か……あなたは王太子殿下の側近だと記憶している。そのあなたが、どうして私に接触をしてくるの？」

「その前にも会った！　王都の中でエル……殿下や冒険者の護衛と一緒にっ！　……私を覚えていないか？」

「……覚えている」

フェルドと再会する切っ掛けになった貴族の少年たち。王太子と一緒にいて最初からやたらと私に絡んできたのが彼だった。

「エルから君が〝虹色の剣〟にいて、強い冒険者になっていたことを聞いた。君に会おうとしても王女殿下の庇護下にあると会うことはできなかった……。その君がどうして、貴族となって王女殿下の側仕えをしている⁉」

押し倒されていながらも興奮したように身を起こそうとする彼を、私は殺気と暗器で黙らせる。

「質問をしているのは私だ」

王太子の側にいる人間が王家側の貴族とは限らない。味方だとしても過去に一度会っただけの私に接触してきた理由はなんなのか？

それを判断するためにさらに視線に殺気を込めると、彼は歯を食いしばるようにそれに耐えて、強い視線で私と目を合わせた。

「私は、クレイデール王国『暗部』を統括する、メルローズ辺境伯家のミハイル・メルローズだ。それを知って、それでも君は私に刃を向けるか？」

「……いいだろう」

その〝姓〟を聞いて、私はそっと彼から刃を離す。

メルローズ……精霊が言っていた私の血族かもしれない家系。

セラから養子の話を受けたとき、レイトーン家が仕える主家だと聞いていたが……その名がここで出てくるか。しかも暗部を統括する辺境伯家ということは、ダンドールと同等の大貴族ということだ。

私の情報はエレーナによって止められていたみたいだが、もし彼の言うとおりメルローズ家が暗

部を統括するのなら、セラの周辺から情報が漏れていてもおかしくはない。

私が想定していた答えとは違うが、ただ『メルローズ』というだけで彼らを敵に回すのは早計だと判断した。

少し調べてみる必要もあるが、暗部側の人間だというのなら現状は味方だ。

音もなく彼から離れて乱れたスカートの裾を直しながら立ち上がり、倒れているミハイルに手を差し伸べると、そんな私の様子をじっと見つめていた彼は、一瞬伸ばし掛けた手を戻して赤い顔で横を向く。

「一人で立てる。……くっ」

立ち上がろうとしたミハイルの顔が苦悶に歪む。一般人に対しての手加減がよく分からないので何処かの骨に罅《ひび》でも入っているのかもしれない。私は頭の中で魔法を構成するとミハイルに向けて手を向けた。

「――【高回復《ハイヒール》】――」

放たれた光が彼の身体を癒し、驚いた顔で私を見たミハイルは立ち上がって身体に異常がないことを確認してから、溜ったものを吐き出すように息を吐く。

「一応……感謝する。その力……やはり君は王女殿下の護衛なのか？　冒険者から暗部に入ったのか？」

「依頼は暗部経由だが、雇用主はエレーナ様個人だ。私はあなたの部下である〝暗部〟の人間じゃない。それ以上の情報が知りたいのなら彼女に直接聞いて」

私の口から『依頼』という言葉を聞いたミハイルの目が少しだけ見開いた。

「王女殿下が君を引き込んだのか。虹色の剣の冒険者で、特殊な力を得た人がいると聞いたが、まさか君が……？」

「質問は無しにして。あなたが自分の言うとおりの人なら、情報は手に入るでしょ？　それから押し倒したことは謝罪するけど、これからは、いきなり他人の身体に触れようとしないことをお勧めする」

「それはっ、……すまなかった」

貴族の世界ではどうなのか知らないけど、裏社会でいきなりそんなことをすれば、敵対するのと同義となる。

ミハイルには理由があったのかもしれないけど、彼は赤い顔で素直に頭を下げた。

私の言葉のどこに赤面する要素があったのか分からないけど、私の行動も多少いきすぎた部分もあったので、この話題はもう流したほうがいいのだろう。

「では、また。いずれ仕事面で関わることもあるでしょう」

「ま、待ってくれっ」

背を向けて立ち去ろうとする私を呼び止める彼の声に少しだけ振り返ると、何故か緊張した面持ちのミハイルが、意を決したように口を開いた。

「名前……教えてくれないか？」

「……アリア」

「そう……か。〝アリア〟か」

そう呟いて少しだけ微笑んだ彼の顔に、少しだけ〝お母さん〟と似た面影が、わずかに垣間見えた気がした。性別も年齢も違うのに……これが〝血縁〟なのだろうか。

それは彼も同じなのか、その瞳は私を映していながらその向こう側を見ているような、そんな気がした。

「アリア……〝暗部〟として、少しだけ情報を渡す。この学園では入学してすぐに、男爵家以上の貴族の子弟は、郊外で騎士団の演習を見学することになる。王女殿下はおそらく参加なされるだろう。暗部でも護衛はつけたいところだが、今回は騎士団が護衛に就くので、暗部は裏方だ。……気をつけろ」

「……分かった」

騎士団、暗部、この国を表と裏から護る、国家と王家の剣であり盾である存在。

だけどもし……王太子とエレーナが反目することになった場合、彼らは〝どちら〟につくのだろうか。

王立魔術学園

「……はぁ…はぁ……」

レースのカーテンを閉め切った部屋の中で、一人の少女が祈るように組んでいた手を解いて荒い息を吐く。

窓を覆っているのは、科学の代わりに魔術と錬金術が発達したこの世界でも珍しい玻璃《がらす》で出来た物だ。微かに歪んだ玻璃硝子《はりがらす》の小さな板でも金貨一枚はするはずで、壁の半分ほどの窓がつく部屋になると、かなりの大貴族の屋敷になるだろう。

広い室内から侍女さえも締め出し、息を整えていた少女はペンにインクを染みこませると、散らかった紙の一枚に殴り書きのように文字を書き連ねていった。

コンコン……。

「──クララお嬢様。王太子殿下がお見舞いにいらっしゃっておられますが、いかがなされますか？」

「……お通ししてください」

部屋の外から窺うような侍女の声に、クララは一瞬間を置いてそう答える。

その数分後、婚約者の見舞いということで一人だけ通されたエルヴァンは、白い石のテーブルが黒く汚れるほど書き物を続けるクララを見て、慌てて側に駆け寄った。

「クララっ、ダメじゃないか、大人しくしてないと」

「エル様、やはり演習の見学はお止めになってくださいませんか？　何度予見しても『危険』だと出るのです」

「クララ……また【加護《ギフト》】を使ったんだね」

クララが精霊から得た加護は、『予見』と呼ばれている。

その能力はこれから起きる未来の出来事を高確率で予見するが、これは一般的に想像する『予知』とは少し異なる。

この能力の本質は、クララが知る現在の状況情報を演算精査して確率の高い情報を選び出し、その情報をさらに演算して導き出した、可能性の高い『予測』でしかない。

クララが求めたのは『乙女ゲームのように選択肢を知る』能力だ。この能力の有効な部分は、彼女自身に情報の正否が分からなくても、状況から確率の高い情報を選び出すところだろう。

クララはそれを、前世の知識や本来知り得るはずのない『乙女ゲームイベント』の情報と組み合わせて、かなり精度の高い予見を行っている。

けれど、〝加護《ギフト》〟の使用には〝対価〟が必要となる。

これが『明日の天気』や『夕飯のメニュー』程度なら問題はないが、行動予測が難しい人間が関わる数週間後の出来事となると、数万から数千万の演算を脳内で行うため、使う度にクララは脳に少なくないダメージを受け、人としての寿命は確実に削られていた。

「あまりその能力を使ってはいけないよ。それにクララも、『未来は常に変動する』って言っていたよね。クララの『予見』で、騎士団にも精鋭の護衛を依頼したから、きっと大丈夫だよ」

「でも……」

だがゲームでは、エルヴァンが危険に陥るときは『ヒロインと関わる』ことが多かった。

ゲームとして攻略対象に関係なく起こるイベントが『学園外での研修』だ。そこでは攻略対象の好感度によって起こる〝危険〟の難易度が変わり、もっとも易しい状況で『人食い熊の襲撃』から最大では『魔族の襲撃』まで起こる。

クララはヒロインをまだ直に見てはないが、配下の者に確認してもらったヒロインの印象として、あまり好感度が稼げているとは思えないが、万が一もある。

騎士団もいて、総騎士団長子息であるクララの兄もいるので、熊程度なら問題はないはずだが、高難易度で都合良くヒロインが光属性に目覚めて、『神聖魔法』を得ることができなければ、エルヴァンが大怪我をする可能性もあるのだ。

だが、騎士団の護衛増強までして、クララも『ヒロインとのゲームイベントを回避したい』ためだけに、そこまで強くは言えなかった。

言い淀み、落ち込んだクララを見て、エルヴァンは彼女の頭を軽く胸に抱き寄せる。

「エル……さま？」

「そんなに不安にならないで。僕はね、変な言い方だけど、前みたいに完璧な令嬢だったクララよりも、今の一生懸命な君のほうが好きだよ。だから、君のためにちゃんと戻ってくるから」

「……はい」

以前の『完璧な悪役令嬢』だったクララは前世を思い出したことで弱くなり、共に弱さを持っていたエルヴァンとの距離は縮まっていたが、不安定になったクララはエルヴァンの体温を感じて、安心するどころかさらに焦燥感を募らせた。

エルヴァンの弱さは彼の実力が低い証しだ。そんな彼が危険に遭ってヒロインの力を見たときどう変わるのか？

本来のヒロインよりも積極的に行動しているらしい、『ヒロイン』の外見とは似つかない少女は、本当にヒロインなのか？

エレーナの護衛として再び現れた、異様な戦闘力を持つ『桃色髪の少女』は、本当にヒロインではないのか？

どちらにしろ、ヒロインが神聖魔法に目覚めて『聖女』となれば、彼女を害する以外にクララがエルヴァンと幸せになる未来はない。

……チリィン。

四半刻ほど経って見舞いに来たエルヴァンが帰ると、クララはハンドベルを鳴らして侍女を呼び寄せた。

「ヒルダ、全員を集めて」

「……かしこまりました」

現れた一人の侍女は、主人の言葉に学園でのクララ専属となる三名のメイドを呼び寄せる。

「これから、あなたたちには、アーリシア・メルシス子爵令嬢の調査をしてもらいます。その意味は分かりますね？」

「もちろんです、クララ様」

「あんたに拾ってもらった恩は忘れちゃいない」

「あなたのお役に立ってみせますわ」

「……うん」

侍女のヒルダが答えると、続くように三人のメイドが言葉を続けた。だが学園内とはいえ、仮にも次期正妃候補であるクララの側仕えとしては、どことなく粗野な印象を受ける。

「……ビビ。まだ痛むのかしら？」

「……ううん、少し動きづらいだけ、です」

最後に答えたビビと呼ばれた黒髪の少女は、クララの目を見ずに小さく首を振る。本人の性格以上に言葉が少ないのは、袖口や首筋に残るわずかな〝火傷〟の痕を見るに、傷痕は【治癒《キュア》】によって消えつつあるがまだ本調子ではないのだろう。

「お嬢様のために……そいつも殺してあげる」

ただたどしくビビが言葉を返すと、他の三人も静かに頷いた。

ここにいるクララの側仕え全員が、クララの加護――『予見』によって見つけ出された、元北辺境地区支部の〝暗殺者〟であった。

見つけ出されたときヒルダは腹部に重傷を負い、ビビは複数箇所に火傷を負っていた。

王都の近くのある廃鉱で〝灰かぶり姫〟と呼ばれる冒険者と戦闘になり、重傷となったヒルダをビビが治療していたことで、火災に遭いながらも二人は生き残り、偶然に発見した廃鉱奥の裂け目から重傷者を含めた三名で脱出した。

彼女たちは用意してあった拠点に戻り隠れることはできたが、碌《ろく》な治療もできずに死を待つばかりであった彼女たちを救ったのは、自ら彼女たちを見付け出したクララだった。

残り二人のメイド、ドリスとハイジも元北辺境地区支部の生き残りではあるが、こちらは支部が壊滅して家族が貧窮していたところを、クララがヒルダを使って家族を救うことで引き込んだ。

彼女たちを味方に付けたその目的は、ヒロインの排除。

そして――

「彼の者たちとの接触はできそう？」

「はい、クララ様。そちらはあの者が裏方として動いております。……どちらにしても、彼女の見た目では人前には出られませんから」

「そうね……」

一度、〝彼女〟に裏切られたヒルダの複雑な感情を見て、クララは言葉少なめに頷く。

全身を炎に焼かれながらもミスリル装備と怨念で生き残った彼女は、〝灰かぶり姫〟への憎悪でのみ生きている。

（……あの子が）

恩恵を得たという桃色髪の少女――冒険者アリア。

彼女はその力をもってランク６の魔物を退け、加護を得たカルラと互角の戦いを行った。

乙女ゲーム『銀の翼に恋をする』のヒロインと同じ髪色を持つ少女。もし彼女が本当にヒロインだとしても排除することは困難になった。

あの少女が〝ヒロイン〟のように乙女ゲームに参加してくるとは思えないが、もし彼女が乙女ゲームのヒロインでないとしても、メルローズ家が保護したという少女が〝ヒロイン〟としてクララの前に現れるのだろう。

クララの最初の目的は生き残ること……そして断罪を回避すること。

けれど、ヒロインが物語通りに聖女となった場合、彼女を次期正妃としようとする聖教会と民の想いによって、旧王家の姫という『正妃に相応しい』クララは政治的圧力で排除されると、予見の力でようやく気付かされた。

以前は逃げられるのなら逃げたかった。でも……もう逃げられない。

クララはエルヴァンに恋をしてしまったから……。

（……エル様は渡さない）

ヒロインにもあの桃色髪の少女にも、誰にも渡さない。たとえ、どんな手段に頼ろうとも。

そうしてクララは、自分の寿命さえも対価として、自ら乙女ゲームの〝悪役令嬢クララ〟と同じ道を歩もうとしていた。

＊＊＊

「うふふ」

入学式を終えたその少女は、学園で割り当てられた中級貴族の寮にて、ベッドに転がりながら含み笑いを漏らした。

「エルヴァン様、〝スチル〟のように素敵だったわ……。あまりお喋りはできなかったけど、ロークウェル様やミハイル様も素敵だった。ふふ、もちろんセオ君も可愛いけど」

学園ではほぼすべての生徒が寮住まいとなる。

それでも家格によって明確な差があり、下級貴族は十数名単位で大きな屋敷に割り当てられた部屋に住み、上級貴族は各家が建てた屋敷に子女を住まわせる。少女のような中級貴族の場合は、学園が用意した同じ間取りの一軒家に使用人と共に住むことになる。

――コンコン。

「お嬢様、湯浴みの用意が整いましたが……」

「勝手に入るから、もう下がっていいわ」

扉の外から声を掛けてきたメイドに対して、少女の言葉は素っ気ない。

アーリシア・メルシス……自らを愛称である『リシア』と名乗る少女にも、執事であるセオの他に、メルシス家から身の回りの世話をするメイドが一人付けられていたが、リシアは同性であるそのメイドに必要最低限の世話しか許していなかった。

「……女は嫌いよ。私が可愛いから、意地悪ばっかりするんだもん。でも、〝あなた〟は別よ。私に色々教えてくれるから」

少女は胸から下げたお守り袋から出した、半分欠けた魔石を目の前に掲げる。

七歳の時、孤児院の奉仕活動にやったドブさらいで見つけた宝物。その欠けた部分で指を傷つけたとき、魔石は少女に輝かしい〝未来〟を見せてくれた。

お金もなく、護ってくれる人もなく、その美貌でできるだけ良いご主人様に買われることだけを願うだけの灰色の未来から、魔石は素敵な『お姫様へと至る道』を示してくれた。

自分の本当の名前なんてもう忘れた。

消えてしまった本来の〝ヒロイン〟になりきるため、リシアは魔石から得たヒロインの仕草や喋り方、態度や表情まで自分なりに模写をした。今では元の自分がどんな性格だったのかも忘れて、リシアは完璧に『アーリシア』に成り代わっていた。

魔石の中から、過去に生きた女の怨念じみた〝知識〟が伝わってくる。でも、それをどう使い、どれを選ぶかは自分が決める。

だが魔石の女は、王太子に選ばれてきらびやかな人生を送ることを望んでいた。

「煩いな……」

王太子ルートを推そうとする魔石をベッドの縁に叩きつけ、指先の傷から純粋な情報だけが新しく流れ込んでくると、リシアは満足げに頷いた。

「それでいいのよ……選ぶのは〝私〟なんだから」

死と隣り合わせで、何も持っていなかった孤児の少女。

その時に感じた恐怖と絶望の想いは、たとえ中級貴族の養女となって幸せになったとしても、その果てしない〝飢え〟を満たしてはくれなかった。

リシアの武器はこの魔石の中〝知識〟と、夜の蝶であった母が残した〝美貌〟だけ。

癒えない飢えを満たすことはリシアにとって命よりも大事なことであり、彼女は血のついた指先で魔石を大事そうに包み込み、そっと祈りを捧げる。

「ああ、たくさん愛して……愛されたい」

学園の授業

「それでは、行きましょうか、アリア」

「了解」

王都とほぼ同じ広さがある学園では生徒用に乗合馬車のような物が巡っているが、中級貴族以上の生徒には小さな馬車の使用が許され、私も御者台と座席が一緒になった二人乗りの馬車を操り、本日の授業がある学舎へと向かった。

エレーナの服装は第二種制服と呼ばれるもので、上級貴族の令嬢によく見られるものだ。この日のためにあつらえた華美すぎないドレスの上に、マントのような形状の臙脂色のローブを羽織っている。

その彼女に付き従う私は、一般的な女生徒が着る第一種である、脹ら脛丈にタイツを穿く通常制服とは違う、貴人に仕えていることを示す足首丈の第三種制服を着ていた。

この学園では上級貴族は二人、中級貴族は一人まで従者を連れ歩くことが許されている。

もちろん、それを無視して多くの従者や護衛を誇示目的で連れ歩く者もいるが、どちらにしても校舎の中にまで連れていくことはできないし、皆の模範となるべき王族であるエレーナがそれをすることはない。

だからこそ多くの上級貴族は、寄子の中から歳が近い子を側近として学園に入学させるようにしている。

去年の王太子エルヴァンの場合は、世話をする従者の他に、側近として一学年上の上級貴族が二人、付き添いとして同学年と今年の新入生に一人ずつ迎えたと聞いていた。

エレーナの学園での従者は私一人ではなく、王宮でも彼女の世話をしている護衛執事のヨセフと、私もよく知っている護衛侍女のクロエがその任に就くが、しがらみの多いエレーナが連れている側近は、側仕えを兼ねた下級貴族である私だけだ。

私が下級貴族でも、侍女としてエレーナと同じ屋敷に住むことになるけど、その屋敷は近衛騎士十人が交代で警備をするので、私の主な仕事は学舎内となり、『側仕え』兼『護衛』兼『同級生』として、エレーナの側にいることになった。

「……アリア」

王女と気付いて他の者が空けてくれる道を馬車で進んでいると、不意にエレーナが口を開く。

「私の身体が癒えたことは陛下しかご存じないわ。それでも、王族は学園内でその実力を示さなければいけないから、私の身体のことは遠からず皆が気付くことになるでしょう。そうなれば、今は大人しくしている貴族派も、再び私を傀儡《かいらい》にしようと画策を始める可能性があるわ」

彼女は、以前話したことを確認するように言葉にした。

「しばらく私が〝女王〟を目指すことは、内密にして動きます。名目上、次の王はお兄様よ。今はそうでなければ、この国の内政は、子爵令嬢が正妃となったあの時と同じように、また荒れることになるでしょう」

「……なら、どうして?」

酷な言い方になるけど、国のことを想うのならエレーナは女王を目指さず、これまで通り王太子の補佐をするほうが国は乱れずに済む。

エレーナの身体が癒えたことは嬉しいけど……そんな思いを込めてエレーナを見ると、彼女はまるで演劇で観る〝悪役〟女優のように笑ってみせた。

「簡単な話ですよ、アリア……わたくしは、あの優しすぎたお父様と同様に、お兄様のことも信じていないからよ」

自分の気持ちを偽れず、恋した子爵令嬢を正妃にした陛下は、いまだに内政問題に苦しんでいる。そしてその正妃に育てられた王太子も、似たような内面の問題を抱えているのだとエレーナは考えていた。

「この国はわたくしが治めます。けれど、貴族派の人たちも、すぐに自分たちが望む政《まつりごと》にならないと気付くでしょう。そして、わたくしが明確に兄の王太子下ろしをしようとすれば、今は味方である保守派の王家派貴族とも敵対するかもしれない。多くが敵になる。その中でアリア……わたくしを護ってくださる?」

少しだけ悪戯な笑みを浮かべて問う言葉に、私は表情を変えずに一瞬だけ瞳に彼女を映す。

「それが仕事だ」

「相変わらず冷たいのね」

そう言いながらもエレーナの笑みは少しだけ深くなっていた。

到着した学舎の使用人に馬車を預け、エレーナをエスコートしながら学舎に入ると、ざわり……と周囲の生徒たちからざわめきが漏れた。

一定以上の貴族の子女ならその容姿も知られているが、王女の側にいる〝私〟が誰か分からなかったからだろう。入学式に出ていない私を知らない者はまだ多い。

王女に付き添うたった一人の女子生徒。それを見て牽制しあっていた数人の生徒が一歩踏み出し、軽く見回した私の視線で足を止める様子に、エレーナが小さく微笑んだ。

「あなたで良かったわ。煩《うるさ》いのは嫌いだから。見てみなさい、アリア。彼らはあなたを畏れているのではなくて、あなたに見惚れているのよ」

「…………」

どういう意味だろう？　何か揶揄するような口調に私が軽く睨むと、エレーナは堪えきれないように口元を隠してクスリと笑った。

「はっ！」

バシッ！

エレーナの持った木剣が、男子生徒が構えた盾を打つ。

午前中にエレーナが望む政治や経済の授業を受けた私たちは、昼食後に初めての実技授業を受けることになった。

護身術の授業は男女混合だ。たとえ近接戦闘スキルは無くても、上級貴族の女性は家で護身術を習っているので、全くの素人というわけでもない。

それでも身体能力に格差はあるので、男女で本気の模擬戦をすることはまずあり得ないが、女性騎士を目指している者や、国境沿いに住む貴族家の子女ならば狼くらいなら倒せる腕はある。

「王女殿下、お見事でしたっ」

「ありがとう」

実技を終えて汗を拭うエレーナに、相手役として攻撃を受けとめていた男子生徒が頬を染めながら賞賛の言葉を贈る。

王女としてならあれで充分だ。彼女が剣術スキルを得る必要もない。

エレーナの身体が癒えたことを知られたくないのなら、理由を付けて実技を休むこともできた。どうせいくら身を引こうとしても貴族派が干渉を止めないのなら、自分が彼らの傀儡となる器でないことを示すためにエレーナは自らの力を示して、できるだけ多くの味方を付けたほうがいい。

王太子エルヴァンが変わらないかぎり、エレーナが身を引こうと国は荒れるだろう。

あのダンジョン攻略で身体が癒えたことは、エレーナにとって夢見がちな兄を見限る切っ掛けとなり、エレーナは兄派閥である古い考えの王家派をも敵に回すことを覚悟した。

学力や行動力、王としての素質を見せつけることで、エレーナを信奉する生徒はこれから徐々に

増えていくだろう。先ほど相手をしていた男子生徒や見学している生徒など、その兆候はすでに表れ始めていた。

でも、エレーナが輝けば、おかしな輩も現れる。

「そこのあなた！　下賤な生まれの者に、王女殿下の側近となる力があるなど、認めません！　わたくしと勝負しなさいっ！」

授業を受けることなく、エレーナの汗を拭くための布を持って待っていた私に、背の高い騎士服の女生徒が木剣の切っ先を向けていた。

「………」

……意外と早かったな。こういう状況はエレーナとも予想していた。

貴族令嬢の取り巻きもつくらない王女殿下が連れ歩く、たった一人の側仕え。それが歳の近い学生なら王女の側近候補と目される。実際は女王を目指す王女の側近になるのだから簡単に決められないのだけど、周りはそう見てはくれない。

私の素性は分からないようにしてあるが、少し調べればレイトーン準男爵家に男児しかいなかったことはすぐに分かるはずだ。

要するに、王女の側近候補に下級貴族の養女がいることが面白くないのだろう。

「さあ、どうしましたっ、わたくしと勝負しなさい！」

さきほどの令嬢がエレーナにちらりと視線を向けながら私を煽るように声をあげた。

彼女は確か、暗部の資料にもあった……マルス男爵家のサンドラ嬢だったか。

マルス家は貴族派の貴族で、数十年前の魔族との戦争時、戦働きで下級貴族から男爵となった武門の貴族家だ。

王女の側近なら護衛も兼ねる。私の排除ができなくても、忠誠心と実力を見せれば護衛騎士としてなら側近の一人になれると考えたのだろう。

その考え自体は間違っていないが、もう少し思慮があれば王太子と王女を取り巻く微妙な情勢にも気付けたはずだ。すでにそれに気付けた者は、王太子派から敵と見られるのを避けるために裏から接触をしてきている。

「「………」」

私が視線を向けると、エレーナが眉を顰《ひそ》めながら静かに頷いた。

情勢が読めない者を側近にする意味はない。そもそも、王女が選んだ側近をわざわざ貶めるような人間をエレーナが選ぶはずもなく、それが彼女の意思かどうかも分からないからだ。

「――ま、待ちなさいっ！」

騒ぎが起きたのに気付いて担当の教師が駆けつけてくる。

だが、教師と言っても元騎士をしていた下級貴族であり、上級騎士を輩出するマルス家のサンドラは、その教師に強気の態度を取っていた。

「サンドラ・マルス嬢、何をやっている！　授業で私闘まがいのことをするとはっ」

「いいえ、先生。これは貴族としての誇りと生き方です。同じ貴族である先生が分からないはずがないでしょう？」

「しかしだな……」

それでも教師は男爵令嬢のサンドラに食い下がり、必死に止めようとする。私の実力を知るからこそ私の授業参加を免除していたその教師は、彼女を止める振りをして私を止めようとしていたのかもしれない。

でもそこに、まったく関係のなかった人物の横やりが入る。

「良いではありませんか。それでこそ我が王国の貴族、武門のマルス家のご令嬢です。そこの粗野な女よりもよほど役に立つでしょう。構わないな、エレーナ」

割り込んできたその人物は、勝手に話を纏めると整った顔立ちを笑みに変えて、エレーナとサンドラへ向けた。

「王弟殿下!?」

教師がその場で膝をつき、サンドラは突然現れた美青年に一瞬乙女のような顔になって、慌てて頭を下げる。

「……叔父上、どうして学園へいらっしゃるのですか？」

わずかに目を見開いたエレーナがそう訊ねると、アモルは姪である彼女に優しげな目を向けて、次に私を見て口元を歪める。

「元から、お前やエルヴァンを見守るために教師の籍は用意してあった。エレーナなら心配はなかろうと考えていたが、やはり、危ない輩も多いから、今期より始めることにした」

「そう……ですか」

彼らが言う『危ない輩』とは私のことか。あのダンジョンの一件以来、私はアモルに忌避感を持たれているようだ。

「マルス家のご令嬢なら、王女の護衛役も務まるだろう」

「はい、叔父上」

一瞬エレーナの顔から表情が消えて、次の瞬間には穏やかな笑みを浮かべて静かに頷いた。

「その者が、わたくしが選んだ者より、優れていたら……ですが」

「良かろう。ただし、武器は公平を期するために同じ長さの木剣とする。良いな？」

エレーナの返しにアモルはそう言ってニヤリと笑った。

私の武器は短剣だ。同じ武器でも《剣術》と《短剣術》でスキルが分かれているのは、武器の重心と使い方が違うからだ。

似たような使い方の武器なら、スキルが無くてもレベル1程度には扱える。私が〝視た〟ところサンドラの技量は《剣術レベル2》はあるだろう。だからこそアモルは真正面から工作して、私の排除を試みた。

「戦って勝ったほうがエレーナの側近だ。サンドラ嬢も、そこのお前も構わないな？」

「はい、ありがとうございます、殿下！」

サンドラはすでに勝った気になって満面の笑みを浮かべ、得意げな顔で私に向けて木剣を投げてくる。

「行きますっ！」

私が木剣を拾うと同時にサンドラが木剣を構えて突っ込んできた。

私はまだ構えてもいないが、それを止めようとした教師もアモルの視線で止められた。

渡された木剣に細工は無いようだ。でも、サンドラが木剣を構えた時にわずかに体勢が流れたことから、彼女の木剣のほうは鉄心か何か仕込まれているのだろう。

まともに振るえば鉄の棒と変わらない。スキルレベルに差があれば受けられるかどうかも怪しいはずだ。でもね……

カンッ！

「――ぎゃ⁉」

身体強化の思考加速の中でゆっくりと迫る彼女の切っ先を躱《かわ》し、手首を打ち据えて重たい木剣を弾き飛ばす。

そこまで遅いとスキルの有無に意味はない。

始まってから一呼吸の時間も経っていない。剣術スキルのおかげで並の騎士程度の速度はあったが、身体速度と思考速度、そして実戦経験に差がありすぎた。

手首を押さえてへたり込むサンドラの前に木剣を投げ捨て、エレーナの下へ戻ると、彼女は愉しげに微笑んで私を迎え、その笑みをそのままアモルへと向けた。

「叔父上……残念ですが、お話にもなりませんわ」

「……そのようだな」

て去っていった。アモルはその言葉に苦虫を噛み潰したような顔をして、私とサンドラを睨んでそのまま背を向け

＊＊＊

「……あの子、どこかで会ったかしら？」

そんな鍛錬場の様子を校舎の陰から見ていた一人の少女がいた。

少女は王女を見ていたのではない。鍛錬を見学していたのでもない。ただ、ある人物を追っていたら偶然その場に辿り着いただけだ。

鍛錬も、奇妙な勝負も興味はなかった。でも、その中の一人……彼女の桃色がかった金髪に見覚えがあるような気がしていた。

「どこだったかなぁ……」

王都に来るより前……。領地にいた頃より前……。あの孤児院で……

「う～ん、まぁいいか」

北の地にある孤児院にいた頃の記憶はすでに薄れている。手に入れた『魔石』から流れ込んできた大量の〝知識〟や〝感情〟が苦しかった記憶を塗りつぶすように薄れさせた。

もうすでに夜の仕事をしていた親の顔も、自分の名前さえも覚えていない。

でもそれで良かった。自分はこの世界の〝ヒロイン〟になるのだから。

「あのぅ……少しよろしいですかぁ？」

少女は目的の人物に追いつき、声を掛ける。

「……なんだ、君は？」

わずかに苛立った感情で振り返るアモルに、少女は天真爛漫な笑みを浮かべ、上目遣いで……蠱惑的な瞳でアモルを見つめた。

「とても、お辛《つら》そうに見えて、思わず声を掛けてしまいました。なにか大変なことがあったのでしょう？　……ごめんなさい。私、お邪魔ですか？」

「……い、いや」

幼げながら蠱惑的な少女が自分の身を案じてくれたことに動揺するアモルに、少女は安堵したようにふわりと笑い……彼のささくれた心に染み入るように、そっと指先で触れた。

「私は〝リシア〟と申します。よろしければ……少し、お話をしませんか？」

＊＊＊

魔術学園で、とある少女のことが話題に上がるようになった。

第一王女の側仕え。学園において王女が連れ歩くただ一人の側近。

美しさで国内外に知られる王女エレーナの隣に並び、引けを取らない美貌の少女。

ただ見た目だけの側仕えではなく、実技の授業では武門の名家である騎士志望の女生徒を一瞬で叩き伏せたことで、誰も彼女を下級貴族と見下すことをできなくなった。

冬ももう終わる、そよ風が頬を撫でるような良く晴れた昼下がり……。

王都の一区画とほぼ同等の広さがあるという魔術学園には、学舎や演習場、生徒たちが住まう寮の他に、暗部の厳しい審査をくぐり抜けた王都の有名店が並ぶ商業街があり、基本的に地代のかからないその店舗の商品は王都よりも格安に販売されており、日々多くの学生で賑わっている。

その中の茶と菓子を提供する店のテラス……外部席の一つで、例の少女が軽食を摂りながら小さな手帳のような本に目を落としていた。

通りすがりの学生が風にそよぐ〝桃色がった金髪〟に目を留めて、惹かれるように足を止める。

少女の足首まであるロングスカートの制服は、上級貴族の子女に仕える〝側仕え〟が着る物で、まだ成人前でありながら大人びた雰囲気の少女によく似合っていた。

学園に通う生徒たちは十二歳から十五歳――思春期に入り、強く異性を意識し始める年頃であると同時に、女生徒が大人びた同性に憧れる頃でもある。

それでも、少女に誰も近づこうとしないのは、高嶺の花に気後れするよりも、孤高の花というべき彼女が纏う空気を誰も穢せなかったからかもしれない。

そんな彼女に一人の少女が近づいていく。

事情を知る者がいれば、彼女が少女に叩き伏せられた騎士志望の少女だと気付けただろう。

常に王女の側にいる桃色髪の少女が一人となった時を選んで近づいた理由は何か？　だが険悪な雰囲気にならず、騎士の少女は桃色髪の少女に何か手紙のような物を手渡すと、中級貴族の少女が下級貴族の少女に何度か頭を下げてその場から立ち去った。

「サンドラ……今度は上手くやれただろうな？」

「は、はい。ルドルフ様……」

場所は替わり、科目の変更によって今は使われていない学舎にて、サンドラは一人の上級貴族の子息と向かい合っていた。

上級貴族であろうと国家が所有する学舎を勝手に使うことはできないが、二人が腰掛けるソファーの前には湯気を立てる茶まで用意されている。

その茶を用意していたのも本人たちではない。通常、上級貴族でも二人までしか連れ歩くことができない従者を、ルドルフは自分の権力を誇示するように十名近く連れていた。

しかも彼らはただの使用人ではない。剣呑な様子で睨《ね》め付けてくる彼らの視線に、サンドラはその昔、素行の悪い年上の友人に連れていかれた夜の街にいるような居心地の悪さを感じていた。

「お前が王女殿下の側近になれれば、こんな面倒なことをせずに済んだのだがな」

「申し訳ありませんっ」

ルドルフの嫌みを含んだ物言いにサンドラが慌てて頭を下げる。

ルドルフのヘーデル伯爵家とサンドラのマルス男爵家は、寄親と寄子の関係にある。

ルドルフは騎士科の学生で、その中でも上位となるランク2ほどの実力があった。伯爵家の伝手《つて》を使えばエリートである近衛騎士の隊長も目指せたはずだ。だがルドルフはそれに満足せず、自己顕示欲から王家との関わりを欲した。

ヘーデル伯爵領地の経済が下火となっている事情もある。ルドルフは病弱で他国へ嫁ぐことのない王女を降嫁させることで、ヘーデル伯爵家の評価を上げ、経済の活性化と己の自尊心を満たそうとしていた。

「……あの二人に、これ以上大きな顔をさせるものか」

そのすべての背景として、同じ上位貴族としての〝嫉妬〟があった。

ルドルフと同じ学年にロークウェルとミハイルがいた。二人は旧王家であるダンドール家とメルローズ家の嫡子であり、将来的に重職である総騎士団長と宰相という地位に就くことから、王太子エルヴァンの側近になることが初めから決まっていた。

ルドルフは自分が騎士科で首位になれないのは、ロークウェルの箔付けのためだと考え、王太子の側近からも省かれたことで二人に恨みを抱いていたのだ。

王女エレーナの降嫁は、自分を選ばなかった王家に対する意趣返しにもなる。

その足掛かりとして、寄子の娘をエレーナの側近とするべく動かしたが、結果は見た目だけの側仕えだと思っていた下級貴族の〝養女〟に一蹴された。

「ルドルフ様、あの女は私の謝意を受け入れ、余人を交えず、個人的に話をしたいという申し出を承諾しました。今日の放課後になれば……」

「のこのことやってくるか？　おい、準備はできているか？」

ルドルフがソファーにふんぞり返りながら背後に声を掛けると、その背後で部下から何かを聞いていた男が気まずそうな顔で振り返った。

「坊ちゃん。今の話ですが、事を起こすのは、少し先延ばしにできませんか？」

「なんだと？　ゴードン、なんのつもりだ？」

ルドルフが睨みを利かすがゴードンと呼ばれた男は飄々とした態度で肩をすくめる。ルドルフの世話人らしく執事服は着ているが、どう見ても堅気とは思えない雰囲気があった。

「その桃色髪の女ですが、学生にしては腕が立ちすぎている……と思いましてね。調べさせてはいるんですが、王都の情報屋からまだなんも届いてないんですよ。もしかしてその女、暗部の人間とかじゃないですか？」

「ふん、なんだ、ゴードン。盗賊ギルドは、あんな新入生の女一人が怖いのか？」

煽るようなその言葉ではなく、彼らの素性を淡々と口にしたルドルフの軽率さにゴードンは溜息を吐く。ゴードンだけではない。ルドルフが連れている側近のほとんどが学生でもなく、盗賊ギルドから派遣された者たちであった。

ヘーデル伯爵領は、以前は金回りが良く治安も良い場所だったが、提携を結んでいた暗殺者ギルドの支部が消滅したことで、それまで暗殺者ギルドを恐れて近づかなかった無法者たちが、その空白地帯を埋めるように押し寄せ、瞬く間に治安が悪化した。

それを重く見たヘーデル伯爵は、治安秩序の維持と賄賂を求めて〝盗賊ギルド〟に接触し、彼らの手によって表向きの治安は回復した。

盗賊ギルドはその地で新たな〝稼ぎ〟を始め、その利益の一部を伯爵に納めることで政治にまで盗賊ギルドが介入するようになり、経済面では潤ったが街にガラの悪い者たちが増え始め、現在のヘーデル伯爵領はどこか退廃的な雰囲気が漂っている。

「その女の戦闘力を調べに部下を向かわせたんで、せめて、そいつが戻るまで待ってくださいよ。最悪、ここに来てから俺が鑑定するのもありですが、それまで手を出すのは自重願いますわ」

消極的に否定的な意見を出すゴードンにルドルフの機嫌が悪くなる。

「多少腕が立とうと、全員で押さえ込んで〝魔薬〟を使えばいい。用意はしてあるだろ？」

「……まぁ、してはいますけどね」

ゴードンたち盗賊ギルドの人間がわざわざルドルフについて学園まで来たのは、彼らがヘーデル伯爵領で行っている〝稼ぎ〟――依存性のある薬物、『魔薬』の販路を広げるためだった。

安価で酩酊感と多幸感を得られる〝魔薬〟は、酒場に入れない若者を中心に広がり始めている。少量ならば問題はないが、多量摂取することで強い依存性を持つようになり、それ故に未来ある若者が薬欲しさに盗賊ギルドの用意した非合法の仕事をするようになって、それが盗賊ギルドの資金源となっていた。

「あの女を魔薬漬けにしてやれ。俺の〝女〟となるようにな」

下卑た顔で笑うルドルフに、ゴードンは小さく溜息を吐き、自分も中毒になりつつあるサンドラは、そんな自分に脅えながらもゴードンが取り出した魔薬を物欲しそうに見つめていた。

「〝魔薬〟販売の元締めは、やはり盗賊ギルドか」

その時、突然聞こえてきた女の声に全員が一斉に顔を上げた。

「誰だ!?」

「どこにいるっ！」

辺りを見回す盗賊たちがわずかな風の流れに振り返ると、いつの間にか開いていた扉の暗がりにあの桃色髪の少女の姿があった。

「お前は……」

その姿を見た瞬間、裏社会の住人であるゴードンが何か察したのか顔色を変える。だがルドルフは裏の事情を知られたことに動転して、即座に口封じのために動いた。

「そいつを捕らえろ！　薬漬けにしてやれ！」

殺せ、と命じなかったのは、魔薬漬けにしてしまえば手玉にとれると考えたからだ。ルドルフはまだ他者への復讐や自己の欲求を諦めていなかった。

だからこそ、そんな致命的な命令をしてしまった。

「待て、お前らっ!!」

ルドルフの声に反射的の飛び出した者たちを見て、ゴードンが思わず声をあげる。

「――がっ!?」

だがその警告は一瞬遅く、足首まである制服姿で〝しゃなり〟と滑るように前に出た少女の手刀が、飛びかかった男二人の首を貫いた。

男たちが崩れ落ちる前に、左右に投げ捨てながら滑るように前に出た少女は、反応できずにいた近場の女の顎を掴んで、真横に首を折り曲げる。

「……な、なんだっ⁉」

「こ、この女《あま》っ！」

状況が理解できずに混乱しても、攻撃された、とだけ理解した数人の男女が刃物を抜いて飛び出した。

「やめろ、やめろっ‼」

それを止めようとするゴードンの叫びも混乱した者たちには届かず、一人の男は少女の指先で咽《のど》を潰され、もう一人は股間を蹴り潰され、その後ろにいた女は踏み込んだ少女の掌底で胸骨を砕かれた。

「ひっ――」

それを見て怯えながらも飛びついてくる男の顔面に膝を打ち込んだ少女は、そのまま上から首に腕を巻き付け、その首をへし折った。

「……なんだ、こいつは……」

白い指先を血で染めて殺していくその凄惨な美しさに、ルドルフが呻くように言葉を漏らして立ち尽くす。だがルドルフは突然背後からゴードンの太い腕に首を抱かれて、首元に短剣を突きつけられた。

「く、来るんじゃねぇっ！　このガキを殺すぞっ！」

「お、お前、何を――」

「うるせぇっ‼　お前のママゴトに付きあって死ぬなんてゴメンだ！　くそっ、なんでガキどもの学園にこんなバケモノがいやがる！」

「ゴードンっ⁉」

「馬鹿でも上級貴族の嫡男だ、死なれたら面倒だろ⁉　退けよっ！」

ゴードンが懇願するように悲鳴のような叫びをあげた。

たとえ落ち目でも、貴族派である上級貴族家の嫡男が学園内で殺されたとなれば、王家の責任問題になり、貴族派の勢いが増すことになる。

「お前もだ、サンドラっ‼　この腰の剣は飾りか！　そいつを殺せよぉおおお！」

ゴードンも混乱して、少女に『退け』と言いながら、サンドラに『殺せ』と叫ぶ。

言われたサンドラは混乱し、少女への恨みもあって、今度は真剣を抜いて飛びかかった。

「うわぁあああああああああああ！」

ガンッ！

その瞬間、サンドラは少女の掌底で自分の顎が砕かれる音を聞き、あの模擬戦では、あれでも手加減をされていたことを悟りながら崩れ落ちた。

そのサンドラの行動は少女の姿を一瞬ゴードンの視界から消し去り、サンドラの背が崩れ落ちる瞬間――少女の姿は消え失せ、ルドルフは真横から蹴り飛ばされ、ゴードンの太い両腕が枯れ枝のように砕かれた。

たった一瞬の攻防。

だが、ゴードンは悲鳴を上げることも恨み言を叫ぶこともできなかった。

悠然と佇む少女の桃色がかった金髪が、宙を舞う学舎の埃が光の加減で〝灰色〟に見せて、ゴードンにその存在を思い出させた。

暗殺者ギルド支部の殲滅。盗賊ギルド武闘派支部を潰し、裏社会を知る者なら絶対に敵対しない二つの組織と敵対して、すべての報復を皆殺しにして壊滅させてきた存在。

誰かが手を出せば、支部ごと全員殺されて潰される。

手を出してはいけない存在――

「……〝灰かぶり姫〟……」

まるでこの世の終わりのようなゴードンの呟きを聞いて、暗殺者ギルドを壊滅させた張本人の威名を父親とギルドから聞いていたルドルフは、蹴り飛ばされた壁に背を預けながら腰を抜かしてへたり込んだ。

「た、助けて……」

「殺しはしない。だが、勘違いはするな」

一瞬希望を見せたルドルフを無表情のまま一瞥して、翡翠色の瞳が氷のような視線で倒れた者たちを見下ろした。

「お前たちを盗賊ギルドの関係者として捕縛する。学園に盗賊を呼び込んだ貴族に、王女の沙汰が穏便に済まされると思うな」

ルドルフが見上げる少女の姿は、あまりにも恐ろしくて……美しかった。

▼アリア（アーリシア）　種族：人族♀・ランク4
【魔力値：265／300】△30UP　【体力値：234／250】△40UP
【筋力：10（14）】△1UP　【耐久：10（14）】△1UP　【敏捷：15（22）】△1UP　【器用：8】
《短剣術レベル4》△1UP　《体術レベル4》
《投擲レベル4》△1UP　《弓術レベル2》△1UP　《防御レベル4》《操糸レベル4》
《光魔法レベル3》《闇魔法レベル4》《無属性魔法レベル4》
《生活魔法×6》《魔力制御レベル4》《威圧レベル4》△1UP
《隠密レベル4》《暗視レベル2》《探知レベル4》
《毒耐性レベル3》《異常耐性レベル1》NEW
《簡易鑑定》
【総合戦闘力：1152（身体強化中：1440）】△236UP

学園の休日

この学園には、私の他にも〝虹色の剣〟が任務に就いている。

私が目的の場所に近づくと、煙を出さない錬金焼却炉の傍らで、ゴミを出しに来た二十代の綺麗なメイドさんに声を掛けて、冷たくあしらわれながらも気落ちした様子もなく、地面にしゃがみ込んで煙管《きせる》を吹かしている用務員の作業服を着た中年男が目に映る。

「……ヴィーロ」

「アリア……お前、見てたのか」

「もちろん」

どうしてこの男は、こういう役回りがこんなによく似合うのだろう……。

「これは違うぞ？　あくまで、どこにでもいそうな用務員の変装だからな？　勘違いするなよ？

セラとかクロエさんとかにも言うんじゃないぞ？」

「それはどうでもいいけど、とりあえず〝おとり調査〟は終わった」

元より学園内で〝魔薬〟と呼ばれる薬物が下級貴族を中心に問題になっており、暗部の調べでおおよその出処は分かっていたが、相手が上級貴族家で手を出しあぐねていたところを、この機にエレーナの手柄とするため強引に潰すことになった。

サンドラは関係者として名前は挙がっていたので、授業のときから利用させてもらった。

「ところで、あの王弟殿下が、関係者に関わってきたけど？」

今のところ、アモルが魔薬販売に関与している話は出ていない。そもそも本当に教師なのかも私では判断できないが、ヴィーロに訊ねるとやはり知っていたようだ。

「やっぱり接触してきたか。唐突だったが、あの王弟さんは〝シロ〟だ」

「……まぁ、そうだろうね」

あんな行き当たりばったりではそうとしか思えない。

「でも、元々本当に学園の教師になる予定はあったらしいぞ。魔薬の件は本当に偶然だな。それで今年教師になったのは……まぁ、たぶん、お前のせいじゃねぇか？」

「………」

アモルは私やカルラの〝力〟を見たことで、どこか病んでいるように感じた。

エレーナに異常な庇護欲を見せていたので彼女の邪魔をするとは思えないが、私を排除するためにエレーナの邪魔になることはあり得る。

「それと、お前がメルローズの坊ちゃんに聞いた話は裏がとれた。今年の野外研修は第二騎士団の演習を見学するらしい。聞いていたように暗部の代わりに第二騎士団が護衛に就く。お前は王族の安全だけ気にしていろ」

入学式のときミハイルから聞いた情報の精査をヴィーロに頼んでいた。

相変わらずエルヴァンは暗部の護衛を拒否しているらしい。

人なのだから感情に流されるのも仕方ないとは思うが、エルヴァンやアモルを見ていると、同じ王族でありながら七歳の時のエレーナのほうが、まだ思慮があったと思えてしまう。

「王族の安全？　婚約者であるカルラも含めて？」

ダンジョンでは王太子の婚約者ということで、彼女たちは王族に近い扱いと責任を与えられていた。でも、クララならともかくあのカルラに護衛が必要なのだろうか？

私の言いたいことが分かって、一度彼女に殺されかけたヴィーロは少しだけ眉間に皺を寄せる。

「あの怖ぇ嬢ちゃんのことじゃねぇよ。子どもの見学だと言っても、中級貴族の末席にいるような教師じゃ、抑えられないことが起きるかもしれねぇだろ？　だからその監督役として王太子殿下が出ることになっている。アモル殿下が行くという話もあったそうだが、あの人も面倒な立場だからなぁ……」

新入生の研修にどうして二年生の王太子の意見が通るのかと思っていたけど、彼も参加することになっていたのか。

王弟殿下ではなく王太子殿下が監督するのは、王太子として仕事をさせる意味もあるのだろう。それでもアモルよりマシだと思えてしまうほど、エルヴァンは基本的に善人だった。

「お前を護衛に選んだのは王女殿下の希望だ。王弟さんの発言を無視はできないが、王族としての発言力は、あちらより王女殿下の方が上だから問題はねぇよ」

「ならいいけど……」

「こう言っちゃなんだが、今の王弟さんは、早世した前の王弟殿下と違って、王の臣下となる教育しか受けてこなかった方だから、英才教育を受けた王女殿下と比べたりするなよ」

「……考慮する」

そんな説明をしてくれるヴィーロの言葉に、私も無意識にそういう風に見ていたのかもしれないと気付かされて深く頷いた。

これも〝斥候職〟の授業の一つなのだろう。だったら……と思って私も気になっていたことを聞いてみる。

「ねぇ、ヴィーロ」

「なんだ？」

「私、学生相手の手加減が、ほとんど出来ないんだけど」

「お前……」

何故か、もの凄く呆れた顔で見られた。

「今度の休みにでもセラの屋敷に戻って、〝弟〟にでも相手をしてもらえ。セラには俺から言っておくから」

「なるほど」

確かにセオなら相手としてはちょうど良いかもしれない。そろそろ頼んでおいた物も出来ているかもしれないので、私は一日休みを貰ってその日に王都に向かうことにした。


「お嬢様、お帰りなさいませ」

「ただいま戻りました」

学園が休みの日、エレーナの許可を貰って王都にあるレイトーン家の屋敷に顔を出すと、私を知るメイドたちに迎えられた。

このように〝お嬢様〟としてメイドに世話をされるのも、貴族令嬢として振る舞う練習も兼ねていて、これも仕事の一環だと私も受け入れている。

そうして与えられた自室で優雅に見える仕草でお茶を飲んでいると……。

バンッ！

「アリアっ!!」

応接室の扉を蹴破るようにして飛びついてきた、小麦色の肌の少年の顔面を鷲掴みにして動きを止めた。

「入学式ぶりだね、セオ。お休み取って大丈夫だった?」

「アリアっ、割れるっ! 頭、割れちゃうっ!」

勢いよく飛びついてきたので、力の加減が出来ていなかったようだ。それを思い出して手を離すと、セオは若干涙目になりながらも、私の手形が付いた顔で嬉しそうに両手を広げた。

「会いたかったよ、アリアっ!」

▼セオ・レイトーン　種族:人族♂・ランク3
【魔力値:125/130】【体力値:141/180】
【総合戦闘力:299(身体強化中:355)】

セオは私との戦闘力の差を気にしていたけど、ランク3なら充分な強さだ。

あの変わったご令嬢の護衛仕事に就いていたので、こうして話すのは久しぶりだけど、前より少しだけ背が伸びた気がする。

セオの年齢は私より一つ下の十一歳だけど、今の彼の外見は私と同様に魔力で成長して、十四歳くらいの見た目になっていた。

「……やっぱり、僕より背が高い」

「気にするほどでもないと思うけど？」

「僕が気にするの！　ただでさえ、アリアが〝姉〟ってだけでも問題なのに」

「私が姉でも、セオが嫡子なのは変わらないでしょ？」

何を気にしているのか、私はこの仕事のためだけの〝養女〟なのだから、問題はないと思うのだけど……と、考えて首を傾げるとセオが妙に慌て始めた。

「そ、そうじゃなくて、嫡子がどうとか気にしてないよ！　あ、でも、アリアが嫡子で僕がその補佐でもいいのかも？」

再会してから、セオは突然考え込むことが多くなった気がする。

「それよりも、模擬戦をしたいのだけど……」

「あっ、そういう話だったね。どうする？　中庭でする？　長い時間は無理だけど、半日くらいなら付き合えるよ？」

レイトーン準男爵家は暗部の家系で、セラが王宮の警備責任者もしているから、下級貴族だけどそこらの中級貴族家以上の財力がある。当然王都にあるこの屋敷も別邸にも拘わらず多くの使用人と広い庭があり、そこで鍛錬もできるけど……。

「今回は受け取る物もあるから、王都に出向くついでに冒険者ギルドの鍛錬場を借りようと思う。フェルドも呼んでいるからセオも稽古をつけてもらえるよ」

「え!?」

何が気になったのか、セオがとても驚いていた。

「アリア……またあの男が……」

そんなことを小声でぶつぶつ言っていたので、セオもフェルドが気になっていたのかも。それからしばらく経っても正気に戻らなかったので、仕方なく私は、そのまま彼の襟首を掴んで冒険者ギルドに向かうことにした。


「それで、あのお嬢様とはどう？」

それから正気に戻ったセオと王都を歩きながら、気になっていたことを聞いてみる。

「そ、それは、僕が他の女の子と一緒にいるから……」

「あのご令嬢、普通には見えなかった」

私が真面目に答えるとセオが何故か落ち込んでいた。あの令嬢は戦闘力的には一般人と変わらないが、何か嫌な予感を覚えた。問題にはならないと思いたいが、セオが御せないようなら面倒になりそうな可能性はある。

「……正直、ちょっと苦手。なんか距離感が近いというか、やたらと触ってくるし、言っていることが偶に分からなくなる」

「セラはどう言っているの？」

「母さんは、微妙な立場にいるお嬢様だから、本心はともかく精一杯お守りしなさいって」

「………」

本心は……か。中立的なセラらしくもない評価に、私も警戒度を一段階引き上げる。暗部がわざわざセラの息子を護衛につけたあの少女は何者なのか……。

それにしても……あの令嬢といい、アモルといい、周囲に微妙な立場の人間が多いな。

季節はまだ春ではないけれど、大陸の南にあるクレイデール王国では雪が降るほど寒くなることはなく、私も制服の上に薄手のコートを羽織っただけの姿で、辿り着いたその店の扉をゆるりと押し開けた。

「ゲルフ、いる？」

私が誰もいない店の奥に声を掛けると、その奥から蹄鉄《ていてつ》のような音を立てるハイヒールを履いた、赤いマーメイドドレスを着た妙齢の男性ドワーフが現れた。

「あ～ら、アリアちゃんじゃないっ。今日は可愛い男の子も連れているのね！　お嬢様生活には慣れたのかしら？」

「問題ない。頼んでおいた物は出来ている？」

「……相変わらず反応が薄い子ね。物は出来ているわよ。デザインはダンドールから来た最新のものを私なりにアレンジさせてもらったわ。着方も教えるから奥へ来てちょうだい。坊やもお着替えしちゃう？」

最後にセオに向けて長い睫毛で片目を瞑ると、セオがとんでもない勢いで首を横に振っていた。

ゲルフは鍛冶が得意な岩ドワーフでありながら、自分が着たいと願う綺麗な防具を作る、異色ではあるが一流の職人だ。何故かドルトンは、腕は認めても絶対に立ち寄ろうとはしないけど。

私はゲルフにダンジョンで得た素材で防具の強化と、制服の下に着ることができる薄手の防具製作を頼んでいた。

具体的に言えば、セラがダンジョンで着ていた繊維化したミスリルで作られたビスチェだ。

学園での私はこれまで着ていた黒革のワンピースではなく、学園の制服かセラと同じ王宮侍女服を着ることになる。そうなると防御面に不安があるので、その辺りをまとめてゲルフにお願いしておいた。

「手入れは、つけ置き洗いか【浄化《クリーン》】を使ってね。ある程度魔力で再生はするけど、絹の部分までは再生しないから気をつけてね」

「了解」

「それとこれもね。予備も作ってあるわ」

ゲルフが差し出してきたそれは、同じミスリル繊維で作られた薄手のタイツだった。

向こうが透けるほどに薄くて脚にぴったりと密着するらしい。……感覚としてはあの女の知識にある『ストッキング』に近いだろうか。これは同じく知識にあったガーターベルトのようなもので吊り下げるようだ。でも……

「お金は足りている？　これ、結構高いでしょ？」

ミスリルの繊維化は特殊な技術で、王国でも作れる人は五人といない。そのうちの一人がゲルフで、ビスチェもすべてがミスリルではなく絹糸の中に編み込んでいるそうだが、それでも一着で大金貨数枚分のミスリルを必要とした。

「その辺りは兄さんからも貰っているわ。あなた、兄さんに沢山お金をおいてきたんでしょ？　半分はそっちで使えって、アリアちゃんの武器と一緒に送ってきたわ」

「…………」

やっぱり今回もまともに受け取ってもらえなかったか……。

あのダンジョン攻略で、虹色の剣は王家から多額の報酬を貰っているけど、私には特別にドルトンがへし折ったミノタウロス・マーダーの角を褒賞として貰っていた。

ランク6の魔物の素材だ。他の部位がカルラに燃やされているので、本来なら王家預かりとなるところだが、エレーナが国王陛下に話を通して私個人に贈ってくれた。

高位の魔物や幻獣、その角や牙には魔物が取り込んだ鉱物が堆積して、特殊な金属と化す。それを精製した物は、硬度的にはミスリルや魔鋼と変わらないが、魔力伝導率と再生力は他の希少金属を上回るという。

ゲルフから渡された革の包みを開くと、その中にはガルバスに預けてきた黒いナイフとダガーが収められていた。私がそっと手に取って鞘から抜き放つと、二つの漆黒の刀身が仄かに赤い輝きを放つ。

「……凄いね」

「ええ。それが〝アダマンタイト〟で強化した武器なのね」

高位の魔物から極少量採れるという希少金属『生体金属《アダマンタイト》』――。

アダマンタイトを加工できる職人などドワーフしかいない。でも、ミノタウロス・マーダーの角をガルバスに見せると、角一本に含まれるアダマンタイトの含有量は武器を新造できるほどではないらしく、彼は私の黒いナイフと黒いダガーの強化に使おうと提案してくれた。

どこをどう強化したのか分からないけど、あきらかに以前の魔鋼とは〝質〟が違う。手に持っただけで分かる。これならオーガの表皮でも鎖帷子《くさりかたびら》でも切り裂けるはずだ。

「ありがと……これでちゃんと戦える」

「うん、いいわね。今のアリアちゃんなら使いこなしてくれると信じてるわ。それとこれは、私からの入学祝いよ」

「うん？」

最後の最後に、ゲルフから紙袋に包まれた物を渡される。

「女も度胸よっ！　〝勝負〟の時には、それを身に着けてねっ！」

「…………」

なんの〝勝負〟なのか、その中には何故か、ダンドールから流行ったという、真っ白なシルク製の、両側を紐で縛るタイプのベリーショートドロワーズが十枚も入っていた。

「は、早く行こう、アリア！」

冒険者ギルドに行くことには渋っていたセオだったけど、やはり女性用の店は得意ではないのか、何か怯えるように急かして私を引っ張るようにゲルフの店から出ることになった。

セオが私の腕を掴んで歩く様子に周囲から視線が向けられる。

私たちの服装も影響しているのだろう。私は装備の調整のために学園の制服だし、髪には灰も被ってない。セオは貴族家に仕える執事服のままで、どちらも魔力で成長して見た目は成人前後の年齢なのだから目立つのは仕方ない。

それは冒険者ギルドでも同じだった。王都のギルドはある程度実力がある者しか集まらないし、数年も経てば私のことを知っている者も多くなっている。それでも、人の出入りが多い王都のギルドには地方からやってくる〝自称実力者〟も多かった。

「おいおい、いつから冒険者ギルドは、お嬢ちゃんが執事を連れて、逢い引きするような場所になったんだぁ？」

髪を剃り上げた三十代ほどの男が、わざと聞こえるような声で言い放つ。

王都とはいえ荒くれ者が集まる冒険者ギルドだ。地方から来た腕自慢が若い冒険者に絡むなんてよくあることで、ランク1程度の学園の生徒が、小遣い稼ぎにギルドの雑用仕事をするのも珍しくない。

でもその声を聴いて顔を上げた、見知った顔の受付嬢が私を見た瞬間に顔色を変え、慌ててカウンターから飛び出そうとしているその中で、男が肩を怒らせながら私たちのほうへ近づいてくる。

「よく見りゃ綺麗な嬢ちゃんじゃねぇか。なんなら俺と――」

グキン。

「アリアぁあ!?」

私がその男の顎を掴んで真横に曲げると、それを見たセオが引き攣った悲鳴をあげた。

「誰か！　治癒師を呼んで！」

飛び出してきた受付嬢も悲鳴のように叫び、ギルドにいた冒険者たちは崩れ落ちたその男に呆れと脅えと半々の表情を浮かべ、慣れたように動き出した。

「大丈夫。首を曲げただけで折ってない」

「結構、いい音がしたけど⁉」

筋肉だけ鍛えて柔軟性がないと派手に関節が鳴る場合がある。ギルドの職員や警備員が倒れた男を慌てて運び出していると、背後から先ほどの受付嬢が声を掛けてきた。

「アリアさん……手加減してくれないと困りますよ」

「ごめん、メアリー……」

その〝手加減〟を学ぶために模擬戦をする予定だったのだけど……。

彼女はオーク集団戦でもお世話になった、ホーラス男爵領冒険者ギルドの受付嬢だった。

理由はよく分からないけど、メアリーはヴィーロの伝手で王都のギルドに移籍したらしく、王都に来てから専属がついていなかった私の担当職員になり、ヴィーロの担当もするようになったと聞いている。

「まぁ、冒険者なのであまり煩くは言いませんけど、裏の鍛錬場にフェルド様がすでに来ておりますよ。ちゃんと貸切りにしてありますから」

「うん、ありがとう」

私のような女で子どもだと偶に今回のような面倒も起きるので、メアリーも慣れたものだ。

セオは美人のお姉さんに緊張するらしくて、メアリーに微笑まれて小さく会釈をするだけだった。


「よぉ、アリア。また面倒でも起きたのか？」

鍛錬場へ行くと、すでに自前の大剣で素振りをしていたフェルドが軽い調子で声を掛けてきた。

「特に問題ない……かな？」

「いや、問題はあったでしょ」

私が首を傾げるとすぐにセオがツッコミを入れ、そんな私たちを見てフェルドが微笑ましそうに目を細める。

「それで、どうするんだ？【鉄の薔薇《アイアンローズ》】の検証でもするのか？」

私の戦技である『鉄の薔薇』は、戦闘や魔術を使った場合などどう影響するか、偶にフェルドと手合わせしてもらって検証をしている。

あれほど戦闘力が上昇する技なので検証する相手もランク5でないと効率が悪い。検証をしたい気持ちはあるけど、今回はセオにも付き合ってもらっているし、彼もそれほど護衛対象と離れていられるわけでもないから、本来の用事を優先したほうがいい。

「それなら、最初は――」

「フェルド様っ！　僕と手合わせお願いします！」

私が何か言うより先に、セオがいきなりフェルドに手合わせを申し込んだ。

私の鍛錬のために二人を呼んだのだけど……。

結局、フェルドとセオの二人は私をそっちのけで模擬戦を始めた。

ガンッ！　ギンッ！

「どうした坊主っ、そんなもんか！」

「まだまだぁ！」

「………」

セオも食らいついているけど、ランク3になったばかりのセオでは、あのダンジョン戦よりさらに技が冴えているフェルドにまだ遠い。

セオの戦闘スタイルは〝格闘〟だ。私も《体術》スキルで格闘戦もするけど、私の場合はあくまで短剣術の補助で回避や受けが主体となる。

でもセオはレベル3の《格闘》スキルと《体術》スキルを使い、彼自身の性格もあってかなり奇抜な戦い方をしていた。でも、一番の違いは《格闘》の戦技が使えることか。

フェルド……楽しそうだな。彼は子ども好きで面倒見がいいから、セオのようなタイプは鍛えて楽しいのだろう。

私の〝手加減〟の鍛錬にはならなかったけど、フェルドの戦い方を見ていれば、なんとなくだが参考にはなる。仕方なく私も観戦状態で彼らを見ていると、ふと入り口辺りから見知った気配が近づいてくることに気付いた。

「メアリー、どうかした？」

「さきほど、ヴィーロに頼まれていた情報の一部が届いたので、学園にいる彼に渡してもらってもいいでしょうか？」

「それはいいけど、私が見ても良いものなの？」

四半刻前に別れたばかりの彼女が書簡のような物を持って私へ差し出した。ヴィーロ個人が頼んだ情報なら本人に直接渡したほうがいいのだけど、それを言うとメアリーはクスリと笑う。

「〝虹色の剣〟が頼んだ情報で、アリアさんはヴィーロと同じ斥候《スカウト》となるので構わないと思いますよ。それに彼らからも、自分かアリアさんに渡すようにと言われていますから」

「そうなんだ」

私は冒険者の引退を考え始めたヴィーロの後釜になるよう引き継ぎも行っている。彼が持つ人脈や情報源をすべて把握はできてはいないけど、それならば、と私も情報に目を通す。

「…………」

「どうしましたか？」

「ううん」

なるほど……〝私〟が目を通したほうがいい情報だ。

「うわっ、もうこんな時間!?　ごめん、アリア！　また会いに来るからねっ！」

その後、さらに半刻ほどして時間になったセオが慌てて仕事に戻ったことで、本日の鍛錬はお開きとなった。

「あいつは強くなるぞ。あいつも冒険者になれたらいいんだがなぁ」

久しぶりに動けてフェルドもご満悦だ。でも、私のほうへ歩いてくるとふいに表情を変える。

「アリア……何かあったか？」

「ううん、なんでもない」

「おいっ」

誤魔化すようにフェルドの背に回って、ヒョイッと登るようにその肩の上に上半身を乗せると、歩いていたフェルドの足がわずかに止まる。

「アリアっ……子どもみたいな真似をするな」

「だめ？」

私がそう聞き返すと私を担ぎやすいように体勢を立て直しながら、わずかに溜息を漏らした。

「……そう言えば、まだ〝子ども〟だったよなぁ」

あのダンジョンでフェルドに持ち上げてもらって以来、その広い視界が気に入った私は、自分でも子どもっぽいとは思うけど、こうして偶にフェルドの肩に乗るのが癖になっていた。

背が高ければ誰もいいってわけじゃないけど、今は普通の表情が出来そうにないからちょうど良かった。

ヴィーロが頼んでいた情報には、これから野外研修で起きるかもしれない危険について書かれてあった。

それはすなわちエレーナの身に危険が迫ることを意味する。そして、その可能性としてある人物の関与が記されていた。

かつて私が敗れ、再度戦い、殺しきれなかった相手……。

あいつは言った。私の真価を見せろと。そのためにエレーナを狙うと……。

狂人グレイブ……。今度は私から狩りに行く。

歪んだイベント　前編

魔術学園恒例、新一年生の野外研修。聞いただけの話なら、この視察やら見学やらは毎年行っているので、特に珍しい行事でもない。

その情報がまだ生徒まで伝わっていないのは、上級貴族の子弟が動くことから誘拐や襲撃などを考慮して、ギリギリまで詳細を伏せているからだと教えられた。

「お兄様は立場上仕方がないとして、叔父様まで参加しようとなさっていたとは思わなかったわ。教師になったことも事後連絡でしたのに……止められて良かったわ」

学園内のエレーナの屋敷で、テラスでお茶を飲みながら情報の摺り合わせを行っていると、アモルの件を聞いたエレーナは、頭痛がしたように眉間を指で押さえる。

「下手な横やりを入れてくることはないと思いますけど、アリアも気をつけて。あの方は〝個人的な感情〟という馬鹿げた判断基準で、わたくしからあなたを排除しようとするかもしれません」

「王命を覆せるの？　あの人が？」

「手段だけなら、弱みを握るとか、力尽くで……」

エレーナはそこまで口に出してから、あらためて侍女服姿の私を見て苦笑する。

「あなたには、どちらも無駄なことね」

そう話を終えたエレーナのティーカップに新たなお茶を注ぎながら、執事のヨセフが口を開く。

「エレーナ様、おそらくその件だと思いますが、先ほど届いた追加情報がございます」

「なにかしら、爺や」

「今回の研修は、王都から離れた場所での演習視察と言うことで、高位貴族のご令嬢は辞退なさると思われます。その場合、姫殿下は王族として、馬車を持たないご令嬢と同じ組になりますが、そこに一人のご令息がねじ込まれました」

「……どなた？」

その言葉に含まれた〝裏〟を読み取ったエレーナは、凄みさえ感じる優雅な笑みを浮かべた。

「王都聖教会、法衣男爵位を持つ神殿長様のお孫さんで、ナサニタル様です。推薦人は王弟殿下にございます」

「まあ……」

男爵位を持つ聖教会の神殿長。それはどの程度の地位となるか私の〝知識〟にはないけれど、エレーナの表情を見るに、法衣男爵は通常の男爵位より上に見たほうがいいだろう。

「その方なら、幼い頃、聖教会の神殿に出向いたときに、遊んでいただいた記憶がありますわ」

エレーナは昔を思い出すように溜息を吐く。

「最初は、いずこかのご令嬢かと思うほど可愛らしい方でしたので、頭に花飾りを着けてさしあげたら、泣かれてしまいましたの。それにしても……叔父様が聖教会の敬虔な信徒であることは存じておりますが、何を考えているのでしょう？」

エレーナの呟きは疑問形になっているけど、そのうんざりとした表情からある程度の察しはついているのだろう。

私が思うに、俗世の諍いからエレーナを隔離するために彼女を神殿に入れようとしているのか、もし想像通り、法衣男爵が実質伯爵位ほどの地位で見られるのなら、今回のことは降嫁さえ視野に入れている可能性もある。

しかも、エレーナや国王陛下の思惑を無視した、アモルの独断で、だ。

「とりあえず警戒はいたしましょう。本当に感情で動く方々の考えは、行動が読めなくて困りますわ……」

エレーナのその言葉に、私とヨセフとクロエが無言で頷いた。

エレーナが心を許せる味方は本当に少ない。生まれた時から世話をしているこの二人と、あとはダンジョンでも従者として連れていたセラくらいだろう。

私のような怪しい人間を側に置くのも、そのせいかもしれない。両親や兄さえも心から頼りにできないエレーナのために、私は彼女の心だけは守ろうとそうあらためて誓った。

＊＊＊

「……準備ハ、終わってイルか？」

暗い森の中、全身を黒い布地に覆われた女性らしき人物が、やけに訛りのある覚束ない共用語で話しかけると、同じように全身を隠したもう一人の女性の声が応じる。

「いい加減信用してほしいわね……。連中が決起する予定は変わらないし、こちら側の手勢も用意しているから安心しなさい」

二人は行動を同じにして協力しているが、決して〝仲間〟ではない。

彼女たちは違う組織に属し、違う目的があり、それでもやることは同じであったため、共に行動をしている。

「やることはやっているわ。あなたはそれを使えるようになりなさい。あなたのステータスなら、今までの武器よりよほど威力は出るはずよ」

「……わかった」

黒ずくめの女が言葉少なに魔鉄の鎖を振るい、どれほどの筋力があればそうなるのか、樹木の幹に深い傷痕をつけていた。

その武器を与えて使い方を教えたもう一人の女は、自分用であるミスリルの細い鎖を取り出し、火傷の痕が残る肌の唯一露出している目に憎しみを漲《みなぎ》らせた。

（〝灰かぶり〟……私が絶対に殺してやる！）

＊＊＊

そうして特に問題もなく一ヶ月ほどが過ぎて、仄かに春の気配が感じられるようになった頃、中級貴族以上を対象にした騎士団の演習視察が行われることが告知された。

演習は王都がある中央王家直轄地とワンカール侯爵領の間にある、どこの領地でもない草原地帯で行われる。遮る物がない海風のせいで人が住むには不向きな場所だが、その分演習するにはどこからも文句が出ない。

やはりと言うべきか、自由参加である女生徒は、馬車でも三日も掛かるような宿屋もない場所に行きたがる者は稀で、全体でも数人しかいなかった。

ならば少ない女生徒だけでも纏まって……と学園から提案はされたが、カルラが参加すると表明したため、その話はなくなったそうだ。

当日、エレーナと私とその他に二人の女生徒、そして神殿長の孫というナサニタルという少年で同じ馬車に乗るために集まっていた。

そのナサニタルはエレーナよりも背が低く、本当に少女のような顔立ちをした少年だったが、本人は令嬢たちより背が低いことや女顔であることに劣等感があるようで、女生徒と同じ馬車で現地に向かうことに不機嫌そうな顔をしていた。

面倒にならなければいいけど……そんなことを思いながらエレーナの荷物を馬車に積んでいると、背後から知らない気配が近づいてきた。

「失礼。あなたがアリア嬢で間違いありませんか？」

「なんでしょうか？」

騎士らしき男に上級侍女としての礼を返すと、その青年は端正な顔でニコリと笑う。

「道中の警護の件で少々お話をしたいのです。少々時間をいただいて、よろしいでしょうか？」

「……わかりました」


その若い騎士は、第二騎士団の王女護衛担当である第一中隊の分隊長らしい。でも、その人物がどうして私に？　私が王女の護衛であることは公になってはいないはずだけど、どこから聞いたのだろうか。

その分隊長である青年と、これから護衛任務なので当然なのだろうが、やけに物々しい装備の部下らしき若い騎士たちにエスコートされて、私は学園内にある騎士の詰め所のような建物に迎えられた。

「出発間際なので、あまり時間はないのですが？」

「それほど手間は取らせません。王女殿下が乗る馬車の準備も、第二騎士団の者が手伝っておりますので、大丈夫だと思いますよ」

私の言葉に分隊長の青年は申し訳なさそうに苦笑して、私たちは詰め所にある応接間のような場所で向かい合う。

「お茶を淹れさせましょう。カルファーン帝国産の良い茶葉が手に入ったので、現地で飲まれているように、砂糖やスパイスと一緒に煮だしてみましょう。クセはありますが、慣れると美味しいですよ」

「道中の話をするのでは？」

私が感情も見せずにそう言うと、そんな態度に彼は少しだけ肩をすくめた。

「茶を愉しむくらいの余裕は、王女殿下もお許しくださるでしょう？　それと名乗らずに失礼しました。私の名はジョーイと申します。私としても、高名な〝虹色の剣〟に、最年少で加入した冒険者殿の話を、是非とも聞いてみたいと思いましてね」

「……それをどこで？」

口調も変えず威圧もせず、静かに尋ねる私に何を見たのか、ジョーイと名乗った青年が一瞬言葉に詰まる。

「……王弟殿下ですよ。あなたがランク４にもなる、凄腕の斥候だと教えていただきました」

「そうですか」

またあの男か……情報の漏洩とは、下手に地位と暇があるだけに厄介だな。

その後にジョーイの部下がクセのある香りがする茶を持ってきて、勧められたカップの縁を舐めてから、そっとテーブルの上に戻して私は半眼にした視線を向ける。

「それで、お話はまだでしょうか？」

「まだお茶もほとんど飲まれてはいないでしょう？　それとも軽くお腹に入れるものでも用意させましょうか？」

「そうやって、私の足止めをするように指示されたの？」

「なにを……」

私のその言葉に、冗談を言われたような笑顔を見せながら、ジョーイの中にわずかな殺気が生まれ、部屋の外から微かなざわめきが聞こえた。

私はそれを意に介さず、目の前のカップを軽く指先で弾く。

「王女の護衛に睡眠薬を盛って、なにをしたいの？」

バンッ！

その言葉と同時に、勢いよく扉を開けてジョーイの部下たちが室内になだれこんでくる。

ジョーイ自身も剣を抜いて部下たちの前に立つと、立ち上がった私へその切っ先を向けて嘲るように笑った。

「毒耐性持ちか……少女だと甘く見すぎたようだ。王女殿下の関係者はできるだけ殺すなと言われている。いくらランク4でも、この狭い空間で騎士相手では、斥候《スカウト》ではどうしようもないだろう？大人しくてもらおうか」

同じランクでも戦士系や魔術師と比べて、斥候職は戦闘面で下だと思われている。実際に戦士と斥候が真正面から戦えば、高確率で戦士が勝つはずだ。

「王女殿下が狙い？」

私がそう問うとジョーイは少しだけ顔を顰《しか》める。

「我らも王国の騎士だ。殿下を傷つけることはない。我らの目的のために、王太子殿下にはご退場願い、王女殿下には我らの新たな盟主となっていただくために〝説得する場〟が設けられている。そのためには君が邪魔なのだ。諦めてもらおう」

「……貴族派か。誰の指示？」

私の一言に騎士たちの雰囲気が変化した。

「やれ……手足を叩き折っても構わん！」

ジョーイが声をあげて、騎士たちが動き出す。

でも、その瞬間に私は一歩踏み出し、反応ができずにいる彼の咽を【影収納《ストレージ》】から出した黒いナイフで斬り裂いた。

「エレーナの邪魔をする敵は、私が排除する」

＊＊＊

「王女殿下、出発の準備が整いました。日程も差し迫っておりますので、そろそろ参りましょう」

演習をする第二騎士団から護衛に来た、第五中隊の隊長がエレーナにそう声を掛けた。

「もうそんな時刻ですか？　わたくしの伴をする、アリアという女生徒がまだ戻っておりません。彼女が戻るのを待てませんか？」

今回の演習視察は、領地を持つ男爵家以上の子弟が対象となっている。準男爵家の養子となったアリアは参加資格を持っていないのだが、伯爵家以上の上級貴族は伴を一人連れて行くことを許されているので、エレーナは当然のようにアリアを選んでいた。

本来なら王族であるエレーナは、複数の護衛を付けられるように無理を言える立場にあるが、エレーナが他の生徒の模範となることを貫いたのと、第二騎士団の精鋭、中隊四十名ほどが護衛として来ているので、個人的な護衛はアリア一人としていた。

本来の中隊規模なら一般兵士を含めれば二百名にもなるが、馬車での移動を考慮して騎馬しか来ていなくても、数日の護衛としてなら充分な数だろう。

野外に置かれていたベンチに腰を下ろしていたエレーナがそう答えると、中隊長は聞き分けのない子どもを諌めるように乾いた笑みを浮かべる。

「王女殿下……。できれば、すでに馬車でお待ちくださっている、他の生徒たちの事もお考えください。それにアリアという女生徒でしたら、すぐに別の馬車で追わせますので、途中の休憩所にて、すぐにお会いできると思いますよ」

「そうですか……」

第二騎士団の中でも王女の護衛を任せられる彼ら中隊は、精鋭中の精鋭だ。

分隊長クラスは全員がランク3で、特に中隊長であるルドガーは、三十代前半にして騎士団の中でも数少ないランク4の騎士であり、男爵家当主でもある彼の言葉はそう無下にはできない。

「分かりました。それでは、道中よろしくお願いします。アリアのことも本日中に合流できるよう、手配を願います」

「かしこまりました。お任せあれ」

多少不自然には感じるが、あまり疑ってばかりいても王族は資質を疑われることになる。それと他の生徒のことを出されたら、どうしても『待て』とは言えなかった。

そうしてエレーナは、アリアという盾であり剣でもある少女を置いて、用意されていた王家の馬車に乗り込むと、すでに馬車の中には、男児のいない男爵家と子爵家の令嬢……そして、例の法衣男爵である神殿長の孫という少年が乗り込んでいた。

「久方ぶりですね、ナサニタル。神殿長様はご壮健でいらっしゃる？」

「は、はいっ、殿下っ！　お祖父様は元気ですっ！」

他の令嬢と同じくらい小柄で可愛らしい顔立ちの少年は、世間話を振ったエレーナに緊張した様子で答えた。

「それはそうと……あなたは伴を連れていらっしゃらないのね」

法衣男爵は宗教に関わることから、領地はなくても実質伯爵家なみの待遇を受ける。ナサニタルが求めれば伴をつけることも可能だが、彼はそれを否定する。

「はいっ、僕は貴族である前に神殿の子ですっ、自分のことは自分で出来るように、教育されております！」

「……そうですか」

言っていることは立派だが、その表情や口調から、俗世的な貴族を責めるような神殿の思想に染まっているのだと理解した。エレーナは落胆を顔に出さないよう気をつけながら、これ以上ナサニタルと会話をすることを諦めた。

そんな雰囲気を察して令嬢たちも口を開かず、無言のまま進んでいく馬車の中で暇を持て余したエレーナが窓の外に目を向けると、王都の南側を東に向かうはずの馬車が森の中を進んでいることに気付いた。

「この馬車はどこへ向かっているのですか？　陽の向きからして南に向かっているようですが？」

前方に付いた小窓から御者にそう呼びかけると、御者の兵士は何処かへ声を掛け、停まらない馬車の扉を開けて、並走していた馬からルドガーが乗り込んできた。

「失礼します、王女殿下。大人しくしていただけますかな？」

「あなた……っ」

「これから殿下をとある場所にお連れします。大人しくしてくださるかぎりは、他の生徒たちの安全は保証しますよ」

＊＊＊

「なに⁉」

「分隊長っ！」

「貴様っ、ジョーイを！」

一瞬で咽を斬り裂かれたジョーイが崩れ落ち、血塗れの黒いナイフを持つ私に他の騎士たちが怒りを向ける。

「よくもっ！」

おそらくは同僚の中でも友人だったのだろう。ジョーイと同年代の騎士が剣を突き出し、私はその切っ先を最低限の動きで躱しながら、その騎士の咽に黒いナイフを突き立てた。

「くそっ！　油断するな！」

「囲んでしまえば斥候など敵ではないっ、逃がすな！」

「おうっ！」

彼らの戦闘力は200前後――ランク2の上位といったところか。

分隊長だったジョーイはランク3ほどだった。そのジョーイと仲間がやられても退こうとしないのは、怒りもあるだろうが、彼らがまだ自分たちの優位を疑っていないからだ。

室内のような狭い空間で多人数が戦う場合、回避スペースが限られているため、盾や鎧を着ているほうが有利になる。私でも野外で同ランクの戦士が相手なら、まずは距離を取り、ばらけさせてから各個撃破を狙うだろう。

ランクに差があっても、それでも私に勝てると思ってしまったのは、自分たちが鎧を着ている安心感と、私の外見がまだ身体の細い女子どもだからだと思われる。

だけど、前提が違う。狭い場所でも回避できないわけじゃない。

「なっ⁉」

同時に見えても、わずかに速い切っ先の一つをナイフで逸らした私は、突っ込んできたその騎士の頭に片手を置いて、跳び上がるように天井に回避する。

高さのある天井に逆さになって足をつき、全身で回転しながら掴んだままの騎士の首を捻り折った私は、翻るスカートの中から脹ら脛の黒いダガーを抜き取り、左右にいた騎士たちの側頭部をナイフとダガーで貫き、ふわりとスカートを靡《なび》かせるように床に降りた。

「ば、馬鹿な……」

「斥候がなんでこんなに強いんだ⁉」

「こんな小娘にっ！」

残り三人。ランク差を覆したいのなら命を懸けろ。それに残念だが、私は斥候系の冒険者でも、本質は〝斥候《スカウト》〟じゃない。

騎士たちは鎧に身を包んでいても、戦場で着るフルプレートではなく、チェインメイルの上に胸当てや手甲などを着けた程度の軽鎧だ。

そこにわずかでも素肌が見えていれば、〝暗殺者《アサシン》〟なら殺すことはできるのだ。

彼らが混乱から立ち直る前に私は彼らの隙間に滑り込み、チェインメイルの上から脇腹にダガーを突き立てながら、もう一人の騎士の首をナイフで斬り裂く。

その騎士の上を飛び越えるようにして天井を蹴った私は、その勢いのままローファーの硬い踵で、奥にいた騎士の顔面を陥没するまで蹴り抜いた。

「お前が最後だ。王女殿下をどこへ連れていくつもりだ？」

「くそがっ」

私が血塗れのナイフを向けると、脇腹を深々とダガーで貫かれた騎士が、片膝を床につきながら脂汗まみれの顔で私を睨む。

「俺たちを……舐めるなっ、我ら国家を愁《うれ》う貴族派騎士の信念は、たとえ拷問されようと絶対に口は――」

「なら、死ね」

騎士の言葉途中で水平に首を掻き斬り、その息の根を止める。

拷問しても言わないのなら話すだけ時間の無駄だ。貴族派の彼らになんの信念があったのか知らないが、王族に手を出した以上は末端の騎士なら死罪は覚悟の上だろう。

そんな覚悟した人間からどうにかして聞き出したとしても、それが正しい情報か確認する時間もない。

「エレーナ……」

念のためジョーイが何も持っていないと確認してからエレーナの後を追う。


集合場所に戻ると、やはりもうすでに馬車の影はなく、地面に残るわずかな轍《わだち》を確認した私はそのまま馬車が消えたと思われる方向へ走り出した。

辿り着いた学園の南門で、エレーナの馬車が通ったことを確認する。王家関係者の印を見せて屋敷の執事《ヨセフ》に伝言を頼むと、そのまま轍を追っていたがその途中、森に入った辺りで複数の轍に紛れてそれ以上追えなくなってしまった。

どちらに行った？　何か見落としている痕跡は無いか？

そう考えながら《探知》をギリギリまで研ぎ澄ませて周囲を探索していると、不意に遠くから私を見る、人ではない〝視線〟に気がついた。

振り返り、森の奥の暗がりに目を凝らすと――

「……ネロ？」

『………………』

暗い森の中から滲み出るように幻獣クァールが姿を現した。偶然か必然か、私が名を付けたネロは無言のまま私を見極めるようにじっと見つめていた。

朝方の薄暗い森の中、互いを確認するように見つめ合い、私は黒いダガーを静かにネロへ向ける。

「邪魔をするのなら相手をする。そうでないのなら――」

ギンッ!!

その瞬間、暗がりから飛び出してきたネロの鞭のような髭と、私の黒いナイフが交差してぶつかり合い、体勢を入れ替えた私がネロの眉間にダガーを突きつけた。

「力を貸して、ネロ」

〈――是――〉

そう答えたネロがその巨体を感じさせない俊敏さで私の傍らまで来ると、轍の判別がつかなくなった辺りの地面に鼻を近づける。

「……分かるの？」

『ガァ……』

何故、分からない？　そんなことを言われた気がした。

ネロはどうして私に味方をしてくれるのだろう？　あの戦いで私を認めてくれたのだろうか？

別れる時、ネロは私を『月』と呼んだ。精霊も『月の薔薇の子』と呼んで、カルラは私が『月のようだから手を伸ばす』と言っていた。

彼女たちが見ている世界に、〝私〟はどう映っているのだろう……?

「行こう、ネロ」

〈――是――月――〉

痕跡を追うように動き出したネロと並走してしばらく走り続けていると、奥のほうで二人の騎士が、制服姿の女生徒を馬車に押し込もうとしている現場に遭遇する。

「ネロ」

『ガァアアアアアアアアアアアアアアアアアアアアアアアアッ!』

ネロの咆吼に騎士たちがビクリとして振り返り、そこに突っ込んでいった私がその女生徒たちに指示を出す。

「伏せてっ!」

敵である私の声に騎士たちは一瞬戸惑い、二人の女生徒は反射的に身を伏せる。

身体強化を使った私がペンデュラムの糸で木の上の跳び上がり、それを反射的に目で追ってしまった騎士たちを、そのままの速度で突っ込んできたネロの巨体が撥ね飛ばした。

「消えろ」

宙を舞う騎士たちに、私も宙に舞ったまま二つのペンデュラムをその首に巻き付け、何もない宙を蹴り上げるようにして回転しながら、遠心力で騎士たちの首をへし折り、そのまま糸を外して周囲の森の中へ投げ捨てる。

「……あなたたち、無事？」

「は、はい」

女生徒たちは一緒に出発したはずの令嬢たちだった。その二人がどうしてここにいるのか？　子爵令嬢のほうが巨大な獣であるネロに怯えながらも返事をすると、男爵令嬢がハッとした顔で口を開いた。

「姫様と法衣男爵の男子生徒がまだ捕われていますすっ！　わたくしたちは人数が多いと邪魔だと言われて……」

「それでエレーナ様はどちらに？」

「向こうの方角っ、まだそれほど遠くへ行っていないはずですっ！」

男爵令嬢が指し示す方角に目を向けてから、私は再び令嬢たちに向き直る。

「あなたたちはその馬車にいて。後から救援がくるはずだから」

「はいっ」

「姫様をお願いしますっ！」

私は彼女たちに頷き、振り返りもせずに背後に声を掛けた。

「行くよ、ネロ」

『ガァッ』

祈るように指を組む彼女たちに見送られながら、私たちは先を急ぐために再び走り出す。

途中から見落としがないように木の上に登り、木から木へ飛び移るように周囲を見渡しながら移動していると、途中に見えた森の開けた場所に戦場で使うような大型の天幕が見えて、その方角へ足を向け――

「っ！」

ギンッ！

その途中で飛んできた矢を、ネロが髭ではじき飛ばした。

見張りに弓兵を用意していたか。やはり山賊などとは相手が違う。飛来した方角から位置を割り出し、【影収納《ストレージ》】から出した毒付きの通常クロスボウで反撃する。

運良く矢が当たったのか弓兵が木から落ちる。でも、奇襲に反撃したせいでこちらも奇襲ができなくなり、体勢を崩したまま木の上から飛び出した私たちは、天幕の近くにいた騎士たちに姿を見せることになってしまった。

「アリアっ！」

「エレーナ……無事か」

聞こえてきたその声に安堵する間もなく、騎士たちが私とネロを警戒して武器を抜いて隊列を組み直す。

ジョーイと同程度だと思われるランク３の騎士たちが、エレーナとナサニタルという少年を取り囲みながら武器を向け、中隊長と思われる三十代の男と貴族らしき中年の男が、騎士たちに護られながら静かに前に歩み出た。

「流石は〝虹色の剣〟だな。その歳で部下たちを倒してもう追いついてきたか……」

「ルドガーっ、あの獣はなんだ!? 学園ではあんなバケモノも飼っているのか！」

「いいえ、サヴァア子爵。おそらくは、あの冒険者の少女が調教した魔物だと思いますが……アリア嬢、その獣をこの場所から下がらせてくれないか。反抗した場合、そこの少年の顔に治らない傷が残ることになる」

「ひっ……」

捕らえられている騎士から短剣を顔に向けられたナサニタルが、怯えた顔で小さな悲鳴をあげると、ルドガーと呼ばれた騎士隊長がまた口を開く。

「君も王女の護衛なら、この状況は分かるだろう。武器を捨てて投降したまえ。正直に言えば、高名な冒険者パーティーと敵対は避けたいのでね。こちら側で王女の護衛を続けてくれるのなら、同額以上の報酬を約束しよう」

「……ネロ、下がって」

『…………』

私が声を掛けると、状況を理解したネロが森の中まで戻って姿を隠す。

それにあのサヴァア子爵という名にも聞き覚えがある。確かセラから聞かされた、過激派で有名な貴族派の貴族だったはずだ。

一時期大人しかった貴族派がまた動き出した……。そのサヴォア子爵は、ネロが消えると安堵したように笑みを作り、捕らえられているエレーナに話しかけた。

「少々予定外でしたが、王女殿下からも護衛に投降を呼びかけてもらえませんか？　あなたが素直でしたら何もするつもりはありませんが、そう反抗的な態度ばかりですと、これに頼らなくてはいけなくなるので」

「………」

サヴォア子爵が小さな黒い瓶を指で振るように見せつけると、エレーナの顔が嫌悪に歪む。

あの瓶は……師匠の所で一度見たことがある。中身は空だったが、『魔族』が使う特殊な薬品を入れておく保護瓶だったはずだ。

何の薬か知らないが、エレーナの表情から察するに、おそらく自由意思を奪う、廃人一歩手前にしてしまう麻薬に近いものだろう。騎士たちの思惑はエレーナに盟主となってもらうことらしいが、貴族派の思惑はそうと限らない。最悪はエレーナが廃人となっても幼い第二王子への脅しに使えればいいのだ。

どうすれば助けられる？　エレーナ一人だけなら私が抱えて逃げ切れるか？

鉄の薔薇《アイアンローズ》を使ったとしても途中で魔力が尽きて、その状態で追っ手と戦うことになる。

ネロが自分の背にエレーナを乗せてくれるだろうか？　それ以前にナサニタルを見捨てることをエレーナは許せるのか？

私が気を許しているエレーナは乗せてくれても、この状況で怯えるだけのナサニタルをネロは許容しないだろう。

これだけの人数を相手にエレーナを庇いながら戦えるか……？

でも、その答えを私が出す前に、先に覚悟を決めたエレーナが柔らかな笑みを見せた。

「アリア……来てくれてありがとう。嬉しかったわ」

エレーナはそこで一旦息を吐くと、真っ直ぐな瞳を私へ向ける。

「ここからは、あなたの好きにしていいわ。わたくしについてくれば大変なことになる。あなただけでも〝自由〟に生きて……」

「……エレーナ」

王国の民のために生きて、命を懸けてダンジョンを攻略して身体を癒やしたのも、女王となって王国のために生きようとしたからだ。

こいつらは、自分たちの望みを叶えるためだけにエレーナの想いさえも踏みつけ、私を巻き込むことを避けようとした彼女の小さな願いにもサヴォア子爵は眉を顰めた。

「王女殿下……勝手なことを言っては困りますな。あのような魔物を扱う凄腕の護衛なら、良い戦力となりましょう。あれに命令してください、王女殿下」

「あなたは……っ！」

あまりの物言いにエレーナが柳眉を逆立て、ルドガーさえも顔を顰める。

ああ、そうか……

エレーナは結果として〝死ぬ〟ことすらも覚悟したんだ。

覚悟が足りなかったのは私のほうか。

なら私も……望み通り〝自由〟にするよ。

「……【鉄の薔薇《アイアンローズ》】……」

その瞬間、私の姿は彼らの前から消える。

『――!?』

光の残滓を羽根のように撒き散らしながら、超速移動でエレーナたちを捕らえていた騎士たちの首を掻き斬り、エレーナを右腕に抱え、左手でナサニタルの襟首を掴んで騎士たちから離れた場所に舞い下りた。

「アリア……」

「エレーナ、私は自由にさせてもらう」

灼ける鉄のような灰鉄色の髪を靡かせ、驚愕の表情を浮かべたサヴォア子爵と騎士たちを冷たい瞳で見下ろしながら、私は鉄のように重い声で宣言する。

「お前たちを、ここで殲滅する」

歪んだイベント　中編

「な、なんだ、あの小娘は⁉　早く王女を奪い返せ‼」

エレーナたちを強引に奪い返した私に、サヴォア子爵は王女に敬称を付けることさえ忘れて、中隊の騎士たちに命令する。

同じ手は二度も使えない。エレーナを奪い返しても非戦闘員二人を連れてこの場から逃げ切ることなど限りなく不可能だ。

それ以上に、国を愁うと嘆きながら、国内の諍いを鎮めようとしているエレーナを巻き込むような連中は、生かしておいても同じ事を繰り返すと判断した。

こいつらはここで殺す。エレーナだけは生かす。私のすべてを懸けてでも。

「アリア……」

「き、君はっ」

「黙って。舌を噛む」

何か言いたげなエレーナとナサニタルを黙らせ、子爵の指示で突っ込んできた騎士たちに向き直った私は、【鉄の薔薇《アイアンローズ》】で強化された筋力をフルに使って、エレーナとナサニタルを抱えたまま飛び出した。

「ハァアッ！」

騎士から突き出される槍を飛び越えるように穂先を踏みつけ、そのまま槍の柄を駆け上るようにして、武器から手を離すことを躊躇した騎士の顔面が吹き飛ぶほどに蹴り抜いた。

「貴様っ、よくも！」

「許さんぞっ！」

周囲から群がってくる騎士たちに、顔面を蹴り抜いた騎士を踏み台にして跳び上がった私は、右脚で迫り来る剣の腹を蹴って弾きながら、左脚の蹴りで騎士の首の骨をへし折り、三人分の体重を込めた蹴りで飛び移るように残りの騎士の首を蹴り砕く。

「斥候とは言えランク４を甘く見るなっ！　奇妙な技も使うぞっ！」

中隊長のルドガーが部下の騎士たちに指示を出し、浮き足立っていた騎士たちが落ち着きを取り戻す。

「盾を前にっ！　矢を射かけろっ！　多少なら当てても構わんっ」

薬でエレーナの意思を奪う前提とは言え、彼らもなりふり構っていられなくなっている。いや、それも失敗すれば死だと覚悟しているからか。そんなルドガーの指示に動き出した騎士たちを見て、本来彼らが誇りと命を懸けて護るはずのエレーナが、私の袖をギュッと掴む。

「アリア……見捨ててもよかったのよ？」

灰鉄色に染まった髪の私を間近で見つめながら、腕の中のエレーナがそんなことを呟いた。

「そんな事をするのなら、初めからエレーナの側にいない」

貴族派の傀儡となり、不和を起こすくらいなら死さえ覚悟していたエレーナの顔を、私も間近で見つめ返す。

「運命に抗え、エレーナ。その結果死ぬとしても、その寸前まで運命と闘え」

「……あなたは厳しいわね。でも、それでいいわ」

エレーナの瞳に活力が戻る。やはり彼女はそういう顔のほうがよく似合っている。

「撃てっ！」

盾を構えて迫る騎士数人の後ろから、矢が射かけられた。おそらく私が『身を盾にしてでもエレーナを庇う』ことも想定済みなのだろう。

「ひいっ！」

私に襟首を掴まれているナサニタルが両手で頭を抱えて悲鳴をあげる。私は右腕に抱えたエレーナの手に風の魔素が集まっているのを〝視て〟、下がることなく前に出た。

「――【風幕《エアカーテン》】――ッ」

エレーナの魔術が発動し、渦巻く気流が迫り来る矢を逸らす。その時すでに飛び出していた私が真正面にいた騎士の盾を蹴り飛ばし、隊列の崩れた騎士たちの中に飛び込みながら回し蹴りで騎士の首をへし折り、倒れた騎士の咽を踏み潰した。

二人も抱えているせいで私の移動速度は通常よりも落ちているが、反射速度や蹴りの速度まで下がったわけじゃない。

▼アリア（アーリシア）　種族：人族♀・ランク４
【魔力値：２３４／３００】【体力値：２２１／２５０】
【総合戦闘力：１１５２（特殊身体強化中：２１８２）】
【戦技：鉄の薔薇《Iron Rose》 / Limit 234 Second】

限界時間残り四分弱……。魔術を使うような全力での戦闘なら二分が限度か。

「弓隊以外は盾を構えろ！　まずはそいつの動きを止めろっ！」

再びルドガーが指示を出し、槍を持っていた騎士たちも武器を捨て、背中に括り付けていた予備の丸盾と片手剣を構えた。

ここで囲まれると本来の速度で動けない私は不利になる。だけど、私も一人で戦っているわけじゃない。

『ガァアアアアアアアアアアアアッ!!』

その時、姿を消していたはずのネロが、騎士隊の側面から飛びかかり意識を私へ向けていた騎士たちが苦もなく引き裂かれていく。

「ネロ！」

「うぁあああああっ！」

ネロに呼びかけながら悲鳴をあげるナサニタルを放り投げると、ネロは面倒そうな顔をしながらも髭で絡めて受け取り、背に乗せることなくそのまま騎士たちの蹂躙をはじめた。

毛皮に斬撃刺突耐性を持っている幻獣ケァールのネロなら、ランク2や3の攻撃でもナサニタルを庇いながらでも戦えるだろう。

「――【水球《ウォーターボール》】――ッ!!」

その瞬間、ナサニタルごとネロを狙っていた弓兵たちを、エレーナが放った水の塊が押し流す。

それに気付いて弓兵たちが私たちへ弓を向ける。この距離だと風の護りがあっても逸らしきれずに貫かれる可能性もあり、私はエレーナを護るように彼女を抱いていた右腕に力を込めた。

王族である彼女は臣民を殺さない。その代わりに私が彼女の敵を殺す。

もう二度と、エレーナが傷つくことがないように。

「撃てっ！」

弓兵たちから一斉に矢が放たれた。私は風の護りを抜けてきた矢を、蹴り上げたスカートの裾で絡め取るように叩き落とし、左手で腿から抜き放ったナイフを弓兵数人の咽や眉間に投擲した。

一人分の体重が減れば速度も上がる。三人の弓兵が崩れ落ちる前に彼らの中に飛び込んだ私は、左手の【影収納《ストレージ》】から斬撃型と刃鎌型のペンデュラムを放出しながら彼らの中央でくるりと回り、エレーナと二人でワルツを踊るように、血に染まった大地を舞台にして周囲の弓兵たちを引き裂いていった。

▼アリア（アーリシア）　種族：人族♀・ランク4
【魔力値：175／300】【体力値：189／250】

【総合戦闘力：1152（特殊身体強化中：2182）】

【戦技：鉄の薔薇《Iron Rose》／Limit 175 Second】

「なっ、なんなんだっ、こいつらはっ！　この獣はっ⁉」

そんな悲鳴じみた声が聞こえて横目に見ると、護衛をほとんど失ったサヴォア子爵が腰を抜かしてへたり込んでいた。私の視線を感じたのか、子爵は怯えた顔で何やら叫びはじめる。

「わ、私を殺すと大変なことになるぞっ！　すでに王太子殿下の所にも手練れの暗殺者が向かっているっ！　それを止められるのは私だけ――」

ドシュッ！

不穏なことを叫びはじめたサヴォア子爵の咽を飛来した片手剣が深々と貫き、事態が把握できずにパクパクと喋るように血の泡を吐きながら、子爵の瞳から光が失われていった。

「覚悟のない裏切り者が……っ」

剣が飛んできたほうを振り返ると、剣を放ったルドガーが裏切り者と呼んだサヴォア子爵を見て唾を吐いた。

「ルドガー……あなた」

それを見てエレーナが呟きを漏らすと、部下をほとんど失ったルドガーは自嘲するような疲れた笑みを浮かべる。

「王女殿下。良い護衛を得られましたね。私どもは国を愁い、志を持っていたつもりでしたが、全員が同じ思いではなかったようです……」

「どういうことですか、ルドガー!?、お兄様に暗殺者を差し向けるとは！」

「そうです、ルドガー様！　我々も王太子殿下の暗殺は聞いておりませんっ！」

エレーナの問いかけに生き残りの騎士たちも声をあげる。分隊長のジョーイも言っていたが、王国の騎士である彼らは王族を手に掛けるつもりはなかったのだろう。

「王国は……王家は一度、〝痛み〟を知らなければ変わらない。お前たちも聞けば覚悟が鈍るだろう。話すわけにはいかなかった」

「そんな……」

生き残った騎士たちがそれを聞いて武器を落としてへたり込む。

「投降しなさい、ルドガー。あなた一人がここで戦っても……」

「それはありません。殿下」

ルドガーはエレーナからの温情をキッパリと断り、静かに首を振りながら、死んで倒れた部下から替わりの剣を取り、エレーナではなく私へ向ける。

「私は志のために変わるつもりはない。たとえ万が一、極刑を免れたとしても、生きているかぎり同じ事を繰り返す。君なら分かるだろう？」

王太子エルヴァンを排除して、エレーナを次の王とする。私たちもそれを目指してはいるけど、やり方と目的が根本的に違う。ルドガーはその方法を貴族派に頼るしかなかった。もっとエレーナを知る機会があったのなら、彼は頼れる味方となったかもしれない……。

「……エレーナ。あの黒い獣の所まで下がって。ネロは私の味方は襲わないから」

「アリア……」

髪の色を灰鉄色から桃色がかった金の髪に戻しながら、【鉄の薔薇《アイアンローズ》】を解除した私はゆっくりと前に出る。

「灰に染めた髪……そうか、君が〝灰かぶり姫〟か。一般騎士では敵わないはずだ」

「エレーナが一緒に戦ってくれた」

エレーナが覚悟をしてくれたから生き延びた。ルドガーは私の言葉に少しだけ笑った。

「そうか……。貴殿に一騎打ちを申し込む。だが、受けるかどうかは自由だ。あの獣と一緒でも構わない」

その表情に騎士としての最期を求めているのだと感じた。

「時間の無駄だ。始めるぞ」

私が短くそう言って、黒いダガーと黒いナイフを両手に構えるのを見て、微かに口の端をあげたルドガーは盾を持たずに部下の剣を両手で構えた。

魔力の残量的に魔力回復ポーションがあっても、限界まで鉄の薔薇《アイアンローズ》を使い続けるのは危険だ。それに、同ランクの敵相手でも安易に決め技を使っているようでは、本当の強敵相手と戦うことができなくなる。

それ以上に……ルドガーの覚悟に応えるため、私は自分の力で剣を握る。

「「…………」」

互いに武器を構えた私とルドガーが、相手の利き手と逆側に移動するように、反時計回りに位置を変える。

▼ルドガー　種族：人族♂・推定ランク4
【魔力値：134／160】【体力値：285／320】
【総合戦闘力：747（身体強化中：921）】

ヴィーロやセラと同レベルのランク4。戦闘力は私より少し低くても、正面からの対人戦では私と比べものにならない経験があるはずだ。

戦闘力の差以上にルドガーが私を警戒しているのは、鉄の薔薇《アイアンローズ》を使った私を見ているからだ。私は使うつもりはないけど、使わなくても〝見せ技〟として使える。

ガキンッ！

徐々に距離を詰めて、私より先に間合いに入ったルドガーの剣を黒いダガーで受け止め火花を散らす。

その瞬間、ルドガーが左脚で横から蹴りを放つ。軽鎧でもナイフで斬るには体勢が悪いと判断した私は、その蹴りに自分の右脚をぶつけるのではなく絡ませ、身体を浮かせるようにして左脚でルドガーの右脚を払った。

「なにっ！」

騎士の訓練どころか、対人戦でこんな戦い方をする相手はいなかったのだろう。二人同時に倒れ込み、ルドガーがとっさに地面に左手をついて身体を支えた。

武器を手放さなかったのは、彼が〝騎士〟だからだろう。

私はナイフとダガーから手を離し、瞬間的に四つん這いで猫のように着地すると同時に、両脚で地を蹴りながら馬乗りになって、【影収納《ストレージ》】から出した小型のクロスボウをルドガーの顔面に撃ち、驚愕に目を見開く彼のその眉間を貫いた。

対人戦ではお前に分があった。ただ、騎士であるお前はそれに拘りすぎただけだ。

お前たちとの戦いで、私はまた少しだけ強くなる。

▼アリア（アーリシア）　種族：人族♀・ランク4
【魔力値：153／300】【体力値：171／250】
【筋力：10（14）】【耐久：10（14）】【敏捷：15（22）】【器用：9】△1UP
《短剣術レベル4》《体術レベル4》
《投擲レベル4》《弓術レベル2》《防御レベル4》《操糸レベル4》
《光魔法レベル3》《闇魔法レベル4》《無属性魔法レベル4》
《生活魔法×6》《魔力制御レベル4》《威圧レベル4》
《隠密レベル4》《暗視レベル2》《探知レベル4》
《毒耐性レベル3》《異常耐性レベル1》

《簡易鑑定》
【総合戦闘力：1296（身体強化中：1620）】△144UP

「き、君は、人の命を何だと思っているんだっ⁉」

ルドガーにとどめを刺し立ち上がる私に、ネロから解放されたあの少年――ナサニタルから、責めるような声が聞こえた。

「そんなことは生き残ってから考えろ」

「そんなことって……」

バッサリ切り捨てるような私の返しに、ナサニタルはまさか反論されると思っていなかったらしく、愕然として続けようとした言葉に詰まっていた。

ほとんどの敵は死んでいる。生き残ったわずかな騎士もランク4のルドガーが死に、真実を知ったことで武器を下げて、戦闘を続ける意思は感じられない。

それでも、その瞳は死んでいなかった。そこが信念を持った人間の厄介なところだ。彼らはルドガーと想いが別となっても、自分たちの信念が折れて降伏しているわけではないのだ。

「…………」

私がエレーナに一瞬だけ視線を向けると、その顔に逡巡する表情が微かに浮かぶ。

本来の彼女なら無闇に命を奪わず、生かして証人とする道も考慮したはずだ。でも、王太子が暗殺者に狙われていると分かった今、王太子を救いに行くために、エレーナの側に彼らを残すことはできなかった。

でも、そのために〝私〟がいる。私がナイフとダガーを構えて騎士たちのほうへ近づいていくと、騎士たちだけでなくエレーナやナサニタルの顔色が変わる中、私は遠くから近づいてくる微かな物音にそちらの方角へ顔を向けた。

「殿下はご無事かっ！」

騎馬で駆けつけてきたのは、エレーナの屋敷を警護する近衛騎士たちの分隊だった。

その分隊長は以前ダンジョン攻略の際に最初に関わったあの騎士――マッシュで、その彼の顔を見つけて手を振ると、私とエレーナが無事でいることに気付いた近衛騎士たちがわずかに安堵の表情で近づいてくる。

よくこの場所が分かったな……と思っていると、その最後尾に馬に乗ったヴィーロの姿が見えた。伝言を受け取った執事さんが、思惑どおりに騎士だけでなくヴィーロにも伝えてくれたのだろう。それでも、来る途中に木々に付けたナイフの跡をこれほど早く追ってこられたのは、ヴィーロの経験があったからだ。

すでに空気を読んだネロは彼らが来る前に姿を消していた。近衛騎士たちが武器を下げた第二騎士団を警戒して馬を降り、マッシュがエレーナの所まで駆け寄ってくる。

「殿下、よくぞご無事で……」

「アリアが来てくれました。その騎士たちの捕縛をお願いします。それと、女生徒二人が何処かに連れて行かれましたが……」

「そちらは途中で確保して、騎士を一名護衛に残してあります。彼女たちもアリア嬢に救われたと申しております。ですが……裏切り者は第二騎士団ですか」

マッシュの言葉と侮蔑の視線に、第二騎士団の生き残りの顔色が変わり、その中の一人が弁明するように口を開いた。

「第二騎士団全員が貴族派ではありませんっ！　今回、加担したのは我々ルドガー隊長旗下の中隊だけです。他の仲間たちは何も知らず……」

「わかりました。その辺りは調査をして、その件は総騎士団長であるダンドール伯にお任せしましょう。それよりも王太子殿下のほうにも危機が迫っています。至急、知らせと救援を送りたいのですが……」

今は時間がない。騎士の言葉を遮り、沙汰を下していたエレーナが私に視線を向ける。

「アリアとヴィーロ。虹色の剣のお二人に、王太子殿下の支援を要請します。救出しろとは申しません。城から出す騎士団が到着するまで、最悪でも王太子殿下の身柄と無事だけは確保願います」

「他の坊ちゃんたちや生徒もいますが、どうします？」

馬から降りてきたヴィーロがエレーナに答えにくい問いを投げかける。だが、それは重要な部分だ。その答えによって依頼の難易度だけでなく、エレーナ自身の資質も試されることになり、私もじっと彼女を見つめながらその答えを待つ。

「わたくしは最悪でも王太子殿下の無事だけを確保できれば、その他は必要な犠牲として処理いたします。お二人には、そのようにお願いします」

「了解した」

エレーナの言葉にヴィーロが移動の準備を始めて彼女から離れると、それを聞いていたナサニタルが目を丸くして彼女に詰め寄った。

「王女殿下っ、それはいくらなんでもあんまりですっ！」

「……わたくしは王族としての覚悟を申しました。わたくしの命も含めて、国に仕えるということはそういう事だと、王太子殿下の側近も理解しているはずです」

形の良い眉をわずかに歪ませ、溜息を吐きながらエレーナが説明しても、ナサニタルは理解できずにさらに詰め寄ろうとする。

「ですがっ！」

「それ以上、エレーナ様に近づくな」

エレーナに伸ばそうとしていた腕を掴み、私はナサニタルを止める。

法衣男爵であろうと、中級貴族の彼がこれ以上許しもなく王女に直訴しようというのなら、安全面を考慮して彼を拘束しなければいけなくなる。そんな理由もあって少しだけ威圧をして動きを止めると、ナサニタルは歯を食いしばるようにして私を睨む。

「僕は君を認めない！　この世界の命は神様が――」

「うおおおおおおおおっ！」

全員の意識がナサニタルに向いた瞬間、捕縛しようとした近衛騎士を弾き飛ばすようにして、第二騎士団の一人が雄叫びをあげて飛び出した。

「そいつを止めろっ！」

生き残り全員が王家に忠誠を誓っていたのではなく、ルドガーの賛同者も当然のように交ざっていたのだろう。彼は王女を傷つけてでも王太子への救援を遅らせるために、隠し持っていたナイフをエレーナへ向けた。

エレーナを貴族派に取り込むよりも、王太子さえ排除できれば彼らの勝ちなのだ。

だが、その途中には、驚愕して硬直してしまったナサニタルがいる。

「小僧、どけぇえっ‼」

「ひぃいいいっ⁉」

血走った目と殺気を向けられたナサニタルが悲鳴をあげた。退かなければ殺される。騎士のナイフが突き出されたその一瞬にナサニタルの襟首を掴んで引いた私は、彼と位置を入れ替えるようにして半身になってナイフを避けながら、その騎士の顎下から延髄まで黒いダガーを貫通するまで突き立てた。

「ひっ……」

ナイフの切っ先がナサニタルの目前で止まり、ダガーを引き抜いて崩れ落ちる騎士から噴き出した血が彼の顔に降りかかり、腰を抜かしたナサニタルを私は冷たく見下ろした。

「勝手にしろ。だが、彼らもその行動に命を懸けている。生きることは戦いだ。その命を神様などという〝他人〟の言葉で語るな」

「…………」

ナサニタルは蒼白になった顔で、死んだ騎士を震えながら見つめていた。

私は何故か大人しくなった第二騎士団の騎士たちを一瞥してからエレーナの近くへ戻り、救援の準備をしていたヴィーロに声をかける。

「ヴィーロ、私たちのやるべきことは王女殿下の警護だ。ヴィーロは彼女を護って。王太子殿下の救援には、私が向かう」

「おいおい、一人で行くつもりか？」

私の言葉にヴィーロが呆れたような顔をした。確かに王太子の救援に向かうのなら、場数を踏んだヴィーロがいればかなり有利に進められるだろう。

だけど、今言ったように、エレーナはまだ完全に安全とは言えない状況だ。王太子を救えても彼女が害されるのなら意味はない。

「私一人なら、山道を使って馬を使うよりも時間の短縮ができる。私のほうがヴィーロよりも速いから」

「このお師匠様に言うじゃねぇか、生意気弟子が。よし分かった。お前はこれを持っていけ」

歯を剥き出すようにして笑ったヴィーロが、準備のために持ってきたポーションを私へ投げ渡す。

「魔力回復ポーション？　私もあるけど？」

「お前のは自分で作った中級品だろ？　こいつは銀貨八枚もする上級品だ。お前のあの技は、ポーション使用中は使えないらしいが、移動中ならなんとか使えるだろ？」

持続回復する魔力回復ポーションを使うと、【鉄の薔薇《アイアンローズ》】の制御が難しくなるので、戦闘中は使えない。

ヴィーロは新しい【戦技】である【鉄の薔薇《アイアンローズ》】を会得できるか試していたみたいだけど、魔素が見えない彼では会得することはできなかったが、それでも彼なりにその特性を研究していたのだろう。

斥候の師匠であるヴィーロからの心遣いをありがたく受け取ると、そこにエレーナが近づいて、私の頬に付いていた返り血をハンカチで拭ってくれた。

「あなた一人を危険な目に遭わせてごめんなさい。でも、わたくしは、アリアを信頼しています」

「任せて」

エレーナの言葉に頷くと、私は移動するのに、矢を払って穴だらけになったスカートを右脚の辺りで縦に深く切り裂いた。

動きやすくなった透けるほど薄いタイツに包まれた足を蹴るように動かしていると、何故か騎士たちが揃って視線を逸らす。

「予備の制服を数着お願い」

「わかったわ」

そんな私の要望に、エレーナが困った妹でも見るような笑みを漏らした。

「では、行ってくる」

私の言葉にエレーナが無言で頷き、ヴィーロが親指を立てて見送ってくれた。

魔力回復ポーションを一気に飲み干して、まずは減った魔力が回復するまで通常の身体強化で森の中を駆け抜ける。

王太子がいるのは第二騎士団が演習を行う海沿いの草原だ。だけど、暗殺者が何者か知らないが、騎士が大勢いる場所で襲撃したりはしないだろう。

襲うならそこに向かう途中の街道の何処かだ。馬車の移動距離と道中の経路からある程度の場所は計算で割り出せるが、それは暗殺者も同じだ。だから私は、私が一番襲いやすいと思う地点へ直接向かうことにした。

でも、その場所まで私の脚でも二刻は掛かる。王太子がそこを通るまで間に合うか微妙だと感じる距離だった。

道なき森の中を木から木へ、岩から岩へ飛ぶように移動していると、いつの間にか私の横を並走する黒い獣に気がついた。

「ネロ……」

『ガァ』

ネロが鞭のような髭を触手のように自在に使って、自分の背を指し示す。

「乗せてくれるの？」

〈――是――〉

伸ばされた髭を掴んでその背に飛び乗ると、私が単独で移動するよりも速く森を駆け抜ける。それでも【鉄の薔薇《アイアンローズ》】を使うよりも遅いと感じた私は、手綱代わりに掴んでいたネロの髭に自分の魔力を流し込む。

『ガアッ！』

「我慢して」

理論上は出来るはず。魔力を流されて不満を漏らすネロの首筋を軽く撫でて落ち着かせ、ペンデュラムに魔力を流す感覚でネロに魔力を送り込みながら、ネロの身体強化に魔力の流れを合わせた瞬間、私は小さく呟いた。

「――【鉄の薔薇《アイアンローズ》】――」

『ガァアアアアアアアッ!!』

流れ込んでくる暴走する魔力にネロが咆吼をあげ、灰鉄色に髪を染めた私が髭を引いて木にぶつかりそうになる体勢を立て直す。

そうしているうちに徐々に魔力に慣れてきたネロは、倍加した身体能力が気に入ったのか、さらに森の中で速度を上げた。

「さあ、行こう」

『ガァアアアアアアアアアアアアアアアアアアアアアアアッ！』

歪んだイベント　後編

「エル様っ、あれを見てくださいっ、山があんなに遠くに見えますよっ」

今回、魔術学園新入生による騎士団演習視察が行われ、新入生たちを監督する役目を受けた王太子エルヴァンの馬車に乗った少女が、満面の笑みで振り返る。

「そ、そうだね……」

まるで幼児のようにクッションの効いた座面に膝を乗せて、とりとめのない話をしながら窓を覗き込んでいた少女の言動に、それに答えたエルヴァンの顔も微妙に引き攣っていた。

新入生による国家施設の見学は毎年行われているが、下級貴族を除いた中級以上の貴族に参加資格があるのは、領地を持つ次代の貴族当主や、その妻となる生徒たちに国家の運営に何が重要なのか、そのために税金がどう使われているのかを知ってもらうためにある。

クレイデール王国内には、騎士爵などを含めれば約六千を超える貴族家があり、中級貴族家が五百八十九家、そして上級貴族三十五家を含めれば、中級貴族家以上の子弟だけで一学年で六十名を超えていた。

それほどの貴族子女が移動するだけでも大掛かりとなり、そのために二年生の王太子が監督役として出ることになったが、蓋を開けてみれば参加者は六割程度しかいなかった。

通常の王都内重要施設の見学ならともかく、王都から離れた騎士団の演習となれば領地経営に興味のない女生徒は参加を見送る傾向にあり、実際に今回参加をした女生徒はたった五名しかいない。

今回のように馬車で三日も掛かるような移動の場合、生徒たちはある程度纏まって行動する。

大部分は上級貴族の寄子同士で移動することになるが、今回のような女生徒が少ない場合は、たった一名とはいえ従者を連れていける上級貴族の令嬢が、地域に関係なく自分の馬車に乗せて中級貴族の令嬢を連れてくる事が暗黙の了解になっていた。

だが、今回参加する上級貴族家以上の令嬢は、王女のエレーナと伯爵家のカルラだけで、カルラと共に旅をしようという者は誰もおらず、残り三人の中級貴族令嬢のうち二人は王女の馬車に同乗している。

そして最後の女生徒であるその少女は、孤児院で同じ孤児の女児に苛められていた経験から女生徒だけの馬車に乗ることを拒み、寄子同士の馬車に乗るとしても男子生徒ばかりの馬車に侍女も連れずに一人で乗せるわけにもいかなかったので、最終的に彼女は寄親であるメルローズ家嫡孫が乗る、この馬車に同乗することを希望した。

ゲシッ。

王太子の側近として馬車に同乗しているダンドール辺境伯家嫡男ロークウェルが、友人でもある隣に座っているメルローズ辺境伯家ミハイルの足を無言で蹴る。

「(何をする、ロークウェルっ)」

「(あの娘の家は、お前のところの寄子だろう、さっさと黙らせろ)」

「（お前だって、王太子殿下の専属護衛として付き添っているんだろ。さっさと彼女をエルから引き離せ）」

「（嫌だ。あの娘は面倒だ。それに俺は、危険が迫った時の護衛だ）」

「（私だって面倒だ。何を言っても聞かないし……）」

「ミーシャ様っ、ウェル様っ、こちらで一緒にお話ししましょうっ！」

「「っ！」」

小声で責任を押し付け合っていた二人は、その少女――アーリシア・メルシスにエルヴァン同様許可もなく〝愛称〟で呼ばれたことに顔を引き攣らせ、その視界の片隅で、二人に押し付けたらしいエルヴァンが安堵したようにこっそりと息を吐いていた。

「あ～……アーリシア嬢？」

「なんですか、ミーシャ様っ！　私のことは、そんな他人行儀に呼ばす、『リシア』と呼んでくださいね。親戚なんですからっ」

「……君は、それをどこで聞いた？」

アーリシアの発言にミハイルの目が据わる。彼女がメルローズ家の直系である姫であることは、ダンドールのような情報力を持つ貴族家には知られていても、中級貴族家では知ることのできない事柄だった。

彼女を養子にしたメルシス家も、アーリシアの護衛に就けた暗部の見習い騎士も、彼女にそれを漏らすほど愚かではないはずだ。

ならば、それを彼女に知らせたのは誰か？　暗部を束ねる上級貴族家の一人として声を低くするミハイルに、アーリシアは気にした様子もなく、自然な仕草で指先を唇に当てて小さく首を傾げた。

　それはまるで〝誰か〟が見た〝一枚絵〟を切り抜いたかの様で、その可憐な容姿と相まって、彼女に興味の無かった彼らも思わず息を呑む。

　アーリシア・メルシス。彼女は不思議な雰囲気を持つ少女だった。

　見習い騎士と駆け落ちしたメルローズ家令嬢が市井《しせい》で産んだ一人娘で、不幸な事故で両親を失い、酷い環境の孤児院で幼少時期を過ごした彼女を、ミハイルの祖父である現メルローズ伯が捜し出して保護をした。

　貴族としての教育が充分ではないので、上級貴族ではなく子爵家の養子としたが、実際には本当にメルローズ家の血を引いているのか見極めるためだった。

　彼女は、メルローズ家の直系の証しである〝桃色がかった金髪〟ではない。

　彼女は、メルローズ家に残されていた駆け落ちした令嬢の姿絵と似ていない。

　それだけでもミハイルがこの〝アーリシア〟を疑うには充分な理由だった。でも、その想いの裏には、姿絵に描かれていたその令嬢の凛とした姿にミハイルは幼い頃から憧れがあったからだ。

　ミハイルの叔母であるその令嬢は、暗部を束ねる家の者として武芸や馬術に秀でていたと聞いて、積極的にそれを学ぶほど、ミハイルは彼女とその一人娘に憧れと理想を抱いていた。

　だけど、実際に叔母の娘という少女を目にした時、ミハイルが感じたのは違和感であった。

　メルローズ家の凛々しさも強さも感じられない、ふわふわとした愛されるためだけに生まれたような少女は、ミハイルが思い描いていた〝アーリシア〟とは違っていた。

それが自分勝手な理想を押し付けているだけだとミハイルも理解している。だがそれでも、それを思う度に彼の頭に浮かぶのは、王女の護衛に就いた『王都で出会った冒険者の少女』だった。

まるで月の薔薇《メルローズ》に愛されたような桃色がかった金の髪。その強さも凜とした美しさも、ミハイルが憧れて思い描いていた〝アーリシア〟そのものだった。

だが、目の前にいる〝アーリシア〟は、それとは真逆の存在だった。

貴族としての教育が不十分なのでその言動はおかしいが、貴族の令嬢が講師から礼儀作法を学ぶように、彼女のその仕草や立ち振る舞いからは、最も良く見える〝完璧なお手本〟を何年もかけて模写したような、〝完成された愛らしさ〟があった。

子どもがそれを無意識ではなく意図的に身に付けたのなら、意欲さえ超えた〝執念〟に近いものだろう。

赤みのあるダークブロンドをふわりと揺らし、魔力が低いためにまだ容姿が幼いせいか、魔力で十七歳ほどにまで成長している彼らの中にいると余計に愛らしく見えて、彼女を疑っていたミハイルでさえも一瞬目を奪われた。

「ん～……」

その〝完璧な愛らしい仕草〟で首を傾げていたアーリシアは、ミハイルと目が合うと他意のない心からの笑みを浮かべる。

「わかりませんっ」

「……は？」

一瞬虚を衝かれたミハイルに、アーリシアは身を乗り出すようにして顔を近づける。

「だって、貴族ならどこかで血は繋がっているのでしょ？　寄親であるミーシャ様となら、親戚でもおかしくないんじゃないかしら」

「それは……そうだが」

確かにメルローズ家の直轄地を管理しているメルシス家は、メルローズ家の分家であり血は繋がっている。

だけど、この〝アーリシア〟は養子だ。彼女はいつ自分が貴族の血を引いていると知ったのか？その程度なら噂話で知っていてもおかしくないのだが、ミハイルは心の何処かに違和感が棘のように刺さり続けていた。

「ウェル様もそう思いま……きゃっ」

ガタンッと馬車が揺れて、ロークウェルに同意を求めようとしたアーリシアが、小さな悲鳴をあげて彼の胸に倒れ込む。

「おっと」

それでもさすがに武門の家系であるダンドールの嫡男は、倒れ込んでくる小柄な少女を軽く手を伸ばして受け止め、穏やかな口調で注意する。

「淑女が馬車の中で動き回ってはいけないよ。それに親しくもない男女が愛称で呼び合うことも良くないから、できれば止めてくれるかな？」

そんな窘める言葉に、アーリシアは自分の肩を支えていたロークウェルの手を、自分の小さな手で包み込むようにしながら、彼に真正面から微笑みを向ける。

「ふふ、そんな事ばかり言っていると、怖い貴族様になっちゃいますよ。私たちはまだ学生なんです。貴族だからって愉しんではいけないって法はありませんから」

「そうか……」

ロークウェルは穏やかな微笑を崩さず、内心では初めて見る魔物にでも遭ったかのように混乱しながら、擦り寄ってくる少女の肩をそっと押し返して自分で立たせた。

だがその少女の言葉は、彼女が向いていた二人とは違う方向へ波紋を投じていた。

「愉しんでもいいのか……」

三人の様子を見ていたエルヴァンが小さな声でボソリと呟いた。

自由に生きていた元子爵令嬢であった正妃は、王妃教育の厳しさから自分の子を王家の養育係ではなく自分で育て、その結果エルヴァンは次代の王として育てられながら、王族としての心構えを持つことができず、〝自由〟に憧れていた。

それでも彼なりに努力はしていたが、懐いていたはずの妹が王族としての威厳を持ち始め、婚約者となった上級貴族の令嬢たちも、浮世離れした年上の令嬢や、常に切羽詰まったような息の詰まる令嬢や、見た目も言動も危険な令嬢など、中級貴族程度の覚悟しか持たない彼にとって、理解の出来ない女性たちだった。

正妃に内定したクララは、【加護《ギフト》】を授かってから精神が弱くなり、エルヴァンにも縋るような姿を見せたことで愛おしく思うようになったが、エルヴァンは一人の男として重荷を背負った女性を支えられるほど大人になっていなかった。

エルヴァンが王太子ではなく中級貴族家の嫡男であったなら、愛される領主となっただろう。人から頼られることを知ったエルヴァンがあと十年も経てば、エレーナやクララと真摯に向き合えたかもしれない。

自由に生きてほしいと願った正妃の愛は、エルヴァンを年相応の少年にしか成長させず、周囲と少しずつ広がる精神年齢の差は彼の精神を苛み、そんな疲弊していたエルヴァンの心に、平民として育てられたという少女の言葉は、甘い毒のように染みこんで彼の心を痺れさせた。

「君、立っていたら危ないよ。こっちに来て座って。えっと……リシア？」

「はいっ、エル様」

エルヴァンが中級貴族の少女を愛称で呼び、リシアと呼ばれた少女もそれに気付いて満面の笑みで彼の隣へ飛んでいく。

そんな行動をした王太子に、『友人』兼『側近』兼『監視役』として付き添っていた二人は、互いに目配せをして諫めようと口を開こうとした瞬間、馬車が大きく揺れてその動きが停まる。

「何事だ！」

護衛役のロークウェルが剣を持って立ち上がると、馬車の外から怒鳴り声のような男の声が聞こえてきた。

『大人しく馬車の外に出てこい！　出てこなければ火をつけるぞっ！』

＊＊＊

「大人しく出てこいっ！　出てこなければ火を――」

その瞬間、馬車の内側から、扉を吹き飛ばすように膨大な炎が噴き上げ、口上を述べていた革鎧の男とその周囲を、悲鳴をあげる間もなく一瞬で骨まで焼き尽くす。

燃える炎。焼け焦げる骨の臭い……。

王太子たちから先行して四半刻ほどの場所で、同じように襲撃を受けていた黒塗りの豪華な馬車から、萌葱色のドレスにマント状の制服を纏った〝少女《死》〟が姿を現した。

漆黒の髪が森に燃え広がる炎に揺れて、乱れた髪を片手の指で掻き上げながら、濃い隈のある病的に白い顔を炎に照らされたその令嬢は、炭化した骨を拾って指で潰しながら、狼狽えて唖然とする襲撃者たちに花のような笑顔を向けた。

「上手に焼《や》けました？」

炭になるほどの炎で、いきなり仲間を焼かれた襲撃者たちが狼狽える。

燃える馬車の炎が辺りを茜色に染める中で、馬車を取り囲む革鎧の男たち。彼らは暗殺者ギルド南辺境支部の構成員で、その任務は、この街道を通る王太子の婚約者を拉致することだった。

五体満足でなくても生きてさえいれば、彼女の父親であるレスター伯爵――王家派の中でも中立寄りと言われる筆頭宮廷魔術師に対して交渉材料となり得る。だが、その優先順位は低く、最悪の場合は殺害しても良い事になっていた。

貴族派の貴族と第二騎士団の一部が目論んだ、王女エレーナの拉致と、王太子エルヴァンの暗殺計画。

本来なら王都貴族関連の依頼を受けるのは、中央支部の暗殺者だった。

だが、好戦的で知られる中央西地区支部が、ここ数年で手練れの暗殺者を何人も失っていたことを知り、暗殺者ギルドの中でも最大規模の情報網を持つ中央支部は、この依頼に〝灰かぶり姫〟と〝茨の魔女〟が関わる可能性を考慮して依頼を受けることを躊躇する。

政治との関わりが深い『暗殺者ギルド』と『盗賊ギルド』が貴族からの依頼を躊躇するほど、王国北部と中央において、この二人の少女は悪名が高かった。

もちろん、南辺境支部にもその悪名は届いていたが、その中の武闘派である幹部の一人が、とある人物の仲介によって名乗り出た。

その真の目的は王族の暗殺などではない。

その仲介をした人物の個人的な恨みを晴らすために、一時期愛人関係にあったその幹部が動いたのだ。

レスター伯爵家令嬢の拉致は、その仕事の一環として受けることになった。

南辺境支部の幹部も、その少女が中央で恐れられている『茨の魔女』だと知っていた。

だが彼らは、貴族の令嬢にどれほどの実力があるのかと情報を重視せず、彼女が危険視される理由を貴族間の政治的なものだと考えてしまった。

レスター伯爵家令嬢、カルラ・レスター……〝茨の魔女〟――。

政治的にも内面的にも実力的にも、知る者すべてから畏れられる少女は、血の気の薄い病的な顔色で炭になった骨を指で潰しながら、良く出来た木炭に目を細める職人のように愉しそうな笑顔を浮かべていた。

「……こ、殺せっ!!」

暗殺者の誰かが微妙に上擦った声をあげた。

たとえ、どれだけの実力を持っていようと、相手は魔術師であり、少女であり、見た目は病人だ。一般的な魔術師は近接戦闘に疎く、刃の届く距離まで近づいてしまえばほとんどの反撃手段を失ってしまう。

そんな一般常識が、彼らの判断を誤らせた。

「死ねっ!」

カルラの実力が誇張ではないことを察して、もはや拉致は諦めた。それ以上に殺す気でやらなければ自分たちが屍を晒すことになると、本能的に理解させられた。

魔鋼製の刃が鈍く煌めき、暗殺者がカルラへと迫る。

だが、カルラはただの貴族令嬢ではない。

「なにっ!?」

暗殺者の凶刃を、カルラがドレス姿とは思えない速度でふわりと跳び避ける。

魔術師の家系であるレスター伯爵家で、父の実験により全属性を得たカルラは、強大な力を得ると同時に未来を失った。

カルラに残ったものは〝力〟と彼女を映す他者の〝怯えた視線〟だけ。だからこそカルラは力に固執し続けてきた。

父親やその暴挙を放置したこの国を壊すため、力を追い求めて単身ダンジョンへ潜り続けてきたカルラは、一人で多数を相手にするために身体強化と体術を鍛え上げた。

「――【風幕《エアカーテン》】【岩肌《ロックスキン》】――」

魔法を二重に唱えて放たれる矢を弾いたカルラは、狼狽える暗殺者へ片手を向ける。

「――【氷槍《アイスランス》】――」

水の高等魔法である氷魔術が放たれ、それに気付いて回避しようとした暗殺者の腹部を高速で飛ぶ巨大な氷柱が貫いた。

だが、構成難易度の高さと見た目の残酷さとは裏腹に、氷系の魔術はさほど殺傷力が高くない。傷や出血が凍ることで即死せず、反撃を受ける場合もあるからだ。

それでも高位の魔術師が氷系の魔術を使うのは、発せられる強烈な冷気によってその周囲の行動に遅延効果を見込めるからだった。

暗殺者たちの動きがあきらかに鈍くなる。周囲の気温も下がり、同レベルの身体強化を以てしてもカルラに追いつけない。

だがカルラは、己の安全のために氷魔術を使ったわけではない。

バチッ！

カルラの手の先から飛び散る光を見て、魔術に詳しい者の顔が恐怖に引き攣る。

「――【雷撃《ディグヴォルト》】――」

雷撃が炎と氷で苛まれる森を閃光で埋め尽くした。

風と水の複合高等魔術【雷撃《ディグヴォルト》】が、【氷槍《アイスランス》】に貫かれた暗殺者を内部から焼き、凍りついた地面を伝わって他の暗殺者をその場で痺れさせて麻痺させた。

そしてすぐ両手に炎を出したカルラを見て、絶望の中で暗殺者の一人は理解する。カルラは最初から逃げるつもりもなく、誰一人逃がすつもりがないのだと。

最初から変わらぬその笑顔に、カルラがただ殺すことを望んでいるのだと察したその男は、次に放たれた炎にその身を焼かれながら怨嗟の言葉を漏らす。

「悪魔め……」

襲撃者たちはどうして、最初に仲間が殺された時点で撤退をしなかったのか？

最初から……彼らが逃げずに彼女に攻撃をしてしまったのは、暗殺者としての誇りでも意地でもなく、圧倒的な捕食者と出会った弱者の〝恐怖〟からだった。

「人は死ぬわ。誰でもね」

カルラが誰かを殺すことは生き残るためじゃない。カルラが殺すのは、自分の命さえも大切なものではないからだ。

幼い頃から〝死〟はいつも身近なところにあった。全属性を得てしまったカルラは、自分が長生きできるとは思っていない。書物を調べた限りでも全属性を持って三十まで生きた英雄《にんげん》はいないのだから。

カルラが人を殺すのは……この国を壊そうとしているのは、ただの八つ当たりだ。未来を失い、遠くない将来死んでしまう自分のための、盛大な〝道連れ〟だった。

幼い頃からそうして生きてきたカルラにとって、命の価値など、自分の命も含めて銅貨一枚分の価値も感じない。

もういつ死んでも構わない。でも、それまでに一人でも多くの人間をあの世への道連れに連れていく。

でも、いつの頃からだろう、殺すための目的は少しだけ変わっていた。

あの日……〝彼女〟に出会ってから。

カルラと同様に濃密な〝死〟を漂わせた、運命に抗うために戦い続ける灰色に髪を汚した少女。

死ぬのなら〝彼女〟に殺されることを願った。

だからカルラは、〝彼女〟以外の誰に殺されることも望まなかった。

殺されるために強くなる。そのためなら、数年前ならくだらないと一笑に付したであろう【加護《ギフト》】さえもその身に受け入れ、更なる力を求めた。

カルラは夢を見る。沢山の人間たちが集まる華美な舞台で、炎に包まれながら二人で殺し合い、〝彼女〟を殺して〝彼女〟に殺される。

その時から、この国の破壊も、父親を最悪の舞台で無惨に殺す望みも、彼女を本気にさせるためだけの添え物に成り下がった。

だから今は、本気でこの国の滅亡すら考えている。

すべては彼女を本気にさせて、自分と本気で愛《ころ》しあってほしいから……。

「ふふ……こほっ」

加護《ギフト》を得たせいだろうか、笑った拍子に少ない体力がさらに減って、咳き込んで口元を押さえた手の平に血が零れた。

だがそれもすべては自分が望んだことだ。命の使い方は自分で決める。

その命を奪おうとしたこの襲撃者たちにしても、王族の婚約者であるがさほど重要でもないカルラが狙われたのなら、王族たちも必ず襲われているとカルラは考える。

そうなればきっと〝彼女〟が現れる。彼女の運命を邪魔するすべてを殺すために彼女はきっと現れる。

カルラは王太子や王女がこれから来るはずの道を振り返ると、何かを感じたかのようにゆっくりと息を吸い込み、その方角へ跳ねるような愉しげな足取りで歩き出した。

「ああ……〝死《アリア》〟が来るわ……」

＊＊＊

「誰の差し金だ！」

王太子エルヴァンとその腕に縋り付くアーリシアを庇うように、ロークウェルとミハイルが前に出る。

王太子一行の乗る馬車を止めた襲撃者は、彼らに馬車から降りるように言ってその前に並べさせた。王太子が連れていた近衛騎士と、ミハイルが連れていた暗部の騎士はすでに殺されている。

近衛騎士の他には、今回演習をする第二騎士団の小隊が護衛に就いていたのだが、彼らが襲撃者と通じていたことに気付いて、総騎士団長の父を持つロークウェルは怒りに震えながら、小隊長らしき男を睨んでいた。

「ロークウェル様、あなたや総騎士団長に恨みはありませんが、すべては大義のためです」

「こんなことに大義などあるものかっ！　殿下が姿を隠されるようなことになれば、この国は再び荒れるぞ」

「それも必要な痛みです。我々はもう止まれない」

「痛みを感じるのは、お前らではなく民草だろうに……」

そもそも立場が違いすぎるのでこんな議論に意味はない。見えている着地点が違うのだから、彼らが意見を変えることはないだろう。

「………」

そう考えながらミハイルは小隊長との会話をロークウェルに任せ、エルヴァンだけでも救う道はないかと模索する。

エルヴァンはリシアと呼ぶようになった少女を庇うようにして立っているが、ミハイルの立場からすれば、王太子には彼女を盾にしてでも生き残る気概が欲しかった。

そのリシアも一見怯えているように見えるが、その顔には怯えの色はなく、本当に現状を理解できているのかも怪しい。

「最後に伺いますが、ロークウェル様とメルローズのご子息は、こちら側についていただけるのなら命までは取りません。多少の制約は必要ですが、いかがなさいますか？」

「私もミハイルも、そんなことを承諾など出来るものかっ！」

小隊長の言葉にエルヴァンが顔を青くして息を呑み、一瞬の間も置かずロークウェルが拒絶すると、それも予測していたのか小隊長が片手を上げ、革鎧を着けた暗殺者たちが前に出た。

「残念です。では苦しまずに殺して差し上げましょう」

小隊長の言葉と同時に暗殺者たちが黒塗りの刃を抜いた、その時――

ざわ……ッ。

森の中の動物たちが一斉に騒ぎ出し、森に茂る緑の幕を突き破るようにして、黒い巨獣に乗った桃色髪の少女が現れ、唖然として見上げる彼らの頭上を軽々と飛び越えながら、少女は低い声で呟いた。

「ネロ、暴れろ」

＊＊＊

『ガァアアアアアアアアアアアアアアアアアアアアアアアッ!!』

黒獣の咆吼が街道に響き、ネロはそのまま周囲に散開していた騎士たちに襲いかかっていった。

「なんだ、この魔物は!?」

「落ち着けっ、盾を構えろ！」

騎士たちがすぐさま対応して武器と盾を構える。けれど、全身金属鎧《フルプレート》を着ているのならともかく、軽装程度ではネロの攻撃を受け止められずに弾き飛ばされる。

ネロは巨体故に狭い場所ではなく、外周にいる騎士たちを敵と定め、その背から王太子エルヴァンの無事を確認した私は、滑るように飛び降りながら両手に持ったダガーとナイフで二人の暗殺者を刺し殺した。

「なっ、がっ⁉」

仲間を殺され声をあげる男の鼻柱を肘打ちで潰し、そのまま腕を巻き付けるようにして首を逆さにしてへし折った。突然現れ、敵を殺し始めた私たちに、王太子の側近だと言っていたミハイルが声をあげる。

「き、君は！」

「少し下がって」

彼にそう言いながらスカートを翻し、スリットから引き抜いたナイフを迫っていた暗殺者たちに投擲する。ナイフは一人の咽に突き刺さり、二人が避けた。さすがに王太子の暗殺ともなれば、ランク3より下は連れてこないか……。

その瞬間に飛び出していた私は、ペンデュラムの刃鎌型を出して間近に迫っていた男の咽をすれ違い様に掻き斬り、もう一人の男が突き出してくるナイフを仰け反るようにして躱しながら、背転するように爪先で男の顎を蹴り上げ、同時に投げ放っていた斬撃型のペンデュラムでガラ空きの首を斬り裂いてとどめを刺した。

「ひぅっ……」

飛び散る血潮。花が摘まれるように消えていく生命。淡々と敵を殺していく私の姿に、王太子に縋り付いていた少女がくぐもった悲鳴をあげると、それに気付いた暗殺者の一人が彼らを人質にするべく駆け出した。

「やらせるかっ！」

「ロークウェルっ！」

王太子の側近のもう一人がその間に割って入り、ミハイルがその少年の名を呼ぶ。

騎士のような体格の少年でそれなりに鍛錬はしているようだが、素手でランク3の暗殺者を止めることは無理だと本人も気付いていているだろう。

「どけっ！」

それでも立ち塞がろうとするロークウェルに暗殺者が片手剣を振り上げる。

その瞬間、前のめりになりながら地面に爪を立て、地面を蹴るようにして飛び出した私は、背後からその暗殺者に飛びつき、その勢いのまま地面に叩きつけるようにしてその首を膝で折り砕く。

濡れ雑巾に包んだ木の枝を砕くような音がして、王太子側の人間が思わず目を背ける中、私は殺した暗殺者が使っていた片手剣を拾って、まだ唖然としているロークウェルに投げ渡す。

「君は王女殿下の……」

「王女殿下から王太子殿下の救援要請を請けた。敵がいるのなら呆けるな。まだ戦う意思があるのなら武器を取れ。あなたには護るべきものがあるのでしょ？」

「あ……ああ、そうだ！」

剣を受け取り力強く頷くロークウェル。第二騎士団の小隊はネロが相手をしているから、そちらは任せても良いだろう。

私は暗殺者たちを始末するために黒いナイフを引き抜くと、その瞬間に強烈な殺気を感じて、跳び避けながらその方角へナイフを投げた。

ギンッ！

殺気の主に投げた私のナイフが弾かれる。

即座にその男から鉈のような刃物が放たれるが、轟音を立てて唸り迫る鉈を弾けないと察した私が、その攻撃を横に飛ぶように跳び避けると、それを男が追ってきた。

ゴォオッ！

風圧が音となるような蹴りが放たれ、私がそれを踵で受け止め蹴るようにして距離を取ると、男は宙に舞う私へ向けて鉈の刃を高く振り上げる。

「――【鋭斬剣《ボーパルブレイド》】――」

その瞬間、放たれた幾つもの閃刃が私を襲う。

「っ！」

私は何もない宙を蹴り上げて体勢を変えながら、身を捻るようにして閃刃を躱し、地に落ちて膝をつく私はその男と視線を交わす。

「ほぉ……まさか、この戦技を避ける奴がいるとはな」

「…………」

私もすべて躱しきれていない。掠めた右頬から血が流れ、わずかに斬り裂かれた脇腹を片手で押さえる。宿敵であるあの男も使っていたレベル5の戦技を使うこいつは何者か？

「誰だ？」

「暗殺者が誰かと訊かれて名乗るか？　と言いたいところだが、貴様には名乗ってやろう。俺は南辺境支部の幹部が一人、ギルガン様よ。貴様のその容姿、実力、知っているぞ。貴様が〝灰かぶり〟だな？」

▼ギルガン　種族：人族♂・ランク5
【魔力値：184／200】【体力値：402／410】
【総合戦闘力：1344（身体強化中：1712）】

見た目四十ほどの粗野な外見の男は、牙を剥き出すようにして獣のように笑う。

暗殺者ギルド南辺境支部の幹部か……。これほどの実力者が来るということはよほど本気で王太子を無き者にしたいらしい。

その真意はどこにあるのか？　あのジョーイが言っていたように、エレーナに王位を継がせて自分たちの思惑通りの政治をさせたいためか？　薬品まで使って言うことを聞かせたいのなら、なぜ王太子ではダメなのか……。

情報が足りない。私は何か引き出せないか、得意ではないが会話を続ける。

「何故、私がそれだと思った？」

そう尋ねる私にギルガンは呆れたような顔をする。

「はんっ、貴様ぐらいの小娘で、それほどの戦闘力を持つ奴なんて、そう何人も居てたまるかっ。貴様に気付いた理由なんて、暗殺者ギルドというだけで充分だろう？　お前に恨みを持つ奴なんて幾らでもいる」

以前も王都の周辺で北辺境地区支部の残党に狙われたが、まだいたということか。そう答えを出そうとした私にギルガンがニヤリと笑う。

「昔の女から頼まれた以上に、お前のことは知っていた。お前の容姿や得意な戦法、その対抗手段や、お前を戦場に引き出すには〝王女〟を狙うと効果的だということもな」

「……なに？」

「裏社会に情報が回ってるのさ。普通の奴ならお前が護る王女を狙うのは尻込みするところだが、そこまでされるほどの強い奴なら、戦ってみたいと思うのも当然だろ？　その情報を受け取るに当たって、お前に会ったらそれを伝えることが条件だった。面白い話だろ？」

「…………」

エレーナを狙うことが私と戦う近道となる。

以前もそういうことを言った奴を私は知っている。最近は王都の騒動に拘わっているという。

グレイブか……。

これで確信した。あの男がようやく行動を始めたことを。

私は脇腹を押さえたままそっと立ち上がり、ギルガンは私に意識を向けたまま、チラリとネロに視線を向ける。

「あれがクァールか……情報以上のバケモノだな。だが同じランク5なら、数人の仲間がいれば、なんとでもなる。お前共々、俺様が滅ぼしてやる」

ギルガンは両手にひとつずつ鉈を構え、獣のような笑みを浮かべた。

ギルガンの戦闘スタイルは両手に片手剣を持つことから、グレイブを思い出させる。

今の私は、ここまでの移動で魔力回復ポーションを使ったせいで、【鉄の薔薇《アイアンローズ》】はまだしばらく使えない。

ギルガンはネロの横やりを気にしているようだが、私はネロに敵を譲るつもりはない。

たとえ【鉄の薔薇《アイアンローズ》】が使えなくても、たとえ相手が手練れのランク5でも、同じ舞台に立っている以上、私は一歩たりとも退いたりはしない。

黒いダガーとナイフを仕舞い、両手に【影収納《ストレージ》】から刃鎌型と分銅型のペンデュラムを取り出しクルリと回す。

ランク5であるギルガンとランク4である私とは、戦闘力の差以上に実力や経験に差があるはずだ。でも、同じ戦い方をするグレイブと戦うために、私はこいつを私一人の手で倒さなければいけない。

「……貴様、なんのつもりだ？」

ナイフとダガーを仕舞って二本のペンデュラムを構えた私に、ギルガンが眉間に皺を寄せた。

「〝本気〟でやってほしいのでしょ？　戦場でいちいち確認をするのが、そちらの流儀なの？」

ランク3までなら時間を掛ければ辿り着くことができる。でも、それ以上になる場合は常人とは違う〝何か〟が必要だった。

狂気でも執念でも、己に誓いに立て、人間としての大事なものを切り捨てることで、強大な力を得ることができる。だからこそ、同じランクでも魔物より〝人間〟を私は警戒していた。

「ハッ、違ぇねぇ。それなら――」

ギルガンが何かを言いかけた瞬間、ダンッ！　と開幕から身体強化を全開にした私は地を蹴り砕くようにして飛び出し、周囲を取り囲もうとしていた暗殺者の一人を、すれ違い様に刃鎌型で咽を引き裂いた。

「……あ？」

奇妙な声を漏らしたその男から一瞬遅れて血が噴き出し、私はその血しぶきを隠れ蓑にして宙に投げた分銅型を、その近くにいたもう一人の脳天に振り下ろす。

ゴギュッ！　とカボチャをハンマーで砕くような音がした。その男が倒れる前にその顔面を踏み台にして飛び出した私が、空中で回転をしながらスカートを翻して腿から抜いたナイフを投擲すると、唖然としたように私を見つめていた二人の暗殺者が目玉を貫かれて命を散らす。

「灰かぶりっ!!」

そこでようやく、私と〝決闘〟するつもりでいたギルガンが、激高して片方の鉈を私へ投げつけてきた。

あいにくだが、私は周囲を敵に囲まれた状況で決闘できるほど騎士的でもなければ、図太い精神を持っているわけじゃない。本人は決闘のつもりでも、周囲を取り囲もうとしたその部下まで、そのつもりか分からないからだ。

ならばどうするか？　答えは簡単だ。邪魔者から先に殺せばいい。

唸りをあげて回転しながら飛来する鉈を、直角に仰け反りながら革ブーツの踵で蹴り上げると、ガンッ！　硬質な音がして鉈が斜め上に弾かれる。

今の私が履いているブーツは師匠から貰った冒険者用のブーツじゃない。あれでは制服に合わせると見た目が不自然になるので、他者に警戒されてしまう。だから普段は学園指定のローファーを履いて、今は爪先と踵に魔鉄の板を仕込んだ物を使用していた。

「こ、このガキが！」

やっと、決闘を見物する〝観客〟気分から、戦場である〝舞台〟に戻った暗殺者の一人が腰からダガーを抜いて振りかぶる。

だがそれは悪手だ。私が鉈を蹴り上げて体勢を崩したように見えても、ここは〝敵〟がいる戦場だ。たとえ距離が空いていても、一瞬たりとも防御を崩すべきではない。

「――ごがっ⁉」

飛び出そうとしたその男の側頭部に旋回していた分銅型のペンデュラムが炸裂し、男の反対側の耳から血が噴き出した。

もう貴様らに一瞬たりとも平穏はない。私の周囲は、複数のペンデュラムが旋回する、迎撃と攻撃を兼ねた〝死の結界〟だ。

「そいつを止めろっ！」

ギルガンが部下に叫んで私の後を追ってくる。下手をすれば王太子を人質に取られる可能性もあった賭けだったが、最初の印象通り、ギルガンは『灰かぶり姫』という暗殺者ギルド潰しの私と戦うことを優先した。

「ぐっ！」

近寄ろうとしていたギルガンが、目前を高速で旋回する三つ目のペンデュラム――斬撃型に思わず足を止めて蹈鞴《たたら》を踏む。

武器を仕舞ったのは、最大四つのペンデュラムを同時に扱うため、今の私の技量では両手を完全に空けておく必要があった。

「死ね、灰かぶりっ！」

『止めろ』と命じられていた部下の暗殺者たちが武器を構えて、動き続ける私の前を塞ぐ。その瞬間、死の結界を旋回していた刃鎌型が、先頭の男の両目を抉るように引き裂いた。

悲鳴をあげるその男を盾にして、さらに二人の男が肉薄する。冷酷なようだがそれが正解だ。ギルガンという男は見かけによらず部下をしっかりと統率できているらしい。

動き回る私に投擲武器は当てづらい。ならば武器を仕舞って遠隔主体に切り替えている私に、接近戦で挑む彼らは間違っていない。

　ガキンッ！

「なにっ⁉」

　着地点を薙ぎ払うように振るわれた槍の一撃を、私は脹ら脛に括り付けたダガーの鞘で受け止め蹴り返す。仮にもランク5の魔物の攻撃を凌いで、とどめを刺しても折れなかった武器だ。たとえ鞘に納めたままでも必殺の一撃以外なら受け止めてみせる。

　両手で攻撃をして、脚で攻撃を受ける。私は武器を仕舞うことで逆に複数の敵と戦うための戦闘スタイルとした。

「いい加減にしろっ！　俺と戦えっ‼」

　それでもわずかに足を止めたせいか、高速で旋回する薄刃の斬撃型を鉈で弾きながら、ギルガンが間近まで迫ってきた。

　私は槍を受け止めた脚の鉄板入りの踵で槍使いの顔面を蹴り潰し、もう一人が背後から襲ってくるのを感じて、そいつの首に旋回させていた分銅型を巻き付けて絞め上げる。

　背後の攻撃は封じた。だが、正面からギルガンが迫ってくる。

　私は背後に回した糸を強く引いてその男をくびり殺し、それと同時に糸を引いた反動さえも利用して、ギルガンからさらに距離を取る。

「まともに戦え、灰かぶりっ‼」

「多数で取り囲んでおいてよく言えるな」

ギルガンの追撃を躱しながら次々と包囲陣を殺害していく私に、近くまで迫られた暗殺者は背を向けて逃げ出した。

臆しても怯えるな。退いても逃げるな。恐怖はお前の心を殺すよ。

旋回する分銅型が恐怖に足をすくめた男の頭部を掠めて一瞬だけ意識を刈り取り、その瞬間に飛び抜けるように膝で後頭部を蹴り上げた私は、そのまま脚を男の頭部に巻き付け、回転しながら着地と同時にその首をへし折った。

＊＊＊

「あれが王女殿下の護衛……？」

「……そうだ」

敵の武器を奪って構えながらも、ロークウェルは参戦するどころか一歩も動くことができなかった。

辺境伯であるこの国の総騎士団長を父に持ち、おそらく十数年後にその後を継ぐはずとなるロークウェルは、この国で最高峰の環境で最高の騎士となるべく訓練を受けてきた。

かつて国力の差で吸収されたが、旧ダンドール公国は武の国であり、その王族であるダンドール家の血は、ロークウェルを実力で同年代の筆頭に押し上げていた。

その才能は学園の在籍中にランク３に達する事は確実と言われ、実際に剣を取れば近衛騎士にさえ負けない自信があった。

この国で最高の騎士となる。そして、少年にとって最高の騎士とは『最強の騎士』でもあった。だが成長すれば、この国の総騎士団長となる人間は個の武ではなく、政治力や統率力を求められていることに気付く。

強くなりたいと願う。だがそれだけではやっていけないと、大人になった自分が子どもの自分を宥めていた。

だが、目の前で舞うように敵を殺す桃色髪の少女の戦いは次元が違っていた。ロークウェルの価値観を完全に壊してしまった。

正直に言えば感情を表すことなく人を殺していく少女に恐怖を感じた。脚が震えて動かず、手も握った柄から離れない。

でもそれと同時に、ロークウェルは少女の姿から目を逸らすことができず、内に封じてきた強くなりたいと願う気持ちが、その柄を握る手に異様な力を込めさせた。

「…………」

そんなロークウェルの呟きに答えたミハイルは、何処か焦がれるような視線を向ける友人とは違い、返り血に染まる少女を悲痛な眼差しで見つめていた。

「どうして……」

その二人とは数歩下がって護られていた王太子エルヴァンは、彼らと同じように少女を見つめながらも、その顔色は青ざめていた。

数年前、お忍びで出掛けた王都で出会った冒険者の少女。最初に出会った時、その幼さで冒険者をしている少女に世間知らずな憧れを抱き、そんな生活をしている少女の不意に見せた可憐さに興味以上の感情を抱いたこともあった。でも……

「どうして、あんな簡単に人を殺せるの……？」

エルヴァンは元子爵令嬢で王妃となった母から、上級貴族の横暴に耐えながらも自由があった子爵令嬢時代の話を聞いて、自分もそう生きたいと願っていた。

それ故にお忍びで街に出たいと願い、そこで出会った少女は、責任と重圧に悩んでいたエルヴァンにとって自由の象徴でもあった。

だが、妹である王女の護衛侍女となった彼女は、そんな印象とは懸け離れた存在になっていた。これが王族に仕えることなのか？　こんな血塗れの道が王族の歩む世界なのかと、エルヴァンは絶望するような気持ちで彼女を見つめていた。

そんな震えるエルヴァンの手を、小さく温かな手がそっと包み込む。

「……リシア？」

「大丈夫ですよ、エル様。この世界はあんな怖いモノばかりではありません。この世界は綺麗なものがいっぱいありますよ。恐ろしいモノを見たくないのなら、今は私を見てください。私はずっと笑っていますから」

そう言ってニコリと微笑むリシアに、精神的に追い詰められていたエルヴァンはようやく逃げ道を見つけたように引き攣った笑みを浮かべ、少女の手をそっと握り返し……その行為がエルヴァンとクララの絆に、〝罪悪感〟という楔《くさび》を打ち込んだ。

『ガァアアアアアアアアッ！』

その頃、幻獣クァールであるネロは、人間の騎士数名と戯れていた。

人間にもアリアや自分を罠に掛けた人間のように、特別強い個体がいることを知っている。それでもネロにとって人間は弱者であり、単独で自分に勝てる者はほぼ居ないと考えている。

ネロにとってアリアは初めて興味を持った『他者』だった。最初は共通の敵を狩るために側にいたが、ネロは自分と同じように孤独に生きながら、その瞳が常に天を見ているアリアの中に、果てしない闇夜を照らす〝月〟を感じて、ネロに彼女の人生を見ていたいと思わせた。

そんな彼女といれば、今回のように気まぐれに手を貸すこともあるだろう。人は弱者だ。だが、群《むれ》になれば脅威となることもネロは知っていた。

その戦いの練習台として騎士たちと戯れていたネロは、不意に彼らから飛び離れると騎士たちの後ろの森に警戒するような唸りをあげた。

次の瞬間――

『ゴァアアアアアアッ！』

騎士たちは背後の森から現れた熊の魔物に慌てて盾を向ける。

「なんだ、こいつはっ⁉」

「蒼殻熊《あおがらぐま》っ！　どうしてこんな場所に⁉」

蒼殻熊とは、餌とする蟹のキチンが魔素によって皮膚の一部となり硬質化した魔物で、ランクは3だが、その硬さから冒険者ギルドの難易度ではランク4になる強力な個体だ。

それでも幻獣クァールであるネロにとって脅威ではない。

ならば、ネロは何に警戒していたのか？

その蒼殻熊も騎士たちを襲いに来たのではなく、全身の数カ所が焼け爛れ、幾つか裂傷を負っていた。

蒼殻熊は〝何か〟から逃げていた。討伐難易度ランク4にもなる蒼殻熊を追い詰めるような存在が居る。

ゴォオオオオオオッ！

その瞬間、幾つかの巨大な火柱が森の奥から噴きあげて蒼殻熊を背後から貫き、とばっちりで二人の騎士が炎に包まれた。

「まあ。大きな毛皮が採れそうな、猫ちゃんがいるわ」

蒼殻熊と騎士たちが火に焼かれて悲鳴をあげながら転げ回る中、森の奥から闇が滲み出るように黒髪の少女が姿を現すと、燃える彼らなど目も向けず、自分を警戒する黒い幻獣に愉しげに目を細めた。

『グルルゥ』

突然森の奥から現れ、蒼殻熊と第二騎士団の騎士数人を火だるまとした少女に、ネロはこの場にいる何よりも危険なものを感じて、耳から伸びた鞭のような髭から火花を散らしながら警戒の唸りをあげる。

ネロから視たその強さは、自分が見守ると決めた『桃色髪の少女』と同じくらいだろうか？　だが、あの少女が内に秘めた〝力〟と同様に、この病的な姿をした少女からも秘めた異様な〝力〟を感じた。

「うふふ」

警戒するネロを見てその少女――カルラは長い黒髪を指で掻き上げながら、病的な顔色で愉しげに目を細める。

カルラは幼い頃より詰め込んだ膨大な知識により、目前の獣がクァールだと見抜いていた。ランク5の危険な幻獣で、現在ランク4である自分よりも戦闘力で上の相手になる。

だが、戦闘力はただの目安であり、他者を殺すためだけに鍛え続けてきた自分の魔術を試す相手として、充分な能力を持っていることがカルラの口元に笑みを浮かべさせていた。

途中で見かけて襲ってきたこの辺りを縄張りとしているらしい蒼殻熊は、討伐難易度こそランク4相当と高いが、カルラの力量さえ見抜けなかった愚かな獲物だった。

どうしてここに居るのか不明だが、それ故に、自分を警戒する知性を持つクァールの出現にカルラは自分の好奇心の高ぶりを感じて歓喜する。

「いらっしゃい、猫ちゃん」

▼カルラ・レスター　種族：人族♀・ランク4

【魔力値：425／530】【体力値：34／52】
【筋力：7（8）】【耐久：3（4）】【敏捷：12（14）】【器用：9】
《体術レベル3》
《光魔術レベル3》《闇魔術レベル3》《水魔術レベル4》《火魔術レベル4》
《風魔術レベル4》《土魔術レベル3》《無属性魔法レベル4》
《生活魔法×6》《魔力制御レベル4》《威圧レベル4》《探知レベル2》
《異常耐性レベル2》《毒耐性レベル1》
《簡易鑑定》
【総合戦闘力：1030（魔術攻撃力：1545）】
【加護《ギフト》：魂の茨《ソウルソーン》】

▼ネロ　種族：クァール・幻獣種ランク5
【魔力値：224／280】【体力値：465／510】
【筋力：20（30）】【耐久：20（30）】【敏捷：18（27）】【器用：7】
《爪撃レベル4》《体術レベル5》《防御レベル4》
《無属性魔法レベル4》《魔力制御レベル5》
《威圧レベル5》《隠密レベル4》《暗視レベル4》《探知レベル5》
《毒耐性レベル4》《斬撃刺突耐性レベル5》《異常耐性レベル4》

【総合戦闘力：２１３６（身体強化中：２７０４）】

「こ、この女はっ⁉」

「レスター伯爵の娘だっ！　気をつけろ、こいつは――」

生き残った第二騎士団の騎士たちが乱入者の正体に気付いて剣を構えるが、それを見てカルラは邪魔だとばかりに軽く腕を振る。

「――【竜巻《ハリケーン》】――」

レベル４の風魔術が放たれ、その風の渦に巻き込まれた騎士たちが、無数の小さな刃に切り刻まれて吹き飛んでいく。

『グァオオオオッ‼』

その瞬間、様子を見ていたネロが一瞬で飛び出し、カルラに牙を剥く。

魔物であるネロは《鑑定》スキルを使わないが、そもそも鑑定とは眼で見て耳で聞きとり、己の五感で対象の能力を感じて数値化するスキルである。下位の魔物ならいざ知らず、上級の魔物ならばスキルに頼らなくてもある程度は鑑定に近い数値を読み取ることができた。

それによって感じられたカルラの魔力値は、幻獣のネロから見ても驚異的なものだったが、体力値は人間種の子ども並みしかなく、ネロの爪が掠めただけでも容易く致命傷を与えられる――はずだった。

『ガッ！』

「フッ！」

その瞬間、突風がカルラの身体に巻き付くようにして身体がふわりと浮かび、木の葉のようにネロの爪を避けてみせた。

身体強化で攻撃力だけでなく耐久力のような防御能力が上昇するのは、魔力そのもので肉体を覆っているからだ。それによって直接攻撃だけでなく、攻撃魔術にも耐性を得ることができる。

そして高位の魔術師が身体強化を使用するのは、直接攻撃を避けるためだけでなく、身体強化の応用で肉体を強い魔力で包み、すべての耐性を上げるためでもあった。

だが人間種の魔力には限界がある。長い寿命を持った妖精族のエルフでもその魔力は下級精霊にさえ届かず、たとえ魔力制御を使えたとしても戦闘時に攻撃を避けながら魔力を制御するには、尋常ではない胆力を必要とした。

カルラは【加護《ギフト》】を得たことで、膨大な魔力に慣れた身体は通常時でも限界以上の魔力を保持することができている。すべてを敵と定め、単独で戦い続けてきたカルラは、膨大な魔力を全身に纏い、戦闘中でも心を乱すことなく制御して移動にさえ活用できるようになっていた。

それでもランク4の魔術師がランク5の魔物の攻撃を避けることは至難の業だが、カルラは妙技とも言える魔力制御で風を操りネロの攻撃さえ避けてみせた。

それが総合戦闘力には表れない、心と知恵の強さだった。

「――【火炎槍《ファイアジャベリン》】――」

宙に浮かんだままのカルラが真下を通り過ぎるネロに魔術を放つ。

斬撃刺突耐性を持つクァールにとって警戒するべきは攻撃魔術だ。だがそれも間合いさえ詰めれば対策もある。

『ガァアアアッ！』

ネロの髭が電気のような火花を散らして魔術を阻害すると、放たれた火炎槍が掻き消え、その衝撃にカルラが顔を顰めた。

ガガガッと大地に傷を刻むように爪を立て、そのまま通り抜けたネロが反転すると同時に、距離を取れたカルラが宙を舞いながら再び魔術を放つ。

「――【氷槍《アイスランス》】――」

氷系の魔術は低温により敵の行動を阻害する。それでもネロは、放たれた氷槍を身体能力と感覚だけですべて回避したが、その回避した先に火だるまとなって暴れ回る蒼殻熊がいた。

『グァアアアアッ！』

そちらに追い立てられたネロに蒼殻熊が襲いかかり、そこにも氷槍が降りそそぐ。

『ガァアアアアアアッ！』

だがネロは一瞬の躊躇もすることなく火に包まれた蒼殻熊の咽に喰らいつき、自分と同じ大きさもある蒼殻熊を振り回すようにしてその首を砕くと、そのまま氷槍の盾にした。

蒼殻熊を盾にして突撃してくるネロという強敵に、カルラは狂気にも似た凄惨な笑みを浮かべる。

「――【魂の茨《ソウルソーン》】――」

▼カルラ・レスター　種族：人族♀・ランク4
【魔力値：∞《無限》／530】【体力値：26／52】
【総合戦闘力：1030（特殊戦闘力：2957）】
【加護《ギフト》：魂の茨《Soul Thorn》　Exchange/Life Time】

＊＊＊

「灰かぶりっ！」

ギルガンの猛攻を躱しながらその部下を殺していく私に、ギルガンが怒りの叫びをあげた。

追撃してくるその一撃が怒りと焦りで徐々に雑になっていく。ギルガンからしてみれば、私がギルドを壊滅させるような危険な敵だと理解していても、ランク4という格下の相手に手玉に取られていることが我慢ならないのだろう。

ここまでの観察でギルガンは、部下を統率する力量があり、暗殺者ギルドの中央支部が避けた依頼を受ける行動力がある。だがそれを違う方向から見れば、部下の命を預かる暗殺者ギルドの幹部とは思えない軽率さと傲慢さを感じた。

そういう人間は我慢に対する耐性が低い。焦りと苛立ちは技の精度を下げる。

彼の大振りな一撃を挑発するように軽業で避けると、切られたスカートの裾がわずかに私の足に絡まった。

「これで終わりだぁあ!!」

その一瞬の隙を見てギルガンが両手の鉈を投擲した。

騎士や並の剣士では、自分の武器をとどめとはいえ投擲しようとは思わない。それが致命的な隙となり、この状況では最適の攻撃となる。

「なにっ!?」

私はその攻撃を自分から倒れることで回避した。

お前は技を見せすぎだ。自分の得物を躊躇なく投擲したギルガンのように、私も次に回避することを放棄してこの一撃だけを避ける。

このままでは周囲にいる暗殺者たちに狙われる。だけど、私がギルガンの技の荒さに気付けたように、彼の短気さを知っている部下たちは巻き込まれることを恐れて動きが鈍り、怒りで視野の狭くなったギルガンはそれに気付いていなかった。

「ぎゃあああっ!?」

私が伏せたことで飛び抜けた鉈が私に攻撃しようとしていた部下に直撃する。その光景にギルガンが気を取られたその瞬間、倒れた方向に蹴り上げるようにして回転した私は、翻る長いスカートを目眩ましにして腿から抜き放ったナイフを投擲した。

「ちっ！」

キキンッ！

すかさず我に返ったギルガンが、わずかに掠めながらもギリギリで急所を狙ったナイフだけを回避した。

その瞬間には絡まった裾を引き裂きながら飛び出していた私が、刃鎌型のペンデュラムを振り下ろす。だがギルガンはそれを手甲で弾きながら、迫る私に向けて突然声を張りあげた。

『ああああああああああああああああああああああっ!!』

「っ！」

突然ギルガンが雄叫びをあげ、私の身体が一瞬だけ硬直した。

なんだ⁉　《威圧》じゃない。おそらくはギルガンの奥の手か。

私の【幻痛《ペイン》】と近いスタン系の魔術スキルだと推測したその瞬間、その隙に死んだ部下の剣を拾い上げたギルガンが、高く剣を振り上げた。

「――【鋭斬剣《ボーパルブレイド》】――」

二度目となるレベル5の戦技が放たれ、幾重もの不可視の斬撃が私を襲う。

この至近距離で躱すのは不可能に近い。もちろんギルガンもそう思っているだろう。だからこそ私も、『次に戦技を撃たれるのならこのような場面』だと、そう予想していた。

先ほどの『雄叫び』は【幻痛《ペイン》】ほど硬直時間が長くない。

一瞬の硬直から立ち直った私が、先ほど引きちぎったスカートの裾を前方に放る。

「――⁉」

近づきすぎだ。わずかな布地がギルガンの視界を遮り、いくらランク5でも見えない敵に戦技を当てるのは難しい。

その瞬間、猫のように地に伏せて戦技の斬撃を回避した私は、糸を巻き付けた足で操ったペンデュラムの刃をギルガンに放つ。

だが――

『ぐぉおおおおおおおおおおおおおおおおっ!!』

ギルガンがまた『雄叫び』をあげ、全身からブチブチと筋肉が切れるような音を立てながら血を噴き出すようにして、顔面に放たれたペンデュラムの刃を避けてみせた。

「……やってくれるじゃねぇか」

「…………」

ギルガンが血塗れの顔で牙を剥くように笑う。おそらく『声』系の技能《スキル》を有しているのか、生死を懸けた一瞬の隙を突いた攻撃でもギルガンは倒せなかった。

やはり決め手が薄い。部下を倒して一対一の状況をつくり、その過程で敵の集中力を乱して技の精度を下げる程度では、たとえ互角にまで持っていけたとしても決め手には足りない。

（ならどうするか……）

ドドォンッ!

その時、離れてきた場所から魔術の爆発音らしき音と衝撃が響いた。

ギルガンに視線を向けたまま耳を澄ますと、ネロの咆吼と微かに知っている声が聞こえた。

「なんだっ、あの音は!?」

「さあな」

状況が見えないギルガンの声に軽く答えると、そのまま背後のネロとアイツが戦っている場所に向けて飛び出した。

「どこに行く、灰かぶりっ！」

移動を始めた私にギルガンが投擲ナイフを放ち、私は分銅型のペンデュラムでナイフを弾きながら、背後から飛んできた〝流れ弾〟を避けると、飛んできた【火球《ファイアボール》】は私とギルガンの間で炸裂した。

「ぐぉおおおおおおおおおおっ⁉」

撒き散らされる炎に、腕を焼かれながらも回避したギルガンが飛び出してくる。私もとっさに張った【魔盾《シールド》】も破られ、熱と衝撃でダメージを受けていたが、そこでペンデュラムを仕舞い、黒いダガーとナイフを構えた。

「ここが私たちの戦場だ」

私の戦い方を見せてやる。

＊＊＊

「……私は加勢に行く」

剣を握りしめてそう呟きを漏らしたロークウェルに、王太子エルヴァンを含めた全員が息を呑み、彼に驚愕の視線を向ける。

一部とはいえ第二騎士団の反乱と貴族派に依頼された暗殺者ギルドの来襲。そんな危機的状況の中でも、王女エレーナが派遣した冒険者の少女が救援に現れ、襲撃者の視線を王太子たちから逸らしてくれていた。

総騎士団長を多く輩出してきた家系の者として、彼にも何か思うところがあるのだろう。だが、ロークウェルの剣技が優れているといっても、あくまで『学生レベル』であり、下手な手出しをすればこちらにまた注目を集めることになりかねない。

それでも騎士として男として、うら若き乙女の背に隠れ続けることをロークウェルは〝是〟とする事ができなかった。

「ならば私も行こう。剣では君に及ばないが、魔術なら少しは役に立てるはずだ」

「ミハイル……」

戦いに出ようとする友の隣に立ち、ミハイルは強がりであったとしても浮かべた笑みをロークウェルに向ける。

ミハイルとロークウェルの想いは、同じ方向を向いているが少し違う。

ロークウェルは、上級貴族として心に封じた騎士として憧れた強さを桃色髪の少女に見て、少年が勇者に憧れるようにその隣に並び立ち、共に戦うことを望んでいる。

今はただの憧れだが、彼が少女だけに戦わせることが出来なかったのは、男の矜持というだけでなくその憧れとは違う想いが、遠くにいる少女に向けられていたせいかもしれない。

ミハイルは数年前に出逢った、自分に群がる令嬢たちとはまるで違う冒険者の少女に興味を持ち、その中に幼い頃に憧れた叔母の面影や、孤高とさえ言える生き様を見て、彼女を孤独という暗闇から救いたいと思った。

孤独に戦い続ける少女の姿にミハイルは憐れみを感じた。それが貴族として恵まれた立場からの驕りであることは理解している。それでもミハイルはそんな彼女を支えてあげたいと願うようになった。

たとえ少女がそれを望まなくても……この想いが家族のように支えたいという願いなのか、違う想いなのかは自分でも分からない。けれど、ロークウェルと同じように彼女の背に隠れていることは、ミハイルにはもうできそうになかった。


だが……もう一人の友人は彼らを理解できなかった。

「何を言っているんだ、二人とも！　あんな危険な戦いに僕たちが出て行って、何が出来ると言うんだっ⁉　馬鹿なことは止めるんだ。君たちの役目を思い出してくれっ！」

戦いに赴《おもむ》こうとする二人を王太子エルヴァンが止めて、ミハイルとロークウェルが一瞬だけ視線を交わす。

彼の言っていることは正論で、上級貴族である彼らの役目は生き残ることだ。

一流冒険者の〝虹色の剣〟の一人である少女が生死を懸けるような戦場で、学生レベルより少しマシな程度の実力しかない自分たちが出て何ができるのか？　下手をすれば少女の戦いの邪魔になってしまうだろう。

「……お許しください、殿下。我らはもう座して見ている真似はできないのです」

「反乱を鎮めるのは上級貴族の責務。たとえ我らが散ろうとも、救援に来た彼女に責は一切ありません」

「そんな……」

エルヴァンはロークウェルとミハイルの決意に言葉を失う。

言葉では二人を窘めるようなことを言いながらも、エルヴァンには怯えがあった。命の重さなど知らないように他者を殺し続ける少女は、王族でありながら相応の覚悟を持てずに成長したエルヴァンにとって、最も理解できない存在となっていた。

いつの間にか現れていた婚約者であるカルラも黒い巨獣と戦いはじめ、敵も味方も関係なく殺していく光景は、まるでこの世の地獄のように思えた。

エルヴァンはそんな怯えを二人に見通されたように思い、貴族として男として前に出ようとする友人二人と、今まで感じなかった距離を感じて、その原因となった遠くで戦い続ける桃色髪の少女に昏い眼差しを向けた。

「待ってくださいっ！」

二人を止めるもう一人の声があった。まだ幼さが残るその少女は気落ちするエルヴァンの手に自分の手を添えて、ミハイルとロークウェルに悲しげな瞳を向ける。

「お二人がそんな危険な真似をする必要はありません！　『私たちは人間なんです』。貴族の責務とか、そんな事より命を大切にしてください！　『もっと大切なことがあるでしょう』。危ないことは野蛮な人たちに任せておけば良いのです！」

「「………」」

縋るような少女――リシアの言葉にミハイルは静かに首を振り、彼の肩を軽く叩いたロークウェルと共に戦いの場へと歩きだした。

「ロークウェル……ミハイル……」

自分から離れていく友人たちの名をエルヴァンが寂しげに呟き、そんな彼の頭をリシアはそっと自分の胸に抱きしめ、そんな少女の優しさに縋るようにエルヴァンがその細い身体に縋り付く。

「リシア……」

「はい、エル様。私はあなたのお側にいますよ」

慈愛に満ちた表情で、まるで子どものように胸に縋り付くエルヴァンの頭を撫でながら、リシアは不思議そうに二人の少年の背を見つめた。

（……何がいけなかったんだろ？）

あの魔石から得た〝ヒロイン〟の台詞を使ったのに、二人は止まってくれなかった。

すでに情報は現実と少しずつ違っている。いつの間にか物語から消えていたヒロインの存在。本物が居ないのだから状況に差異が出ることは承知しているが、攻略対象者二人の言動にも明確な違いを感じて、さらなる情報の精査が必要だと感じた。

そして『アーリシア』を名乗る本当の名も忘れた少女は、不意に顔を歪ませると、遠くに見える桃色髪の少女と長い黒髪の少女に荒んだ目を向けた。

（あの二人……邪魔だなぁ）

＊＊＊

いつの間にどこから現れたのか、あのカルラとネロが森を破壊しながら戦っていた。

あの力……例の加護《ギフト》の力か。私の〝目〟でも魔力の上限が見えない。けれど、恐ろしいほどの速さで生命の輝きが衰えているように感じた。

命を糧にして激しく燃える地獄の火――それがお前の望んだ力か、カルラ。

噴き上げる魔力で飛び回りながら、カルラはランク5でも上位に位置するネロと互角以上の戦いを繰り広げていた。いや、瞬発的な破壊力だけなら、カルラはランク6ほどの力があるだろう。

斬撃刺突耐性を持つクァールにとって攻撃魔術は弱点となる。けれどもクァールはその魔術そのものを阻害する力もある。

二人とも強い力を持ち、放っておいても碌なことはないが、相性的に簡単に決着がつくようなものではないので、どちらかがすぐに危険な状況になる事はないだろう。

カルラが無作為に撃ち放つ流れ弾で、辺り一面は炎に捲かれていた。だからこそ私はここをギルガンとの決着の場に選んだ。

「貴様……っ！」

その流れ弾に巻き込まれたギルガンが私に怒りに満ちた瞳と剣を向ける。流石は暗殺者ギルドの幹部と言うべきか、左腕を焼かれながらも多少体力値が下がった程度で、目に視える戦闘力はほとんど下がっていなかった。

だけどそれでいい。こんな流れ弾程度で死んでもらっては、わざわざ一対一にしてまで〝ここ〟に呼び込んだ意味がない。

決着をつけよう。ここがお前の死地だ。

「……チッ」

無言のまま黒いナイフとダガーを構える私に、ギルガンが地面に唾を吐いて剣を構えながら腰を落とした。

ドォオオンッ!!

近くでカルラの魔術が炸裂して、それを合図に私とギルガンが同時に飛び出した。

ガキィンッ!

剣とダガーがぶつかり合って火花を散らし、その隙を縫って繰り出した左手のナイフをギルガンも火傷を負った左腕の短剣で受け止める。

筋力で劣る私が鍔迫り合いをする意味はない。だがそれは左腕を負傷したギルガンも同じなのか、両手で鍔迫り合いをする状態から蹴りを放ってきた。

「ハッ!」

「くっ!」

私もとっさに膝で受けるが体重の軽い私が弾き飛ばされる。でも私はわざと膝で蹴るようにして距離を取り、軽業の宙返りをしながら着地と同時に地面の石を蹴り飛ばして、追撃しようとしたギルガンを止めた。

ここに来て様々な策を弄することで、私はようやくランク5のギルガンとまともに戦えるようになった。

それでも私とギルガンにある1ランクの違いで、私が決め手を欠いていることに変わりはない。その差をどう埋めるのか……そのために私はここを決着の場に選び、これから先は、私たちの集中力と覚悟の差が勝敗を分けることになる。

ドォオオオオンッ!!

『ガァオオオオオオオオオオオオオオオオッ!!』

「アハハ♪」

炎の熱と炸裂音、狂気の哄笑と獣の咆吼。

熱風と飛び散る岩の欠片にギルガンの意識が一瞬逸れて、致命傷となる飛礫《つぶて》だけを躱しながら飛び出した私のナイフが、ギルガンの肩を斬って血しぶきを散らす。

「正気じゃねぇ……」

「当然だ」

まともな人間が、単独で暗殺者ギルドを敵に回すはずがないでしょ?

掠めた飛礫で額から血を流しながらも刃を振るい続ける私を見て、ギルガンの瞳に微かだが初めて怯えの色が浮かんだ。

「……ぁあ『あああああああああああああああっ』‼」

ギルガンがその叫びを渾身の驚愕《スタン》として放つ。

「っ！」

一瞬だけ足止めをするその技能は、《威圧》や【幻痛《ペイン》】と違ってレジストは困難だ。

私はその一瞬に耐えてギルガンの刃をいなすために身構える。それを見て剣を振り上げ、再び戦技を放とうと集中したギルガンのその背を、突然あらぬ方角から飛来した〝風の攻撃魔術〟が斬り裂いた。

「なんっ、だとっ⁉」

驚愕の声をあげるギルガン。そこに――

「うぉおおおおおおおおおおおおおおおっ！」

ドスッ！

その斬り裂かれた背を抉るように、飛び込んできた少年騎士の切っ先が深々と突き刺さる。

王太子の側近である少年たち――二人は集中力を欠き、残る意識をすべて私に向けてしまっていたギルガンに手傷を負わせることに成功した。

獲物を取られた形になるが、この程度で周囲の警戒を疎かにしたギルガンの落ち度だ。出来ないのなら最初から私のように殺せばいい。

ギルガンは傷を負った。だけど、まだ浅い。

「このガキ共がぁあっ！」

ギルガンが背中を貫かれながらも肘打ちで少年騎士を打ちのめし、戦いの邪魔をして魔術を放ったミハイルに投擲ナイフを振り上げた。

「くそっ」

「ミハイルっ！」

ランク5を倒すには、これでも足りない？　もう少し？　何がいる？　速さがいる。誰にも負けない迅《はや》さがいる。鉄の薔薇《アイアンローズ》はまだ使えない。でも覚えているはずだ。身体が覚えているはずだ。あの迅さを思い出せ。私の身体はあの迅さを知っている。

その瞬間に意識が切り替わる。時の歩みが遅くなるように緩やかに流れる灰色の視界の中、全身に流していた魔力を二本の脚へと集中させ、その刹那、音さえも置き去りにした私の身体は閃光のように飛び出し、かろうじて繰り出せたダガーがギルガンの首筋を深々と引き裂いた。

「うがあぁあああああああああああああああっ！」

ギルガンの断末魔の叫びが響き、彼の横を飛び抜けた私は地面を一度転がりながらも両腕を使って体勢を整え、その瞬間にぶつかり合おうとしていた一人と一体の間に割り込むように威圧を放つと、二つの物体が急制動をした土煙の中で、私はナイフとダガーを二人の眉間に突きつけた。

「お前たちもそこまでだ」

『ガァア……ッ』

「アリア……また血塗れね」

その白い肌に黒い茨の模様が巻き付いたカルラは、薄く微笑みながらその唇から赤い血を零した。

「……くはは」

その時、殺したはずのギルガンから声が聞こえて、私は即座に腿から抜いた投擲ナイフを構える。先ほどの動きはよほど無理があったのか、私の両脚は毛細血管が破裂でもしたように皮膚から血が噴き出し、膝を地についたまま小刻みに痙攣して動けない。でもギルガンの傷もあきらかに致命傷だ。棒立ちのまま首からドクドクと大量の血を零し、急速に命の灯火が消えていくギルガンは、私だけを見つめながら口の端を持ち上げるようにして微かに嗤う。

「まさか……俺が負けるとは。……灰かぶり。お前から見れば、真面目に戦いをしていなかったのは俺のほうだったか？」

「………」

戦いに拘ったギルガンと勝利を求めた私との違いか。

「お前の勝ちだ、灰かぶり……だが、気を抜くなよ。この襲撃を裏から操っていたのは一人や二人じゃねぇ……。そこにもいるぞ、なぁ、タバ――」

ドスッ！

その瞬間、小さな風切り音と共に飛来した黒い矢がギルガンの頭を貫いた。

「っ！」

すかさず投擲ナイフを構えながら飛来した方向へ視線を向けると、かなり離れた木の上に弓を構えた黒ずくめの二人組がいた。

「「…………」」

女？　体型からそう判断した二人組が瞬時に身を翻して逃走を図った瞬間、カルラがそちらへ向けて魔術を放つ。

「――【氷槍《アイスランス》】――」

とてつもない速さで迫る氷槍を、二人組の黒ずくめの女たちはギリギリで回避する。

でも完璧に躱すことができず、掠めた一人から黒い肌が……そしてもう一人の女の覆面を掠めたその後に、私を憎悪の目で見る火傷を負った女の顔が見えた。

そのまま消えていく黒ずくめの女たち。

あの肌の色は……？　そしてあの火傷の女は……。

「……タバサ？」

因縁の清算

ダンッ！

「どういうことですかっ！」

魔術学園内にあるダンドールの屋敷にて報告を聞いたクララは、侍女のヒルダたちの前でテーブルを叩く。

クララも今回の演習視察で王太子一行への襲撃があることは知っていた。

だが、知っていたと言っても、転生者であるクララが乙女ゲームのイベントとして知っていただけで、エルヴァンの暗殺を企てるようなものではなかった。

イベントでは第二騎士団も王家への陳情のようなもので、それが何故、暗殺者ギルドまで関わり、暗殺未遂にまでなったのか？

クララのあまりの剣幕に侍女たちがバツの悪そうな顔で身をすくめ、その中で取りまとめ役であるヒルダが口を開いた。

「も、申し訳ありません、クララ様。あの女《ひと》が極秘裏に、暗殺者ギルドと接触していたみたいで……」

「あの女……タバサですかっ」

傷を負っていた暗殺者ギルドの生き残りであるヒルダとビビは、あの桃色髪の少女と戦闘になって負傷したと聞いている。生きて脱出できたことが奇跡のような状況だったと。

その中で彼女たちが頼り、彼女たちを犠牲にしてまで生き延びようとしたタバサも、全身火傷を負いながらも生き残った。

ヒルダとビビも火傷はあったが、クララが金に糸目をつけずに治療を行ったことで、その痕はほとんど消えている。だが、全身に重度の火傷を負ったタバサはいまだ完治には程遠く、見た目のこともあって自分から裏方をやってくれていた。

実際、彼女の働きは素晴らしく、まだ若いヒルダたちではあの者たちと接触し、交渉することも難しかっただろう。

「……もう少し、私自身が、彼女の人となりを確かめるべきでした」

「そんなことはありませんっ！　元仲間である私たちがもっと注意していれば……」

一度は裏切られたヒルダとビビだが、一番若いビビがタバサに懐いていたこともあって、見捨てることができなかった。今回のことでさすがのビビも思うところがあったのか、下唇を噛んで俯いている。

クララの【加護《ギフト》】である『予見』も完璧ではない。あくまで自分が知っている情報を基に未来を予測する能力であり、クララはゲームの知識があったからこそより高い予測ができていたが、今回はそれが足を引っ張る形となった。

すでに本来のゲームの内容とはズレてきている。タバサも自分から裏方になったことで、クララと接触する機会が少なかったことが災いした。

「このまま彼女を野放しにすることはできません。よろしいですね」

「「「はい」」」

「……はい」

クララの言葉を聞き、タバサに良い印象がなかったヒルダや、あまり関わりのなかったドリスとハイジが頷き、ビビも今度はちゃんと了承した。

「ですが……どうしますか？　私どもではタバサに勝てる確証はありません。それにあの男もいるはずですから……」

「あの男……グレイブですか」

クララが接触を望んだ組織の中にグレイブが身を寄せていた。危険な思想を持つ男だ。だからこそ国家を堕落させるヒロインを害することができるかと思っていたが、この状況になるとどう動くか分からない。

クララは現在の情報を使って『予見』を行う。そして数分間の演算のあと、彼女は一つの選択肢を導き出した。

「……エレーナ様の派閥に、あの者たちの情報を流しなさい」

「クララ様、それは……」

タバサはあの少女へ恨みを果たす、ただそれだけのために王太子の暗殺という餌を撒いて、貴族派さえも誘導して、暗殺者ギルドとその少女を呼び寄せた。

拉致、脅迫、暗殺、対象の入れ替わり、異なる思惑とイレギュラーすべては、復讐に狂ったタバサの仕組んだことだった。

その情報から予見すると、例の組織は王太子ではなく王女を狙っているように思えるが、グレイブはまだエルヴァンを無き者にしたいと考える可能性が高かった。

情報を流せば、これまでの活動が無駄になり、例の組織と敵対することになる。だが今は、クララも冷静ではなく、愛するエルヴァンの命を狙った者たちを許すことができなかった。

「あの連中に〝灰かぶり姫〟をぶつけて、抹殺してもらいます」

＊＊＊

魔術学園において今回行われるはずだった野外研修は、王家派と対立する貴族派の陰謀により、王女エレーナの拉致と王太子エルヴァンの暗殺計画が同時に行われ、結果的にどちらも未遂に終わったことで表側の事件は決着した。

新入生の騎士団の演習視察はもちろん中止となり、学生たちにはその理由は告げられていない。学園内の学生にも王家派と貴族派がいて、真実を知れば学生同士の争いの因になる恐れがあったことと、国内の不和を国外に知られるべきではないと考えたからだ。

クレイデール王国は大陸南部で最大の国家でありながら、国内の情勢により、徐々にその勢力を失いはじめている。

現在は捕らえた貴族派の騎士爵と司法取引を行い、ダンドール総騎士団長の下で今回関わった騎士団の貴族派粛清が行われている。

それと同時に、王家によって今回関わった子爵家以下の貴族家のお取り潰しと、彼らをトカゲの尻尾のように切り捨てた、貴族派上級貴族の調査が進められていた。

その一つ、その貴族家の城に、今回の貴族家の計画を防いだ冒険者――〝虹色の剣〟のアリアの〝敵〟がいる。

「また無茶をして……。わたくしがお願いした事なので申し訳ないのですが、例の男の調査はわたくしに任せて、あなたはもう少し、ご自愛なさい」

学園内にある王女の屋敷で、その主であるエレーナは自分の護衛である少女に小言を言うと、テラスで同じテーブルに着いていたアリアは、こくりと小さく頷いた。

（……本当に分かっているのかしら？）

そんなことを思いながらエレーナはアリアを軽く睨む。

普段なら護衛兼侍女であるアリアがエレーナと同席することはない。だが、今回の戦闘ではよほど無理をしたらしく、【治癒《キュア》】を使ってもまだ脚が完全に治ってはいなかった。

治癒師に見てもらったところ神経に魔力的な影響が出たらしく、薬品を使って無理に治療するよりも数日経てば元通りになるので、そのまま養生することになった。

今は仮とはいえ準男爵家の令嬢となっているが、平民出身のアリアは自分の命を軽く扱う傾向がある。奪わなければ奪われる。そんな考えが染みついているのか、彼女は自分に厳しく敵には一切の容赦をしない。

そんなアリアだからこそエレーナも救われ、共感する部分もあるのだが、毎回のように命を懸けた戦いをするアリアを見ていると、心が苦しくなるときがある。

『私たちは友達になれない』

そんな言葉を以前、エレーナは使った。

貴族と平民。王女と冒険者。生まれ育った環境の差はあまりにも大きく、アリアと共に居るためには彼女を縛るしかないと気付いて、互いの道を進むことになった。

アリアが貴族となっても、同じ場所にいるためには結局彼女を縛るしかなかった。それでもアリアはエレーナとの〝誓い〟のために側にいてくれる。

エレーナが守りたかったのは自分の命ではない。貴族として……人としての誇りだ。今まで一度も口にしたことのないその『想い』を、この世でただ一人、アリアだけが分かってくれた。

アリアも他の誰かではない一人の人間として生きるため、誇りを抱いて生きている。だからこそエレーナはどんな状況からも一度だけ彼女を守ると誓い、アリアもエレーナの誇りを守るために、彼女の敵を誰であろうと一人だけ殺すと誓った。

その〝誇り〟に懸けて。たとえ自分の命が尽きようとも。

「………」

そんな、他人には理解しづらい関係の二人だったが、一緒に居るとエレーナにも気付かなかった部分が見えてくるようになった。

命のやり取りでは苛烈と言うべき戦い方を見せるアリアだが、普段の彼女はどこか抜けている部分がある。

まだ二人とも十二歳……数ヶ月もすれば十三歳になるが、一般的にはまだ子どもだ。

魔力で身体が成長している二人は、平民からすれば成人したばかりの年齢に見えるだけでなく、アリアはその大人びた口調と立ち振る舞いから、その容姿と共に、すれ違った男性の何人かが振り返るほどの魅力を感じさせた。

いや、男性だけではない。学園では、女性にしては背が高く凛とした雰囲気を持つアリアを、目で追っている女生徒が一定数存在していた。

学園ではエレーナの側にいる以外は孤立しているように見えるアリアだが、それは彼女が人を寄せ付けない雰囲気を纏っているからだけでなく、確実に見惚れている者たちがいたからだ。

（そんな人たちが、彼女の隠れた一面を見たら、なんて思うかしら……）

アリアは口数が多くない。それは口下手だとか語彙が少ないのではなく、無駄なことを省いているからだろう。

まるで幼児から少女時代を飛び越えて大人になったようなアリアだが、奇妙な部分で幼い顔を見せる時がある。

それに気付いている者は少ないが、先ほどのような返事をする時も、言葉が短すぎて『うん』で済まされるときがあり、その時、幼子のように小さく頷くせいか、そんな時だけ実年齢よりも幼く見えて、そんな様子がひどく愛らしいのだ。

王女の護衛侍女をする準男爵令嬢として、養母であるセラに厳しく躾けられたアリアは、本人の資質もあり、身だしなみも所作もエレーナから見て平均的な貴族令嬢の水準に達している。

だが、彼女の桃色の髪は元からくせも無く、魔力のおかげか艶もあるその髪は、碌な手入れをしなくても綺麗に纏まり、くせ毛のエレーナからすれば羨ましい髪質の持ち主だが、そのせいかアリアは自分の髪に無頓着な面があり、鍛錬後など偶に後ろ髪が乱れている時があるのだ。

そんな時、護衛侍女のクロエが嬉々とした表情で、まるで幼い妹の髪を弄るようにアリアの髪を梳かしてあげていた。

アリアは他人に髪を触られることを何とも思っていないらしく、そんな時は本当に母親に髪を弄られる幼い娘のような顔を見せた。

こんな時くらいはいいでしょう……。とエレーナは席を立つと、自分の櫛を持ってそっとアリアの後ろへ回る。

「エレーナ？」

「じっとして……アリア」

エレーナはアリアの髪に触れて、櫛で梳かす。

後ろから見下ろしたアリアは、首も肩もたおやかで、そんな少女に国家の大事を〝戦い〟という形で背負わせていることにエレーナは心苦しさを感じた。

そんな思いがエレーナの手をわずかに鈍らせ、それを察したアリアが、エレーナの手にそっと指で触れる。

「大丈夫……私が選んだことだよ。エレーナ」

「はい……アリア。……ありがとう」

二人は視線を交わすことなく無言のままエレーナがアリアの髪を梳かす。

そんな二人の様子を、お茶のおかわりを淹れに来たクロエが微笑ましげに見つめて、そっと部屋を後にした。


貴族派による王太子エルヴァンの暗殺と王女エレーナの誘拐未遂から二ヶ月が経過して、季節は春となった。

その事件に関与した貴族家と第二騎士団の一部の騎士家は、王家派によって秘密裏に処分され、今は別の貴族家に代わっている。

貴族派の貴族家がいなくなり、その地位に陞爵した王家派の貴族が納まった。その件で身近な事と言えば、ある地域の領地持ち男爵が陞爵して子爵となったことだろうか。

その元男爵は、アリアもレイトーン家の養女となった際に一度だけ会ったことがある。王家派の貴族で長年真面目に勤めてきた穏やかな人物だったが、本題はそこではなく、その男爵領の一都市を管理していたレイトーン準男爵家も、これまでの功績とアリアが王太子と王女を救ったことで男爵家に陞爵して、新たな地域の貴族となった。

セラは、下級貴族の準男爵夫人から領地を持つ中級貴族の男爵夫人となり、アリアも準男爵令嬢から男爵令嬢に肩書きが変わることになる。


「――1・2・3、…1・2・3――」

夜も更けた王女エレーナの屋敷にて、月明かりに照らされた二人の少女が、軽やかにダンスのステップを踏む。

音楽はない……観客もいない。聞こえるのは韻を踏むエレーナの声と床を鳴らすヒールの音だけで、相手役を務めるもう一人の少女からは、その息づかいも足音さえも聞こえることはなかった。

タンッ――

「随分上手になりましたわね、アリア」

足を止めて軽く息を継ぐエレーナが、頭半分ほど高い桃色髪の少女を上目遣いに見上げると、相手役を務めていたアリアは、息を乱すこともなく少しだけその口元をほころばせた。

「エレーナの教え方が上手だから」

「ありがとう。私にもあなたに教えることがあって嬉しいわ。それよりも、アリアはわたくしと練習相手ばかりしているせいで、男性パートばかり上手になってしまいましたわね」

金の髪を揺らすように唇に指を添えてクスクスと笑うエレーナに、アリアは表情を崩すことなく軽く息を吐く。

「どうせ踊らないから同じだよ」

「あなたを誘いたいと思っている殿方もいると思いますけど……」

中止となった視察の代わり……というわけではないが、学園では夏期に予定されていた舞踏会が前倒しで行われることになっていた。

本格的なパーティーとは違うが、学園に入学した時点で社交界に出る資格を得られるため、学園ではその練習として生徒だけの舞踏会が定期的に行われている。

毎年のことなら学年に関係なく行われるのだが、まだ時期が早くダンスに不慣れな生徒が多いので、今回は例年のものとは別に一年生だけで行われる事になっている。

そのためにエレーナが不慣れなアリアに教えていたのだが、身長の関係からどうしてもアリアが男役をすることが多く、アリア自身も女性パートよりも男性パートのほうが性にあっていたようで、そちらばかりが上達していた。

「……本当にあなた一人で行きますの？」

「もう決めたことだ」

息を整えたエレーナが不意にそう尋ねると、アリアはその決意を示すようにそっと彼女から身を離す。

貴族派による王太子の暗殺未遂と王女の誘拐未遂事件。すでに主犯格である子爵家と男爵家はお取り潰しとなったが、所詮彼らは上級貴族から切られた尻尾に過ぎない。

エレーナもアリアが捕らえた者たちと司法取引をして情報を引き出そうとしていたが、思わぬ所から別口で〝重大情報〟が舞い込んできた。

出所は分からない。それでもエレーナとアリアは、複数の筋からもたらされたその情報に虚偽はないと考えた。

ケンドラス侯爵家。北西の国境沿いに位置してコンド鉱山の利権を握る、権力的にも財政的にも王国の重鎮である大貴族だ。他国と利権を争うコンド鉱山の採掘権を手中に収めながらも、王都から遠いケンドラス侯爵家は、しばらく王家と血を混ぜ合わせたことがなく、王国に対する発言力が希薄だった。

それ故の貴族派であったが、その地に暗部の裏切り者であり、危険思想を持つ人物として知られる『グレイブ』の存在が明らかになった。

しかも彼は、とある王国と敵対する者たちと共にいる。出所が分からない情報だったが、暗部が犠牲者を出してまで調査した結果、ほぼ〝クロ〟だと判明した。

彼がいるということは、暗部が大掛かりに動けばその動きを察知されて証拠を処分される恐れがある。彼の性格的にそこまで貴族派に肩入れするとは思えないが、不確定要素を潰すために、先行して再度〝虹色の剣〟による討伐が決行される事になったのだが……。

「でも、それでは遅い。目立つドルトンやフェルドが動けば、グレイブは姿を消すはずだ。だけど私だけなら、アイツは必ず私と戦うことを選ぶ」

「それは……分かりますけど」

「エレーナ」

それでもアリアの身を案じるエレーナに、アリアは王女と護衛ではなく〝同志〟として彼女の名を呼び、エレーナはアリアの翡翠色の瞳をまっすぐに見つめる。

「私を信じて」

「……わかりましたわ。でも、舞踏会までには戻ってきて。……約束よ」

＊＊＊

エレーナと新たな『約束』をして、早朝に制服ではなく久々に冒険者の装備をした私は屋敷から静かに外に出る。

最初に戦った時、私はグレイブの足下にも及ばなかった。二度目に戦った時でも、結果的にグレイブは撤退したが私が実力で勝ったわけじゃない。

あの時より私も強くなったが、グレイブもあの時のままではないだろう。おそらく、これまでにない死闘になる。でも今度は確実に決着をつける。グレイブを倒すことは私にとって一つのケジメとなるからだ。
これはエレーナだけの問題じゃない。
必ずグレイブを殺すと誓った、私の戦いだ。

▼アリア（アーリシア）　種族：人族♀・ランク4
【魔力値：136／300】【体力値：98／250】
【筋力：10（14）】【耐久：10（14）】【敏捷：17（24）】△2UP　【器用：9】
《短剣術レベル4》《体術レベル4》
《投擲レベル4》《弓術レベル2》《防御レベル4》《操糸レベル4》
《光魔法レベル3》《闇魔法レベル4》《無属性魔法レベル4》
《生活魔法×6》《魔力制御レベル4》《威圧レベル4》
《隠密レベル4》《暗視レベル2》《探知レベル4》
《毒耐性レベル3》《異常耐性レベル1》
《簡易鑑定》
【総合戦闘力：1339（身体強化中：1576）】△43UP

この学園からケンドラス侯爵領まで馬車を使っても片道で三週間ほど掛かり、エレーナとの約束を思えば、あまり時間を掛けたくはない。

でも今の私には時間を短縮できる手段に当てがあった。

「ネロ」

私が森の中で呟くと、突然森の魔素が濃くなり、暗闇から滲み出るように現れた幻獣クァールが、風のように動いて私に寄り添い、頬をそっと舐める。

幻獣クァールのネロは私の側にいると決めたらしく、今は学園の森をその住処としていた。稀に学園で目撃情報が噂となることもあるが、学生程度では森に潜むネロを発見することすらできないだろう。

ネロがどうして私の側にいるのか、いまだに理解できない部分もあるけれど、ネロが側にいたいと思ってくれるのなら私はそれを拒もうとは思わない。

「ネロ、戦いだ」

『グルルゥ』

電気による思念波で私の意思と〝敵〟の存在を読み取ったネロが笑うように唸る。

ネロに乗せてもらえば通常の移動でもかなり時間の短縮になる。移動速度の違いもあるけど一番の違いは、幻獣クァールに絡んでくるような魔物がいないことだ。

ネロの毛皮を撫でて、その背に乗せてもらおうとしたその時、ネロの鞭のような髭が警戒するように電気の火花を散らし、その瞬間、私も腿に括り付けたナイフを背後に向けて投擲した。

誰何《すいか》はしない。背後に立った時点で〝敵〟でも〝味方〟でも自業自得だ。

『ガァッ！』

ネロが髭を鞭のように振るい、それを掴んだ私を背後に飛ばす。

投げたナイフが魔術のようなものに阻まれて弾かれる。

その瞬間に飛んできた【火矢《ファイアアロー》】を私も【魔盾《シールド》】で叩き落とし、踵を打ち鳴らして出した刃で闇に潜む〝敵〟を蹴りつけると、そいつはフワリと舞いながら私の蹴りを躱してみせた。

「……なんのつもり？」

私がそう問うと、彼女は一瞬で殺気を消し、豊かな黒髪を靡かせながら、隈の浮かんだ病的ではにかんだ笑みを浮かべた。

「来ちゃった♪」

死者の森

「カルラ……」

出発間際に突然現れたのは、カルラ・レスターだった。

「わたくしもご一緒して良いかしら？　暗部には及ばないけど、わたくしにも独自の情報源があるから、アリアなら必ず動くと思って待っていたのよ」

「…………」

すべての魔力属性を持つカルラの戦闘力は、ランク４でもランク５に迫る力を持ち、近接と魔術の複数のスキルを持つ私と同等の戦力がある。

でも、その全属性を持つ故にカルラの体力値は子ども程度しかなく、その値も常に半分までしか回復していないのは、カルラが得た魔力強化の【加護《ギフト》】が彼女の命を削り続けているからだと感じた。

私の投げたナイフを避けて反撃するほどの動きができて、普通に会話をしていても、カルラの身体は健常者とは程遠い。彼女の顔色は紙のように青白く、その身体から発せられる生命力はまるで幽鬼のように希薄だった。

だが、感じられる生命《いのち》の儚さに反比例するように、その全身から放たれる膨大な魔力と存在感は幻獣クァールさえも超えていた。

おそらくは、すでにまともに動けないはずの身体を魔力と魔術で強引に動かしているのだろう。それが彼女の寿命をさらに削る行為だと分かっていても、カルラがその歩みを止めることはない。

「もう一度聞く。なんのつもり？」

あのダンジョンの最奥で、カルラが延命ではなくこの国を滅ぼす力を願ったことで、私たちの道は分かれた。

カルラの歩む道はいつかこの国を愁うエレーナとぶつかり合う。そしてその道は私と正面から殺し合い、どちらかが倒れる血塗れの道だった。

カルラはその想いを絶対に変えることはない。

私も自分の信念を歪めることはない。

だから私たちはいつか互いに殺し合うことを知っている。

おそらく彼女は、私がグレイブと決着をつけに行くことを知って、私が動くのを待ち構えていたのだろう。カルラがそこに行って何をするつもりなのか私は知らないし、その理由に興味はない。

私が知りたいのは、いつか殺し合う運命にある私の前に、よく堂々と顔を出せたものだと、その理由を知りたかっただけだ。

「ここで死にたくなった？」

「それも素敵ね……でも、今回だけは私がいないと、あなたのお姫様が困ることになるわよ？」

貴族令嬢とは思えぬくだけた口調でカルラが一歩踏みだし、ナイフの切っ先が彼女の眉間に触れて赤い血が線のように青白い顔に流れると、真っ赤な舌がそれをチロリと舐め取った。

今なら殺せる……。静かに減り始めるカルラの体力値を視ながら私たちは数秒ほど睨み合うと、先に彼女が口を開いた。

「私がまだ弱かった頃に引き込んだ〝廃棄物〟の後始末よ。もう必要はなくなったけど、邪魔をされると困るもの」

「それが私の敵と一緒にいるとでも？」

「たとえ捨てたものでも、愚か者に勝手に使われると良い気分ではないわね」

「勝手にしろ」

そう言ってナイフを引くとカルラはニコリと微笑み、彼女と前回殺し合ったネロが不満そうに唸りをあげる。私はネロの首を指で撫でながらそっと息を吐く。

「不満だろうが同行させてあげて、ネロ。こいつを放置すると私たちの獲物まで喰われる」

『グルルゥ……』

「あなたの獲物を横取りするほど飢えてはいないけど?」

「嘘つき」

私はネロの背に飛び乗り、ネロは渋々だがカルラにも乗れ、と髭を振る。殺し合った相手だが、ネロもカルラには思うところがあるのだろう。

私も漏れそうになる溜息を押さえつつ、近づいてくるカルラに手を差し出す。

「カルラ、お前の敵は〝あの連中〟でいいの?」

「……そういえばアリアは聞いたことがあるかしら? 西側の地図にも載っていないような小さな村が、突然消えることがあるそうよ。ふふ」

私の手を取ってネロの背に乗りながらカルラは残忍で歪な笑みを浮かべ、私の問いかけに、微妙に話をずらした。


どうせ、カルラは放っておいても勝手に殺しに行く。こいつが簡単に死ぬとも思えないが、それでグレイブに逃げられたら厄介なので、私も同行を認めるしかなかった。

エレーナのことを思えば、ここで殺したほうがいいのかもしれない。それでも王太子の婚約者であるこいつを殺すとエレーナの迷惑にもなる。

どちらにしても面倒なことだ……。

ただ移動するだけならカルラは転移系の魔術が使えるはず。それでも私たちと同行をしたいと言ったのは……よく分からない。その辺りは、私にも『カルラだから』としか言いようがなかった。出発してから数日が過ぎ、貴族の馬車ならともかく、一般人なら乗っているだけで死に懸けるようなネロの背に乗って、どうしてカルラがまだ死なないのか不思議に思えた。

目的地であるケンドラス侯爵領までネロの脚なら一週間。当然町には寄らずに森や山を突っ切っていくことになるので、夜は森の中で野宿になる。

「ここで野営する」

私がそう決めると、ネロは獲物を狩りに行って猪や熊を獲ってくる。血抜きもされていないその脚を一本貰って、そこらで採った山菜と一緒に火で炙りながら食事をはじめると、カルラも勝手にナイフで焼けた肉を削りながら、血生臭い肉を文句も言わずに口に運んでいた。

食事など単なる栄養摂取だ。味さえ気にしないのなら血抜きされていないほうが栄養価は高い。単独で迷宮探索をしていたカルラも同様だと思う。でもそんな事よりも、カルラが人間のように食事をしている光景に何故か違和感を覚えるのは、彼女の人間性の問題だろうか。

そんな強行軍を続けるとカルラの体力が偶に一桁になることもあったが、それでも私には、カルラが殺される以外で死ぬような印象はまるでなかった。

「私だって人間なのですけれど?」

「そう思っているのはお前だけだ」

「では、わたくしたちは同類ですわね」

同類か……。

予定通りなら、このままあと三日もすればケンドラス侯爵領に着くはずだ。真夜中になって焚き火の側で外套に包《くる》まって目を瞑っていた私が不意に目を開き、ネロの髭がピクリと震え、カルラが顔を上げて森に目を向ける。

「悲鳴が聞こえた」

「確か……この向こうにある渓谷の先は、ダンス侯爵の寄子である子爵領がありましたわね。そこに村でもありそうだけど……行くの？」

「確認するだけだ」

外套を仕舞いながら立ち上がった私を、腰を下ろしたままのカルラが見上げる。

ただの村人か冒険者同士の諍いなら気にしないが、山賊や魔物に襲われているなら、聞こえてしまったら放置するわけにもいかない。

出発前にカルラが、村が消えているという話をしたことを思い出して彼女に視線を向けると、顔の半分を炎の灯りに照らされたカルラがふんわりと笑う。

「そろそろ人の血が恋しくなりまして？」

「お前と一緒にするな」

「あら、いやですわ」

外套を身に纏いながら立ち上がったカルラが、私に向けていた笑みを嬉しそうに深くした。

「わたくしは、生《レ》の肉《ア》よりも黒焦《ウェルダン》げが好みでしてよ」

「……先に行く」

カルラも行く気になったらしいが、ネロはそのまま寝ることにしたようなので、私は一人で先行することにした。

悲鳴が聞こえてきた方向から大まかな方角を決めて、私は真っ暗な森の中へ飛び込んでいく。レベル2の暗視があり魔素を色で視える私なら、暗闇の森でも昼間とさほど変わらない。

深い森は音を吸収する。でも夜の森なら、人の悲鳴は意外と遠くまで響く。

『――――』

また聞こえた。方角は合っている。そのまま全力で森の中を駆けていると、木々の隙間から地図で記憶していた渓谷と、その向こう側に女性らしき人影を追い詰めていた男の影が見えた。

男が手に持っていた鉈のような武器を振り上げる。

女性が頭を抱えるように悲鳴をあげ、その男から〝嫌な気配〟を感じて、私は精神を戦闘状態に切り替えた。

「――【鉄の薔薇《アイアンローズ》】――」

風に靡く桃色の髪が燃えあがるように灼ける鉄のような灰鉄色に変わり、飛び散る光の残滓を箒星のように引きながら、常人の三倍の速度を使って、五十歩分はありそうな渓谷の崖を一足で飛び越える。

――ビュゥウウッ！

「しばらく寝ていろ」

「ぐぎゃっ！」

飛び越えた勢いのまま、血塗れの鉈を振り下ろそうとしていた男の頭部を、減速代わりに蹴り飛ばして吹き飛ばした。

「……大丈夫？」

大地に着地して、【鉄の薔薇《アイアンローズ》】を解除しながら頭を抱えていた女性に声を掛けると、その女性はカチカチと歯を震わせて鳴らしながら、わずかな月明かりでも分かるような血の気を失った白い顔を私へ向けた。

「た、助けて……」

「何があった？」

「む、村が……襲われて……」

ガサッ――

「――あぁあ……ッ!!」

背後から音と声が聞こえ、先ほど倒したはずの男が首を曲げたまま立ち上がり、藪をかき分けるように駆けながら、黄色く濁った瞳と長く伸びた牙を私へ向けた。

溢れ漏れる嫌な気配と嫌な臭い……。

人間じゃない……こいつはっ！

「うがぁぁあああっ！」

元は〝人〟であったモノが、鉈を振りかぶって襲いかかってくる。でも……

「がっ⁉」

人型ならば殺せる。

振り下ろされる鉈を逸らし、踏み込みながらその眉間が陥没するほどの勢いで肘を打ち込む。

「が、あがぁあっ」

それでも死んでいない。おそらく通常の手段では殺すことはできない。

「不死者《アンデッド》か……」

生を失って尚、動き続ける化け物だ。でも、不死者といえども〝不死身〟じゃない。恐れなければただの魔物と変わらない。

襲ってくる男の腱を切る。骨を打ち砕く。筋肉を剥がすように解体しながら体勢を崩したそれの脚を払い、倒れたそいつの心臓に黒いダガーを根元まで突き立てた。

「アッ、が……」

不死者の弱点は、心臓の〝魔石〟だ。

魔石は、血に溶けた魂の残滓と魔素が徐々に凝固して石の形となる。血液の無いスケルトンや血が流れないゾンビが発生するのも、魔石持ちの人間が穢れた魔素……瘴気によって不死者化するからだと師匠から教わった。

この男は格好からして村人のようだが、村人でも魔術が使えて魔石が生成された者がいてもおかしくはない。でも、どうして村人の不死者がこんな場所に発生したのか？

「……ぼ、冒険者さん？」

心臓の魔石を砕いて不死者を倒した私に、村人の女性が近づいてくる。

ヒュンッ！

「ひっ⁉」

「あなたは魔術を使える？」

近づこうとしていた女性に私は黒いナイフを向けた。先ほどの男は『普通の村人』の格好をしていた。つまり、死んでから瘴気で蘇ったのではなく、生きたまま不死者にされた可能性がある。

刃を向けられて怯えたその女性は、震えるようにカチカチと歯を鳴らして……

「ぼぉけんしゃさぁあんっ‼」

鳴らしていた長い牙を剥き出しにして襲いかかってきた。

鋭い爪で掴みかかってくる女の腕を躱してその背後に回り込み、横手から黒いダガーを突き刺して首の骨を砕き、そのダガーの刃にナイフの刃を滑らせるようにして、女の首を斬り飛ばす。

「…………」

先ほどまで確かに〝人〟だった。

でもこの女は、突然〝不死者〟になって襲いかかってきた。

この先で何かが起きている。村が襲われたのが事実で、まだ村に生存者がいるのなら早急に手を打つ必要がある。私は目を凝らして枝の折れ具合で村の方角を調べ、その方角へと駆け出した。

霞むような月明かりに照らされた暗い森を駆け抜けていた私は、微かに漂ってきた血の臭いに足を止める。

村が近くなっているのか、この辺りから森の中に切り株が多くなり、一部拓けた森のほうへ目を向けると数人の人影が倒れているのが見えた。おそらくは力尽きた村人だと思うが、その身体からはもう闇の魔素しか視えなかった。

生物が纏う魔素は大部分が無属性だが、生きている限りはわずかだが全属性の魔素を内包している。火の魔素は体温を調整し、水は血の流れ、風は呼吸、土は骨と肉、光の魔素は生命力で、闇の魔素は精神に作用していた。

彼らはもう死んでいる。死体に闇の魔素が残りやすいのは、想いが最後まで残りやすく、死者にも馴染みやすいからだ。

「……ぅ…あ…」

その中の一人が呻くようにして息を吐き、もぞもぞと動き出した。成人したてかまだ十代後半らしきその青年が、うつ伏せに倒れたまま救いを求めるように手を伸ばす。

「…………」

私はそれを無言のまま見つめる。私の〝目〟で視れば、わずかながらに闇以外の魔素も感じられたので、まだ瀕死のような状態なのだろう。

動かずにいる私の気配を察したのか、男がこちらへ手を伸ばし、その顔を上げてその瞳を見せた瞬間、私が腿から抜き放ったナイフが男の眉間に突き刺さった。

「ぐぁああっ」

男が跳び上がるように立ち上がる。私へ向ける獣のようなその瞳に、私が更に放ったナイフが男の眼球を貫き、斬撃型のペンデュラムの刃が咽を水平に斬り裂くと、ようやく自分の死を理解した男がゆっくりと崩れ落ちた。

「〝出来損ない〟にも容赦がないのね、アリア」

背後から掛けられた揶揄するようなカルラの声に私は一瞬だけ視線を向ける。もう追いついてきたのか。

「……吸血鬼《ヴァンパイア》か……」

吸血鬼は有名ではあるが滅多に見ることがない魔物だ。

よく知られているのは、陽の光を浴びると消滅して、人の血を吸って仲間を増やし、ねずみ算式に被害者を増やしていくことだが、その認識は正確ではない。

血を吸われたら全員が吸血鬼になるわけではない。師匠の授業によれば、人が吸血鬼化するのは血液に含まれる魂の力を失うことで、失った魂を取り戻すために魔物化するそうだ。

血を吸われた被害者の大部分はそのまま死亡し、吸血鬼となるのは極一部で、日光に弱いなど弱点もあるが、だからといって油断していい相手ではない。

肉体の再生力が高く並大抵の傷では死なない。その再生力で筋肉が壊れることも構わず最大筋力で行動できるため、高い身体機能を持つ最悪の不死者《アンデッド》種の一つだった。

カルラが言った『出来損ない』とは、文字通り吸血鬼の出来損ないだ。

魔術を習得して魔石を得ていなくても魔力の大きな者はいる。たとえば、複数の生活魔法を会得した者や、無属性魔法である身体強化や戦技を習得した戦士などだ。

彼らは死んでも不死者化することはない。でも稀に、魔力の大きい者は低級霊を呼び寄せ、取り憑かれた『動く死体《ゾンビ》』になる場合はある。

それと同じで、吸血鬼に襲われた犠牲者の中でも魔力が大きな者は、吸血鬼にはならなくてもその魂が穢され、見た目は人間のまま吸血鬼の下僕に成り下がる。

出来損ないは血を求めるが、血を吸われても犠牲者は吸血鬼にならない。

出来損ないは陽の光の下でも動けるが、吸血鬼ほどの不死身性はない。

彼らはもう人間ではない。生きた人間のように陽の下で活動できても、その身は生者ではなく、生前の理性も知性もなく、上位種である吸血鬼に従うだけの奴隷人形でしかなかった。

「まだ〝人間〟だったかもしれなくてよ？」

「生きるために抗っていないモノを〝人〟と呼ぶの？」

自らの意思で生きるのではなく、生者への憎しみと血の渇望だけで同族を襲う物体を『人間』と呼べるのか？

犠牲者は悪ではない。でも、吸血が終了した時点で犠牲者を救う道は限られている。よほど体力値が高い人間でないかぎり、こんな辺境で血液の半分を失った犠牲者の魂を救う手段は〝死〟しか残されていないのだから。

「アリアの生き方は〝厳しい〟わ。でも、その冷徹な瞳は好きよ」

殺した〝犠牲者〟を険しい顔で見ていた私の頬を、カルラの白い指先がそっと撫でて、私はその細い手首を強く掴む。

「カルラ、お前は何を知っている？」

この旅に同行したいと言ったカルラに理由を尋ねたとき、彼女ははぐらかすように小さな村が消えていると答えた。

暗部でさえ知らない〝何か〟をカルラは知っている。それを問う私に、カルラは薄く微笑んで村があると思われる方角へ視線を向ける。

「それなら村に向かいましょう。ここで話すよりも、実際に見てもらったほうが分かりやすいと思うから」

「……わかった」


私とカルラは並ぶようにして暗い森を進む。彼女の独自魔術だろうか、この深い森の中でも私の速度に遅れることもなくついてきた。

少し経って……村を囲う柵のような物が見えてそれを飛び越えてさらに進むと、血の臭いが強くなり、視界の隅でカルラが微かに笑う。

進むごとに点々とある人の亡骸が目に映る。大きな物音が聞こえないので、もう終わった後かもしれないが、それにしては死体の数が少ないように思えた。

地図にない山間の村でも数百人程度はいるだろう。住むだけなら数世帯でも問題ないが、数がいなければ魔物の脅威に対抗できない。でも、今まで見つけた死体は百人にも満たず、生きているとしても死んでいるとしても何処かに残りの村人がいるはずだ。

「向こうに灯りが見えるわ」

「うん」

さらに進むと村の中央らしき場所に、篝火《かがりび》のような明かりが見えた。

そちらに走り出し、そこで私たちが見たものは、大量の死体に囲まれたまだ生き残って怯えている数十人の村人たちと、それを取り囲む〝不死者〟と〝出来損ない〟たちだった。

まだ生きている人がいる。それ以上に死んでいる人がいる。村の広場で一纏めにされて死を待つばかりの村人を救う手段を模索していると、不意に鈴音のような声が夜に響いた。

「ダレ……？」

村人の方を向いていた真っ黒な人影が、奇妙な発音の言葉遣いで誰何する。

その人物は、隠密スキルのないカルラがいたとしても、闇に紛れていた私たちを容易く見つけ出した。

その人影がゆっくりと振り返り、その少女の横顔が篝火のわずかな灯りに浮かびあがる。

磨かれた黒曜石のような艶やかな黒い肌。銀色の髪から出た長い耳。赤みがかった金色の瞳に私たちを映す、その人物の正体は……

「……闇《ダーク》エルフ」

「〝魔族《エビルレース》〟ね」

その少女は、師匠《セレジュラ》と同じ闇エルフだった。そしてこの大陸では、人族・森エルフ・ドワーフ・獣人族と敵対する『魔族』として知られている存在だった。

「オマエら……あの時ノ」

私たちの姿を見た闇エルフの少女がわずかに目を見開いた。

私たちを知る闇エルフなど限られている。そのとき逃げた黒ずくめの二人組。片方は火傷の痕があり、もう片方は黒い肌をしていた。

「ギルガンを殺した片割れか」

あのときギルガンは、王太子の襲撃事件の裏には複数の者がいると言っていた。そのうちの一つがこいつ……魔族が関わっている。

「……た、助けてくれ！」

「お願い、助けてっ！」

突然現れた私たちに、生き残って集められていた村人たちから、切迫した悲痛な声があがる。だがその瞬間――

「煩い」

止める間もなく少女の右手が振るわれ、その手に握られていた黒鉄の鎖が最初に叫んだ男性の頭部を吹き飛ばして、血と肉片を浴びた周囲の村人たちから悲鳴があがる。

「――っ！」

それを見た私が飛び出そうとすると、闇エルフの少女が再び鎖を振るい村人たちがいる地面を打つ音が、村人たちの悲鳴と私の動きを止めた。

「ナゼ？　ココにいる？」

「……お前こそ、闇エルフがどうしてここにいる？」

「ふしぎ？」

問い返した私に闇エルフの少女は拙い言葉使いで首を傾げる。寿命が長いエルフ種なので見た目どおりの年齢ではないだろうが、何故かそれ以上にどこか浮世離れした印象を受けた。

「サララたち、人族コロス、当たり前、デショ？」

「……そうか」

ザスッ！

そう呟くと同時に私が抜き撃ちした、黒く塗った投擲ナイフが少女――サララの金の右目を貫いた。ランク4程度の力はあるようだが、武器に慣れていないのかサララは隙だらけだった。

ナイフを受けたサララの身体がふらりと揺れる。

ザッ！

だが、一瞬崩れ落ちそうになったサララが足で踏ん張り、残った瞳で私を睨め付けながら突き刺さったナイフを引き抜くと、その傷が見る間に再生していった。

こいつは魔族だが、それだけじゃない。

「……お前が村を襲った吸血鬼か」

「そうダ」

▼サララ　種族：闇エルフ・吸血鬼♀・推定ランク4
【魔力値：243／285】【体力値：265／265】
【総合戦闘力：940×2（1880）】

私の呟きに、サララが血塗れのナイフを放り捨てながら肯定する。

ただの魔族ではなく、サララこそがこの村を襲った大本の吸血鬼だった。

エルフ種でも戦いに身を置かなければ一般人と変わらない。エルフは永い時を生きるが人族と時間の感覚が違うので、技能の成長は緩やかだ。

でも、闇エルフが魔族として恐れられるのは、聖教会によって敵とされた闇エルフが師匠のように常に戦い続けてきた戦士だからだ。

人族に比べて個体数の少ない魔族は、数を揃えるために知性のある魔物となった者でも国民として迎え入れていると、師匠から聞いたことがある。ただでさえ強敵である魔族だが、魔族側も敵の本国に普通の兵を派遣するつもりはなかったということか……。

サララが私とカルラの戦闘力を鑑定してまだ余裕があったのは、強者故の傲慢さからか。浮世離れしたその印象も余裕も、少女エルフの見た目以上に永い時を生きているからだろう。

通常の吸血鬼なら、冒険者ギルドでは脅威度ランクは3になるが、百年以上存在した吸血鬼は大吸血鬼と呼ばれて、脅威度ランクは6になる。

サララから感じられる雰囲気からそこまでではないにしても、上級の吸血鬼なら戦闘力は視えている値の二倍になると考えたほうがいい。

戦闘力が2000近いの吸血鬼。しかも魔族はどんな隠し玉を持っているか分からない。

「サララたち吸血鬼氏族の長《おさ》、手下増やす言っタ。お前たち手下にスル。長、喜ぶ」

パンッ、とサララが手を打ち鳴らすと、吸血鬼になった村人四人と、出来損ないになった村人十数名が血走った獣の目で動きはじめた。

魔族の吸血氏族か……。そんな連中がこの国にいるのは……たぶん、カルラの目的がこの連中だと考え一瞬だけ視線を向けると、カルラはそれを肯定するようにニコリと微笑んだ。

すかさず私もナイフを握り直して両手に構える。四人の吸血鬼は倒すのが面倒だが、出来損ないどもは死ににくいだけで不死身ではなく、自分が死んだことに気付けないだけで、殺せばちゃんと死んでくれる。

でもそこに、生き残りの村人の中から幼い声が響いた。

「とうちゃーんっ！　やめてぇえっ！」

まだ小さな男の子が涙を浮かべながらそう叫び、慌てて母親らしき女性に抱きかかえられて口を塞がれた。

「………」

この吸血鬼か出来損ないの中に男の子の父親がいるのか……。

出来損ないの外見は人間と変わらない。でも、吸血鬼の下僕は魔物と同じだ。大人なら感情で納得できなくても理性で納得できるが、親を失う子どもは絶対に納得はしない。

吸血鬼と出来損ないが襲いかかってくる。それを見つめる男の子の瞳が、一瞬だけ私の脳裏に優しかったお父さんとお母さんの姿を思い出させた。

でも――

ゴォオオオオオオオオオオッ！

夜を斬り裂くような炎の柱が、突っ込んできた二体の吸血鬼を燃やし、焼け残った下半身だけが数歩だけ歩いて崩れ落ちる。

知人の姿をした者を焼き殺された村人たちから悲鳴があがり、本能で危険を察した吸血鬼と出来損ないどもが躊躇して、サララが目を見張る。

「その子のために殺されてあげるの？　私が殺してあげてもいいのよ？　元より私の食べ残しですもの」

両手に炎と膨大な魔力を燃やして、カルラが愉しげに前に出る。

その炎と言葉に、サララが何かを思いだしたように大きく目を見開いた。

「……ソウカ。その炎。黒髪のオンナ魔術師……オマエがソウカっ！」

サララの叫びが夜に響き、憎しみの瞳をカルラへ向けた。

「ワレラを裏切り、仲間を殺しタ、人族のオンナっ！」

「覚えてくれて嬉しいわ」

サララの怨嗟の言葉にカルラは事も無げにそう告げる。

おそらくはカルラが自分の目的のために魔族と関わりを持ち、利用し終わって邪魔になったから殺したのだろう。

サララが殺気を放ち、カルラが炎を巻き上げる。不死者が相手なら炎を操るカルラのほうが私よりも有利に戦えることは分かっている……だけど――

「カルラ……」

私は前に出ようとするカルラを押さえて、サララの前に出る。

私の中にまだ弱さがあった。心で強くなる、技量や力で及ばずとも心では負けないと決めておきながら、私にはまだ甘さがあった。

私の敵は、まだ〝先〟にいる。

そのすべてと決着をつけるまで、私は立ち止まることはない。

その一つである、奇妙な気遣いをしてくれたカルラに一瞬だけ目を向けてから、私は子どものような甘さを断ち斬るようにナイフを横に振る。

「こいつらの相手は、私が一人でする」

そう言い放った私に、カルラがいつものように薄い笑みを浮かべながら軽く肩をすくめた。

そんなカルラに背を向けてナイフを構えたまま一歩前に出た私に、サララと名乗った吸血鬼の魔族が、カルラへ向けていた怒りの矛先を私へ向ける。

「……人族フゼイが、私の邪魔をするナ」

バシンッ！　とサララが黒鉄の鎖を地面で打ち鳴らすと、カルラの炎を警戒していた村人の吸血鬼と出来損ないどもが、突然意識が切り替わったかのように獣の形相で牙を剥く。

眷属たちの支配力を強めて統率しなければいけなかったサララは、不機嫌そうに金の瞳を細めて長く伸びた乱杭歯《らんぐいば》を剥き出した。

サララの金の瞳はいまだにカルラを向いている。

自分たちを裏切り、殺したカルラを許せないのもあるのだろうが、私のような斥候系の近接戦闘系は自分の敵ではないと考えているのだろう。

「オマエラ、コイツに礼儀を教えてヤレ！　魔術師のオンナは、苦しめて殺セ！」

『ぉおおおおおおおおっ‼』

主であるサララの命令に吸血鬼と出来損ないが雄叫びをあげる。

まずは邪魔な私を排除するため二体の村人吸血鬼が前に出ると、再び子どもの声が響く。

「とうちゃーんっ！」

どちらかが男の子の父親なのか、子どもの声が響いた瞬間、斧を持った狩人のような大柄な吸血鬼が子どものほうに顔を向けた。

「と、とうちゃ……」

怯えた悲しげな声が男の子から零れる。だが、その男はもう人間ではない。

理性から解き放たれた吸血鬼の性が背徳感から血縁者の血を求めて、その顔に獣のような歪んだ笑みを浮かべさせた。

人間など、理性がなければただの獣だ。

「ぁあああ……ッ！」

主の命令を飢えと欲望が上回り、怯える自分の子どもとそれを庇う妻に飛びかかろうとした、その瞬間――

ザシュッ!!

「がぁああああああっ!?」

それより早く飛び出した私のダガーが、男の延髄から口内まで突き抜け鮮血を噴き上げる。

だが、吸血鬼は殺されても滅びない。首を貫かれた男が藻掻くように手を伸ばし、ダガーを引き抜きながらその腕を掻い潜った私は、黒いナイフで男の首を切り裂き、そのまま魔力を強く感じる心臓に黒いダガーを突き刺した。

「………ぁ？」

自分に何が起きたか分からないまま父親吸血鬼が崩れ落ち、仮初めの命が尽きて、ただの死体に戻る父親を、血しぶきを浴びた男の子が唖然とした顔で見つめて……

「とう……ちゃ……？」

目の前で父を殺された子どもは掠れるような声を漏らした。

「がぁああああああっ！」

次の瞬間、最後の吸血鬼と出来損ないどもが私に向けて飛びかかってくる。

支配されていても理性がないからこそ、吸血鬼を子どもの前で惨殺した私に向けるその瞳にわずかに怯えの色が見えた。

お前たちに罪はない。ただの哀れな被害者だ。

それでも……お前たちは私の〝敵〟だ。

「がっ――」

斬撃型のペンデュラムの刃が飛び出してきた出来損ないの咽を水平に切り裂き、その眉間に黒いダガーを突き立てる。

スカートを翻しながら投げ放つ投擲ナイフがその後ろにいた男の両目に突き刺さる。

レベル4の身体強化を全開にして飛び込んだ私の蹴りが男の首の骨をへし折り、宙で脚を振り回して回転しながら、黒いナイフで男の頸動脈を斬り裂いた。

着地する寸前に頭上に放っていた分銅型のペンデュラムを、着地と同時に弧を描いて振り下ろし、黒鉄の分銅が離れていた女の頭蓋を抉るように打ち砕く。

吸血鬼やそれの出来損ないといっても、死に難いだけで戦闘力はそれほど大きく変わらない。下級吸血鬼なら精々が三割増し程度だろう。その死に難いことこそが大きな脅威なのだが、一番の脅威は生者が本能的に感じる不死者への恐怖だった。

でも私は怯えない。不死者であろうとなんであろうと、この世の理で存在しているかぎり、殺し続ければいつか死ぬ。

夜の闇の中で黒い刃が唸りをあげ、出来損ないを殺していく。

それがもう人ではないと分かっていても、顔見知りが殺されていくことに生き残りの村人から悲鳴があがり、最後に残った村人吸血鬼の首の骨をダガーで砕きながら黒いナイフで斬り飛ばすと、村人たちは息を呑むように声を発することさえなくなっていた。

＊＊＊

（……あの女は本当に人間か？）

その力のことではない。村人の姿をした出来損ないどもを無表情に屠《ほふ》っていくその少女からは、人でなく魔物として生きてきたサラから見ても、尋常ではない精神力を感じた。

侮れない……。使い潰すためとはいえ作った眷属たちも瞬く間に滅ぼされていく。仲間を利用して殺した黒髪の女魔術師を殺すことも重要だが、新たな協力者の使者として現れたタバサという女が警戒した、この桃色髪の女も油断できない相手だと理解して、サラは黒鉄の鎖を握り直した。

魔族と人族国家は何百年に亘って争い続けてきた。ここ数十年ほど大きな戦《いくさ》は起きていないが、小競り合いは続いており、魔族も次の大戦に向け各国に間者を送って暗躍を続けている。

人族は魔族に比べて力が弱く、寿命も長くはないが、好戦的な性質とその数で他の種族を圧倒していた。

その中でも、魔族国に近く戦士の国であるカルファーン帝国、莫大な財力を持つガンザール王国連合、魔族を敵とする聖教会を有するファンドーラ法国、そして強大な国軍と大きな国力を有するクレイデール王国の四国は、魔族にとって放置してはおけない難敵であった。

殺さなければ殺される。生きる為には殺すしかない。人の命が安いこの世界では当たり前のことだ。それを批難するのは、生まれてから命の危険を感じたことのない世間知らずだけだろう。

サラたち吸血氏族も生きるために戦わなければいけなかった。

絶対数が少ない魔族国では一般の闇エルフだけでなく、吸血鬼や人狼のような知性ある魔物と化した者たちでさえ、討伐されず国民として扱われている。

だが、元は同じ闇エルフであったとしても、血に飢えた魔物を信じ切ることは難しい。他の氏族と比べても少なすぎる百名ほどしかいない吸血氏族は、仲間である他の氏族に自分たちが必要な存在であることを示し続けなければいけなかった。

だからこそ、魔族国より遠いこのクレイデール王国へ、手練れの十数名だけで送り込まれた。見方を変えれば、少人数でも大きな戦果が期待できる吸血氏族しか、この国に潜伏して戦果を得ることができなかったのだ。

だが、吸血鬼は太陽の下を歩けない。外見が違いすぎるので人里にも近寄れない。だが、そんな彼らに接触をして来た者がいた。その中の一人があの黒髪の女魔術師だった。

魔族は彼女の手を取った。そして手ひどく裏切られた。

業腹ではあったが、広い王国内で自分たちが、子ども一人を見つけ出すことは困難だった。

吸血氏族たちは女魔術師への報復を一旦諦め、先払いとして受け取っていた情報を基にして拠点と餌場を構築し、クレイデール王国での足掛かりとした。

策略の一つである王女の誘拐は、貴族派との計画の齟齬により失敗した。

だが、元より他人の手で計画を遂行するつもりはなく、監視役として出向いていたサラも、自分たちの手で計画を進めるために眷属をつくる途中、この二人と出会った。

異様な戦闘力を持つ二人の少女。この二人がどうしてこんな場所に現れたのか？　情報の漏洩か、誰か裏切り者がいるのか？

黒髪の魔術師が裏切った後に接触してきた者はいた。母数が増えれば情報が漏洩する確率も高くなるが、この二人しか来ていないのは、まだ正確にサラたちの情報は知られてないのだろう。

ならば、この場でこの二人とも始末する。警戒すべきは、自分たちを裏切って仲間を殺した黒髪の少女かと思っていたが、サララは認識を改める。

タバサの憎悪に共感したからこそ吸血氏族は手を組んだ。その憎悪を向ける対象……タバサには悪いが、黒髪の少女が動く気配を見せない今、この桃色髪の少女を潰すべきだと考えた。


「オンナ……名を言エ」

「アリア」

ガキンッ！

その瞬間、どちらも動いた気配すら見せずにサララの鎖が蛇のように襲いかかり、アリアが黒いダガーで受け流す。

人間だった頃のサララは鞭使いだった。力の弱さを補うため速さと鋭さを鍛えてランク4となった。だがそれは吸血鬼の能力とはあまり相性が良くなく、それを見たタバサは吸血鬼の膂力《りょりょく》を活かすための武器とその使い方を教えてくれた。

サララの耳が横から迫る風切り音を捉える。おそらくは先ほど見た糸の先に付けた黒い武器だろう。その攻撃を避ければ隙が生まれる。だが吸血鬼には吸血鬼の戦い方があった。

グシュッ！

弧を描いて飛来した黒鉄の分銅をサララが左腕で受け止めた。肉は弾け、骨を砕かれるが、サララは躊躇なく飛び込んで鎖を振るう。

その鎖の尖端をアリアが跳び下がるように避ける。戦闘力はサララに及ばずとも、アリアの速度はサララをわずかに上回っていた。

それでもサララは慌てない。下級吸血鬼なら再生に数十秒はかかる傷でも上級の吸血鬼なら数秒で元に戻る。不死者であるその身体には毒も効かず、生者のように疲労することもないのだから。

「オマエの負けだ、アリア！」

速さで負けていようと勝負で負けるはずがない。アリアの刃は防御をしないサララを何度も斬りつけるが、それも瞬く間に再生する。

（無駄なことを！）

そう思いながら鎖を振るい、躱したアリアがサララを斬りつける。だが、その一度の攻撃が二度になり、一度に三回斬りつけられるようになってサララは異変に気付いた。

（アリアの斬撃速度が増している⁉）

息も荒く疲労を滲ませたアリアから汗が飛び散り、舞うように刃を振るう少女の背に光の残滓の如く銀の翼がはためいたように見えた。

いつの間にか両手の武器を使って怒濤の連続攻撃を繰り出すアリア。黒いナイフがサララの腱や筋を切り裂き、黒いダガーが目を貫き、骨を砕く。

「――っ⁉」

傷の再生が追いつかない。いや、そうではない。短時間に大量の再生を行ったことでサララが持つ魔力が枯渇しはじめていたのだ。

再生には魔力がいる。このままでは殺される。サララは少女の貌《かお》を獣に変えて、アリアの血と魔力を啜るために鎖を捨てて飛び出した。

致命傷に近い傷を受けても、死ななければ殺せる。誇りさえかなぐり捨ててサララは最後の賭けに出た――が。

「がっ⁉」

踏み出したサララの膝関節が砕けて、崩れるように膝をつく。

サララは無防備に攻撃を受けすぎた。それに気付くのが遅すぎた。

その目前で緩やかにも見える動きでナイフを背後に振りかぶるアリアの姿に、吸血鬼になって初めて、サララの脳裏に百年も思い浮かべることすらなかった〝死〟という単語が浮かぶ。

「――【神撃《クリティカルエッジ》】――」

吸血鬼は不死身ではない。吸血鬼を滅ぼすには、太陽の光か、心臓の魔石を破壊するか……その首を切り離すしかない。

そしてサララが最期に見たものは、目の脇にある横になった地面と、黒い血を噴きあげる首を失った自分の身体だった。

＊＊＊

山間の村を襲った吸血鬼は駆逐した。何故、王太子の襲撃に関与していると思われる彼女たちがここにいたのか？　ここで眷属をつくって何をしようとしていたのか？

本来なら捕らえるべきだったのだろうが、吸血鬼など殺す気でやらなければ負けていたのは私のほうだったかもしれない。実際には魔族の吸血鬼だが、その証拠となる死体は朝になると灰になりその魔石だけが残された。

それでも、その魔石を持って冒険者ギルドで鑑定すれば、今回の元凶が魔族であり吸血鬼であることも判明するはずだ。そしてその魔石を売れば〝彼ら〟の当面の生活費にもなる……。

生き残った村人は十数名しかいなかった。

彼らは村に残ることを選ばず、領主がいる街へ向かうと代理の村長がそう言っていた。生き残りこそ少なかったが、その代わりに全員で馬車を使うことができるので、明るいうちに人がいる場所に辿り着けるそうだ。

——ヒュッ。

その時、背後から飛んできた石を無言のまま弾き落として振り返ると、私へ石を投げた男の子を慌てて母親が抱き留めていた。

「なんで……なんで、とうちゃんを殺したっ！」

母親に抱き留められながら男の子がそう叫ぶ。その悲痛な叫びに、親しい人を亡くした村人たちもいたたまれなく視線を落とす。でも……私は慰めの言葉を使わない。

「お前と私が弱かったからだ」

「なっ……」

絶句する男の子に歩み寄り、冷たい目で見下ろしながら言葉を続ける。

「私が弱かったから、お前の父親を殺すしか救う道がなかった。お前が弱かったから、父親はお前と母を守るために吸血鬼に立ち向かった」

話し始めた私に、俯いていた村人たち全員が顔を上げてその視線が向けられる。

「奪われたくなかったら強くなれ。お前の父親は、家族を守るために吸血鬼に向かっていったのでしょう？　悔しいのなら私を殺せるくらい強くなれ。もう二度と誰にも奪われないように」

「………」

男の子が下唇を噛みしめるように下を向き、村人の数人が目を瞑るようにして私から視線を逸らした。

この子に言ったことは私自身に向けた言葉でもある。

奪われたくなかったら強くなるしかない。弱ければすべてを失い、屍となるしかないのだから。

荷支度を済ませた村人たちが生まれ育った村から離れていく。

ただその寸前、あの子の母親を含めた数人の村人が私に頭を下げ、一度も振り返らなかった男の子の瞳は、ただ真っ直ぐに前だけを向いていた。

そして――。

「カルラ」

「やっぱりアリアは、血に塗れた姿がよく似合うわ」

返り血で汚れた私が声を掛けると、陶酔したような表情で近づいてきたカルラが私の頬に付いた血を指で拭う。

「何を知っている？」

そう尋ねるとカルラは悪戯をした子どものように笑って朝の風に言葉を乗せる。

「もう分かっているのでしょ？　私がこの事件の〝元凶〟よ」

闇潜む城

「……どうしてこうなったの？」

魔術学園のダンドール家の屋敷にあるその自室にてクララは一人呟く。

最近では体調不良を理由にあまり授業にも出ていない。実際、ダンジョンで【加護《ギフト》】を得てから気分が優れることはなく、体重も少し減っていた。

王太子の筆頭婚約者という役目が重荷となったと考えた兄のロークウェルが、妹を心配して毎日見舞いに来てくれるが、婚約者である王太子は最初の頃のように頻繁に会いにくる事はなくなっていた。

そんな王太子エルヴァンの態度にロークウェルは不満があるらしく、将来の総騎士団長として学園内で側近をしていた彼は、親友であるメルローズ家のミハイルと共に、次第に王太子派閥と距離を取りつつあった。

クララとエルヴァンは心を通わせた。だが、その心の距離は再び開きつつあった。

誰が悪いのか？　何がいけなかったのか？

エルヴァンは野外研修の途中で襲撃を受け、心の傷を負った。

その傷を慰めてもらう相手であったクララをエルヴァンは頼らず、彼女の忠告を聞かなかったことや、他の女に共感してしまった後ろめたさもあって、彼は自分で乗り越えようとした。

でもそれは、子どもが叱られることを恐れるようなもので、その心の隙を〝ヒロイン〟につけこまれた。

乙女ゲームのヒロイン――アーリシア・メルシス。

自らを『リシア』と呼ぶその少女は、外見こそクララが記憶する『乙女ゲームのヒロイン』と印象は異なるが、彼女の行動は乙女ゲームのヒロインと酷似していた。

だが行動こそヒロインと同じだが、彼女は決定的に〝何か〟が違っていた。

ゲームの攻略対象である男性たちは、全員が心に闇を抱えている。

その心の隙間に入り込み、彼らが願う欲しい言葉を与え、時には厳しく接して彼らを成長させるはずが、彼女は男性が求めるすべてを〝全肯定〟して甘やかした。

心が病んだ男性ほどヒロインへの依存度が強く、その尋常ではない甘やかしと肯定を受けたエルヴァンの姿に、同じく闇を抱えていたはずのミハイルとロークウェルは、逆にヒロインから距離を置いたが、その結果として『甘やかし』に籠絡された男性たちは、常にヒロイン――リシアの側にいるようになった。

王太子エルヴァンと王弟アモル、そしてあの襲撃事件で心に闇を抱えることになった神殿長の孫ナサニタルがヒロインの側にいる。

逆にリシアの執事であるセオは、暗部の長であるメルローズのミハイルが距離を取ったことで彼もヒロインから徐々に距離を取り、ミハイルやロークウェルの側で見かけることが多くなった。

籠絡された側と拒絶した側……〝何〟が彼らを分けたのか？

王家派筆頭であるダンドール家やメルローズ家の者と距離を置いて、王太子や王弟は何を考えているのだろうか？　このままでは国を二分して新たな争いが起きて、王家の求心力衰退だけでなく他国がつけいる隙にもなるだろう。

二代続いて子爵令嬢である〝ヒロイン〟を正妃としても、ヒロインが『聖女』となり、メルローズの姫として立ち、エルヴァンが『国王』として覚醒すれば、乱れた王国を纏めることはできる。

だが、このままでは最悪の未来しか見えない。

もしかしたら、今のヒロインはクララと同じ転生者ではないかと思ったが、どう考えてもバッドエンドに向かうようなヒロインの選択に、転生者ではないと思い直す。

あれは……今のヒロインは欲望に囚われた、ただの異常者だ。

ゲームのヒロインよりも厄介な存在となった今のヒロイン――リシアを、早急に排除しなくてはいけない。

最初の計画でクララは、二年次に発生する一大イベント『魔族の陰謀』を無理矢理発生させることでヒロインを排除するはずだった。

イベント『魔族の陰謀』は本来複数のフラグが必要であり、一周目のクリア後、二周目でエルヴァンの好感度が一番高く、なおかつ他の攻略対象者の好感度が平均的に高い場合のみ発生する、〝隠しキャラ〟攻略のためのルートイベントだった。

魔族によってヒロインが誘拐され、それを救い出そうとすべての攻略対象者が魔族国へ救出に向かい、隠しキャラの好感度によって魔族との和解か、魔族王の討伐を選ぶことになる。

ただ魔族王との戦闘となった場合、それまでヒロインのステータスを高めていない場合は、その戦闘でヒロインが死亡するバッドエンドもあるのだ。

だからこそクララはダンジョン攻略後に手駒を増やし、魔族と接触してヒロインを誘拐させるように拠点や地図などの援助をした。

魔族は王族と関わるヒロインを誘拐するが、好感度の低い早い段階なら誰もヒロインの救出には向かわず、そのまま彼女を排除できるはずだった。だが、タバサとグレイブというイレギュラーのせいか、魔族は貴族派と手を組み、王太子の暗殺まで企てた……。

もう原作とは違ってしまっている。イレギュラーであるタバサとグレイブを殺すために灰かぶり姫も動いている。

これによって魔族のイベントがどうなるのか……それはもう『予見』を持つクララでさえも分からなかった。

＊＊＊

「だって、この国に魔族の居場所を与えたのが私だから」

「…………」

エレーナとエルヴァンへの襲撃。グレイブと手を結び、王国に害をなす者たち……彼らを呼び込んだのがこのカルラだという。

その拠点を築くための情報を与え、彼らを呼び寄せた後で、裏切って殺した……。

「……何を考えている？」

「別に、大した理由があったわけではないわ」

私の問いに悪戯をした少女のようにカルラが軽くおどけてみせる。でも、その瞳の奥にはいまだに暗い炎が燃えさかり、このクレイデール王国に対する憎悪が感じられた。

カルラの冷たくなった手を取ってこちらに顔を向けさせると、いつも感情の見えない笑みを浮かべていたカルラが困ったように笑う。

「アリアは意地悪ね」

生き方の正解はないように、死に方にも正解はない。

カルラが魔族を呼び込んでまで王国を壊そうとするのは、自分の手で決着をつけるためだと私には思えた。

カルラにはカルラの美意識がある。その死に様に拘るように、【加護《ギフト》】を得て自分ですべてを壊せるようになったカルラからすれば、過去に呼び込んだ魔族などもう必要のないものなのだろう。

「私の玩具は私が片付けるわ。アリアは自分の敵を殺して、もっと強くおなりなさい……私のように」

「…………」

牙を剥くように笑いながら、狂気じみた強い紫色の瞳が私を射て、私たちはそれ以上会話をすることなく無言のまま野営地まで戻る。

カルラはすべてを道連れにして死ぬために力を求める。

自分のために……そして、私が死なないように……。

そして私は彼女を苦痛から解放するために、更に強くなることを心に刻みつけた。

たとえそれが、カルラの命を奪うという結果でも。

それから数日後、私たちは目的地であるケンドラス侯爵領に到着した。

大陸有数の大鉱床であるコンド鉱山に面するこの侯爵領では、肉体労働をする炭鉱夫が多く、人族ばかりではなく身体能力に長けた獣人や岩ドワーフが鉄や銅を掘り、手先の器用なドワーフの職人たちが作り上げた武器や細工物を求めて商人が集まる、非常に活気のある街だ。

けれど私たちはそこに寄ることはなく、真っ直ぐに国境沿いにある街へ向かう。以前あった暗殺者ギルドの北辺境区支部の街のように、鉱山のある場所では事故による死者を弔うための大きな礼拝堂がある。そこは以前、ケンドラス家の縁者である男爵家が治めていた地域だったが、十年ほど前に家系が断絶して今ではケンドラス侯爵家の直轄地となっていた。

かつては男爵家が生活し、今は管理人以外誰も住んでいないはずのその城に、魔族と共にあの男……グレイブがいる。

この情報の出所は巧妙に隠されていて分からないが、裏を取った暗部の話からすると、私にはそうなるように画策したグレイブの意思が垣間見えた。

ギルガンが言っていたように、この件の裏には幾つもの人間の思惑がある。

王太子を排除してエレーナを傀儡として望む者。

王太子を残してエレーナの排除を望む者。

王太子とエレーナの両方の排除を望む者。

そして、そのすべてに関係なく復讐のために動く者……。

グレイブ……お前の望みはなんだ？

「それでは、私はここで失礼するわ」

カルラの目的はグレイブではなく魔族の殲滅だ。私たちは事前に決めていたように目的地に着く前に二手に分かれた。

カルラは情報源があると言っていたが、おそらく彼女にもグレイブのいる城とは別に魔族の拠点を伝えた者がいるのだろう。でも、カルラ曰く……

『吸血鬼の根城は地下墓所《カタコンベ》に決まっている』

……らしい。

加護持ちであるカルラであっても高ランクの吸血鬼は難敵となるはずだ。けれどカルラも私同様に歩みを止めることはないだろう。

カルラにはカルラの戦いがある。私には私の戦いがある。私たちは一瞬だけ視線を合わせ、何も語ることなく背を向けて自分の戦場へと歩き出す。

かつては数万人が暮らしていたこの街も、今では千人ほどしか住んでいないという。その衰退した原因は治める領主がいなくなったせいか、それともこの地に潜む吸血鬼のせいか……。

魔族の吸血氏族はまだ大きく動いていない。あの山間の村でしていたように、おそらく今は手勢を増やしている途中なのだろう。

そう考えると私の襲撃時期は良いタイミングだと感じるが、それにもグレイブの意思が関与している可能性があった。

吸血氏族の本隊がカルラが言うように地下墓所《カタコンベ》にいるとしても、城の中に全くいないことはないだろう。街を避けるようにしてネロと共に森の中にある城へと向かい、日が昇ると同時に私とネロは攻略を開始した。

『ガァ……』

〈――森――屍――〉

不意に足を止めたネロの髭から電気信号による意思が伝わってくる。

「森に〝出来損ない〟どもがいる？」

〈――是――〉

おそらくは警戒用に陽の下でも動ける出来損ないどもを森に潜ませているようだ。それがどの程度の数になるのか分からない。戦闘技能もなく戦闘力も一般兵士程度の力しかなくても、城の中で騒ぎが起きれば中に押し寄せてくるだろう。

虹色の剣のドルトンやフェルドのような大きな武器を持ち、薙ぎ払いの戦技を使えれば対処もできるが、私の武器では多数の敵を相手するには向いていない。

ならば森の外を最初に排除するべきなのだが、散らばった敵を殲滅するのに時間を掛ければ、夜になって吸血鬼が出てくる。

〈――進――〉

その時、立ち止まっていた私の前にネロが音もなく前に出ると、耳から伸びた鞭のような髭を城のほうへ振る。

「……私に先に進めというの？」

私がそう言うとネロが微かに振り返り、笑うように口の形を変えた。

「分かった……お願い」

『ガァ』

お互いに頷くと森の中で私たちは別れて再び行動を始める。ネロもグレイブには恨みはあるはずだ。でもネロは私がグレイブとの決着をつけることを優先して、自分から裏方になることを買って出てくれた。

選択に迷いはない。決めることに時間を掛けてしまえばネロの想いが無駄になる。

私は気配を消しながら朝のまだ薄暗い森を駆け抜け、城の石壁に辿り着くと刃鎌型のペンデュラムを張り出した石壁に掛け、そこから駆け上がるように登っていった。

＊＊＊

城の中はすべての窓が閉められ、板を打ち付けた後にカーテンで覆うことで完全に外の光を拒んでいた。

男爵家には不相応とも言えるこの城の大きさは、元は旧ダンドール公国時代、人の領域を広げるために国境沿いに建てられた要塞だった名残だ。その壁は今の時代の城に比べて不自然に厚く、光どころか外気さえも拒む城の中は、黴《かび》の臭いと血臭が仄かに感じられた。

城の中に人が生活している気配はない。城の中にいるのは息すらしていない不死者とその出来損ないだけで、それでもわずかながらに光があるのは、完全な闇の中では視界を確保できない出来損ないと、たった一人存在する〝人間〟のためだった。

以前は大勢の人や兵を集めたであろう広間で、古びて朽ちたソファーに腰掛けた男が一人、燭台に灯ったロウソクの明かりの中で血のような赤い果実酒のグラスを揺らし、そのグラスを持った左腕がギシリと軋むと、闇の中から全身を黒ずくめの衣装を纏った一人の女性が現れる。

「あの小娘が来たわ……。約束通り、あいつは私が殺していいのでしょ？」

「好きにするといい」

男の返事にその女性――タバサは憎しみに満ちた狂気の笑みを浮かべると、闇に溶けるように消えていった。

その気配が完全に消えると、男はソファーに背を預けてその顔に初めて笑みを浮かべながら、左腕の義手で高価な玻璃のグラスを握り潰す。

――パキンッ。

「……来たか、アリア」

＊＊＊

朝日の中、私は城壁を造る石垣に指を掛けて登っていく。

元男爵が住んでいた時代に造られたこの要塞は、正面から侵入するのも壁越えも難しい。でも、こんな巨大な城門を通るためだけに開けるくらいなら、城壁の高さが三階建てほどあろうと、登ったほうがまだマシだ。

まだ早朝で薄暗いとしても、昼間に動ける〝出来損ない〟に遭遇すれば見つかってしまう可能性がある。

吸血鬼が外にいなくても油断はしない。昼には昼間の隠密がある。陽の光の中で石壁を登りながらも自分の魔力を完璧に周囲の魔素に合わせ、光の魔素で太陽光さえ偽装して、自分の姿を石壁の風景に溶け込ませた。

城壁の上にある通路に音もなく飛び乗り風の流れに沿って動き出した私は、生気がない顔で巡回していた出来損ないの一人に忍び寄り、横から腕を巻き付けるようにその首を一回転させてへし折った。

「…………」

不死者もどきが相手でも私の隠密は通じる。どの程度まで殺せば死ぬかも理解した。それさえ分かれば、陽の下で私に対抗できる者はほぼいないと判断する。出来損ないの力は生前の能力に左右されるが、私に対抗できる能力があるのなら高確率で吸血鬼化しているはずだから。

それから一時間ほど掛けて中庭を徘徊している出来損ないどもを潰していく。

でも、少しだけ数が足りない気がする。吸血鬼が仲間を増やすのを始めたばかりだと仮定しても、あの小村のように僻地の集落を襲って仲間を増やしているのならもう少し数がいてもいいはずだ。そのほとんどが外にいる？　それともネロが現れたことで城内の不死者もそちらに向かったのだろうか？

カルラが向かった礼拝堂の地下墓所《カタコンベ》に集中している可能性もあるが、そちらに戦力を集中させているとすれば、おそらくはグレイブは私が来ることを予見して、こちらをわざと手薄にしている可能性もあった。

……その興味がエレーナに向かうよりもいいかと思っていたけど、我ながら厄介な男に目を付けられた。幼い頃にフェルドやヴィーロに感じたように、自分が変わった男を引き寄せてしまう匂いでも出しているのかと本気で疑いたくなる。

中庭の出来損ないどもの始末を済ませた私は、再び内側にある石壁を登りはじめた。

いっそのこと外から火攻めをすることも考えたが、煙を見て街の住民が現れた場合や、貴族派でグレイブの協力者でもある領主の兵が来ては面倒だ。

私の基本戦闘は暗殺だ。グレイブを逃がさず、その死を確認するには自分で殺すのが一番確実だ。

二階辺りの窓を調べてみると内側から板を打ち付けてあり、中では暗闇になっていると思われる。だとしたら吸血鬼も活動しているだろう。侵入のために窓の板を壊せば不必要に敵を集めてしまう危険がある。

だとしたらどうするか？　私は城の上に登り、物見台のような塔から侵入することを考えた。

身体強化と体術とペンデュラムの糸を使ってよじ登り、そこの床にある蓋のような出入り口の金具に、音を立てないように油を染みこませる。

「……【触診《フィール》】……」

魔力による触診で鍵の構造を確かめ、隙間から忍び込ませた糸を操り、内側から閂《かんぬき》を外す。

中に入ると闇が支配している魔窟だった。それでも完全な暗闇ではなく、わずかな明かりがあることで、一定数の出来損ないがいると推測する。

だとしたら完全な闇の部分にいるのは吸血鬼か？

そして……グレイブはどちらか？

あの男が吸血鬼になっている可能性もあるが、私は〝無い〟と考える。

不死者となるのは、私からすれば逃げと変わらない。もし生への執着さえ失ったのならその程度の人間であり、どれだけ強くなっていても怖くない。

でも……もしグレイブがこの環境の中でまだ人間でいたとしたら、おそらくはこれまでにない死闘となるだろう。


カツン……。

その時、闇の中に足音が一つ響いた。

その自分の存在を誇示するような足音に私も足を止めると、通路の向こうからゆらゆらと揺れるロウソクの灯りが近づいてくるのが見えた。

硬質な足音からして多分貴族の令嬢が履くようなハイヒールだと推測する。足音を立てているのは、自分の力に絶対の自信があるからだ。

確実に吸血鬼だ。それもあのサララと同じ上級の吸血鬼か。

歩くリズムで灯が揺れる。それでも近づいてくるロウソクの炎自体はわずかも揺れていない。

▼女魔族　種族：闇エルフ・吸血鬼♀・推定ランク４
【魔力値：２５４／２６０】【体力値：３２７／３２７】
【総合戦闘力：９８２×２（１９６４）】

「ようこそ、お嬢さん。あなたが侵入者ですね？」

金の髪に銀の瞳。黒曜石のような黒い肌に真紅のドレスを纏った闇エルフの女は、微笑みながら唇から鋭い牙を覗かせる。

「吸血氏族か」

「あら、どこかでお会いしたかしら？」

やはりサラの仲間か。私の問いに肯定しながら、女吸血鬼は立ち止まることなく無造作に近づいてくる。

「グレイブはどこにいる？」

「あの人のお客様？　でも残念ね……」

女吸血鬼が気怠げに溜息を吐く。私と彼女は二十歩ほどの距離まで迫り、それでも女吸血鬼は足を止めることはなかった。

「どうして？」

「わからないかしら？」

互いの距離が十歩程まで近づき、女吸血鬼は晴れやかな獣のような笑顔を見せた。

「わたくし、少々飢えていますの」

ヒュンッ!!

その瞬間、二つの〝線〟が闇を切り裂き、とっさに飛び退いた私の肩を切り裂くと同時に、刃鎌型のペンデュラムが女吸血鬼の真横から左目を抉る。

カラァン……。

「……酷いわ。顔を傷つけられたのなんて、何十年ぶりかしら」

ロウソクを点した燭台が落ちて火が消える。顔を押さえた女吸血鬼の指の隙間から黒い血が零れ、その手がどけられると時間が遡るように抉られた左目が再生して、元の美しさを取り戻した。

「あの人のお知り合いなら、この国の暗部騎士かしら？　可愛いのにかなり強いのね。ああ……なんて香《かぐわ》しい」

「………………」

肩から流れて指先から滴る私の血を飢えた瞳が見つめていた。

「なんの武器かしら？　見えなかったわ」

「さあね」

互いに相手が使う武器を見切れていない。それでも女吸血鬼に緊張感がないのは、私の武器では自分を殺せないと考えているのだろう。

吸血鬼は強い。だからこそ、その強さが弱点になる。

「わたくしの名は、シェラルール。覚えてらしてね。お腹を満たしてもまだ生きていれば、わたくしの下僕にしてさしあげますわ」

女吸血鬼シェラルールから閃刃が放たれる。武器を持つのは右手か。おそらくは片手武器の一種だと思うが、魔素を視る私の目でもまだ見切れない。

見えない閃刃が私の腕や脚を浅く切りつける。傷が浅いのはシェラルールも私の見えない武器を警戒して無意識に踏み込んでこないからだ。

ならば余裕があるうちに策を弄するため、私は回避しながら狭い通路の中を跳び、天井を蹴りながら腿から抜き放った数本のナイフを投擲する。

キキンッ！

ナイフがシェラルールの閃刃に弾かれる。

「無駄なことを」

サララのように吸血鬼の戦い方をされて、ナイフを身体で受け止められたら無駄になった。でも余裕があったシェラルールはダメージにならないナイフを弾いて、その火花がその武器の正体を教えてくれた。

フルーレ系のサーベルか……。

片手剣の一種であるサーベルにも種類があり、砂漠のカルファーン帝国では重い鎧を着ないので、革を切り裂く三日月形のサーベルが一般的だ。そして大陸北方の国々ではサーベルは鎧を貫くことに特化して、細く針のような形状になった。

その中でもフルーレ系は決闘に特化した武器で、細く柔靭でよくしなる、人間を殺すためだけの武器だった。

「そろそろ諦めなさい。痛いのは一瞬だけよ！」

血の臭いに眼の色を赤く染めたシェラルールが飛び込んでくる。

見えない閃刃が唸りをあげる。魔鋼製の黒い刃を、闇の中、吸血鬼の膂力で振るえば見切れる者はほぼいないだろう。

だが、決闘に特化した武器はルールに沿うからこそ威力を発揮する。

「なっ⁉」

同時に前に出た私の身体を閃刃が捉えた。だが、その一撃は私を斬り裂くことなく鞭のように打ち据えただけだった。

フルーレ系のサーベルは尖端にしか刃のない正に尖った性能の武器だ。シェラルールは有利な状況に油断した。その武器は間合いがあるからこそ意味があるのに、間合いを詰めたことでその利点を自ら潰したのだ。

その一瞬を逃さず、私が右手を振りかぶる。

でもその時、躱せないはずのシェラルールがわずかに口元を笑みに変え――私は分銅型のペンデュラムを振り下ろすと同時に左手のナイフで背後の闇を斬り裂いた。

「ぎゃあああああああっ！」

暗闇に二つの悲鳴が響く。いかに不死身の吸血鬼でも、脳が破壊されたら活動を止める。

「……キサ……マ！」

頭を半分潰されてもシェラルールはまだ動いていた。私を睨み付けるまだ残る右目に再び右腕を振り上げる私の姿が映り、恐怖に引き攣った彼女の顔に私はもう一度分銅型のペンデュラムを振り下ろした。

「〝灰かぶり〟……っ！」

「〝伏兵〟はやはりお前か……タバサ」

振り返れば、覆面ごと顔面を切り裂かれた黒ずくめのタバサが膝をついていた。

武器は用途によって使い方を変える。こんな暗殺に適した暗闇という場所で警戒しない馬鹿はいない。

「何故、気付いた……」

「さあね」

殺気の消し方は私も気付けないほど完璧だった。でも、シェラルールの放つ斬撃よりもあきらかに傷が多ければ嫌でも気付く。それに彼女の物言いが、あきらかに他の誰かから私の存在を聞いたように感じた。

そうなれば状況から敵の姿も見えてくる。だから私は見えない襲撃者が〝タバサ〟だと確信して彼女が襲撃しやすい位置を斬り裂いただけだ。

その最後のタイミングはシェラルールが教えてくれた。

「舐めるな……このクソガキがぁあああっ！」

膝をついていたタバサが跳ね上がるように飛び起きて私に襲いかかってきた。

その瞬間に投げつけた黒いダガーがタバサの右目に突き刺さる。だがそれでもタバサは止まらず歪んだ笑みを浮かべながらミスリルの鎖を振り上げた。

「終わりだっ、灰かぶり!!」

本当に……この世界の強者は油断がすぎる。

その瞬間、死角より飛び抜けた〝刃鎌型〟のペンデュラムがタバサの咽を半ばまで引き裂いた。

私への恨みか、それとも全身の火傷を癒やすためか、タバサも吸血鬼と化していた。

タバサはそれを隠して虚を衝いたつもりなのだろう。顔を押さえていたのも治る刃傷を隠すためだった。私への恨みだけで、人間であったことを捨てるなんて感服する。

でも、魔素を目で視る私なら、人かどうかの区別はつく。

それがなくても、あの森で見た火傷の痕が消えていれば察しはつくでしょ？

タバサが攻撃をわざと受けると予想して重さのあるダガーを投げて頭を揺らし、そこに殺傷力の高いペンデュラムを奔らせた。

「……ぁぐぉああ」

即死はしなくても千切れかけるほどの深さで首を切られたタバサが、血の泡を吹きながら頭を押さえ、私へ黒い爪を伸ばした。

さっきの不意打ちでもお前がそのまま攻撃してくれれば私を殺せたかもしれない。でも、できなかったのでしょ？　なりたての下級吸血鬼にそこまでの再生力はないから。

「タバサと再会できて、私もためになった」

彼女の瞳に、シェラルールと同じようにペンデュラムを振りかぶる私の姿が映る。

「ちゃんと自分の手で殺さないと、後で面倒が起きる」

グシャ……。

そのあとタバサとシェラルールの首を刎ねて確実にとどめを刺してから、傷の治療をした私は再び行動を開始する。

もう隠密は意味がない。シェラルールとの戦闘で城の中にいた吸血鬼や出来損ないどもが集まってきたからだ。それでも襲ってくる吸血鬼に闇エルフはおらず、シェラルールやサララほどの強者も存在しなかった。

出てくる吸血鬼をペンデュラムを使った罠で始末して、敵を倒しながら進んでいくと、まるで誘導されるように要塞の兵士を集めておくような大広間へと辿り着いた。

私がその扉を開くと、一つだけあるテーブルの一つだけある燭台に灯された明かりの中、ゆったりとした黒い衣装を纏った一人の男が、ゆらりと立ち上がる。

以前見た時よりも気配が濃い。以前見た時よりも肉の厚みが増している。

ネロに食い千切られて失った左腕に、ガントレットのような魔鉄製の義手をつけたその男は、現れた私に一瞬目を細めて微かに唇の端をあげた。

「よくぞ来た、アリア」

「グレイブ……」

この国に巣くう本物の怪人は更に力を増して、再び私の前に姿を現した。

▼グレイブ　種族：人族♂・ランク5
【魔力値：245／250】△30UP　【体力値：402／410】△60UP
【総合戦闘力：2025（身体強化中：2565）】△600UP

＊＊＊

『ぎゃぁあああああっ⁉』

魔族を含めた数体の吸血鬼が出来損ない諸共《もろとも》、火竜のような炎で焼き払われた。

「……貴様が、〝裏切り者〟の魔術師かっ‼」

その憎悪に満ちた言葉と瞳に、カルラは燃えさかる炎の中、いつものように朗らかな笑みを浮かべていた。

「廃棄物はこれですべてかしら？」

「ふざけるなっ‼」

とぼけたセリフを吐くカルラに、その魔族――ゴストーラが激昂した声を張りあげる。

魔族の国より遠く離れ、吸血氏族が魔族として認められるために、ゴストーラは親友である族長に任せろと言って、このクレイデール王国にたった十数人の仲間と共に潜入した。

その目的は、クレイデール王族の殺害。

だが、その第一目的とした策略は、現地で協力者となったグレイブの助言によって変化した。

人族が聞けば呆れるような気の長い話だったが、魔族である闇エルフには数百年の寿命があり、

吸血氏族にはさらに永遠とも言える時間があった。

その作戦を遂行する時期が来て、危険を冒してまで捨て駒にする手勢を増やした。

だが、せっかく作り出した手勢も炎の中で灰となり、燃えさかる地下墓所《カタコンベ》の中、ゴストーラはその灰色の目を据えて、自分たちを呼び込んだ最初の一人であり、自分たちを裏切り、仲間を殺した怨敵を睨み付けた。

「裏切り？　最初から私たちは、どちらも互いに利用していただけでしょう。違うのかしら？」

カルラはまだ十歳の頃、彼ら魔族の存在を知り、この王国に引き入れた。

自分の王国への恨みを語り、王国の詳細地図という戦略情報を餌に彼らと接触したカルラは、現れた数名の吸血氏族を、自らの強さの糧にするために殺した。

「もう必要がなくなったもの。あなたたちがいなくても問題がなくなったけど、捨てたものを勝手に使われるのは面白くないわ」

「捨てた物……だと」

闇エルフ特有の端正な顔を獣のように歪ませたゴストーラが牙を剥き出し、周囲の吸血鬼たちの憎悪が炎さえどす黒く染めても、カルラの浮かべた笑みは変わらない。

「私の他に接触をしてきたのは誰かしら？　暗部の裏切り者？　それとも世間知らずのお嬢ちゃんかしら？　まぁどうでもいいけれど」

カルラが緊張感もなく豊かな黒髪を片手で掻き上げ、その一瞬の隙を見て、カルラの背後から長身痩躯の魔族が風のように襲いかかる。

「――【岩槍《ストーンランス》】――」

「ぐぎゃあああああああああっ！」

大地から氷柱のように伸びた岩の槍がその魔族の胸を貫いた。百舌《もず》の速贄《はやにえ》の如く宙で貫かれた魔族がもがきながら息絶えると、そちらを見もせず、無詠唱で魔法を行使したカルラが狂気に満ちた暗い笑みを浮かべて、自分の唇をチロリと舐めた。

「あなた方はまだ、自分らが誰かの必要な存在だと思っていたのかしら？」

――捨て駒さん――

「……殺せ！」

自分もそうだったと己さえも嘲るようなカルラの言葉の意味を読んだゴストーラの声に、吸血鬼と数百体の出来損ないたちが一斉にカルラへ襲いかかる――。

「――【魂の茨《ソウルソーン》】――」

カルラの青白い肌に刺青《タトゥー》の如く黒い茨が巻き付き、その命を喰らうように蠢いた。力が解放され、カルラの全身から放たれる膨大な魔力が暴風となって渦巻き、津波のように押し寄せる出来損ないどもの波を押し返して、カルラの身体を宙へと押し上げる。

▼カルラ・レスター　種族：人族♀・ランク４

【魔力値：∞／550】△20UP【体力値：33／53】△1UP
【総合戦闘力：1069（特殊戦闘力：3069）】△39UP
【加護《ギフト》：魂の茨《Soul Thorn》Exchange/Life Time】

「そぉれ！　【火球《ファイアボール》】――」

カルラが腕を振るとレベル5の火魔術、【火球《ファイアボール》】が宙に五つ生まれた。

魔術師がそのレベルまでの魔術しか使えないのは、魔力制御レベルを超える魔術の行使には通常の数倍の魔力を必要とするからだ。カルラの魔術はレベル4が最大だが、魂の茨《ソウルソーン》によって生み出される膨大な魔力は、レベル二つ上までの魔術の使用を可能にした。

五つの火球が魔力の波で押し戻され固まっていた出来損ないどもの中心で炸裂する。

ランク6の魔物でさえ止めたその爆撃は、たった五つで百を超える出来損ないどもを炎で包み込む。だが、爆風で飛ばされただけの出来損ないはそのまま立ち上がり、元の能力値が高い吸血鬼は炎の中からも飛び出して再びカルラに襲いかかった。

カルラの体力値は幼子程度しかなく、吸血鬼どころか出来損ないの攻撃さえまともに受けてしまえば即死もあり得た。だが――。

「ガッ⁉」

宙に浮かぶカルラに飛びついてきた吸血鬼がその一撃を躱され、カルラの膝蹴りを顔面に食らって迎撃される。それでも飛びついてくる吸血鬼の攻撃をカルラは腕でいなし、手刀で目を潰し、その体術で翻弄した。

カルラの身体能力が優れているのではない。彼女の《体術》スキルはレベル3で、思考加速も魔力制御で強引に扱ってもレベル4が限界だ。カルラの元の能力値では思考加速はともかく体術で吸血鬼の攻撃をいなせるはずがない。

だが、魂の茨《ソウルソーン》によって肌に浮かびあがる黒の茨は、ただカルラに巻き付いているのではなく、操り人形の如くカルラの意思どおりに身体を操作することができた。

「──【石弾《ストンショット》】──っ！」

「──【跳水《スプラッシュ》】──っ！」

「──【火矢《ファイアアロー》】──っ！」

吸血鬼たちから幾つもの攻撃魔術が放たれた。それと同時に生き残っていた出来損ないどもがまたカルラに押し寄せる。

魔術の技量と威力で敵わないなら数で攻める。数だけはいる下級吸血鬼の単純な物量作戦だが、カルラの体力値を考えれば効果は高いはずだ。

「──【大旋風《タイフーン》】──」

だがその瞬間、レベル5の風魔術が吹き荒れ、迫り来る攻撃魔術ごと下級吸血鬼を吹き飛ばした。

風魔術【大旋風《タイフーン》】は爆発するような一瞬の暴風で対象を吹き飛ばす魔術だが、カルラは膨大な魔力を使い右手で【大旋風《タイフーン》】を維持しながら、動けない下級吸血鬼と出来損ないどもに向けて左手を向ける。

「――【竜砲《ファイアブレス》】――」

カルラが得意とするレベル4の火魔法、【竜砲《ファイアブレス》】の炎が舐めるように薙ぎ払い、逃げ場のない地下墓所《カタコンベ》の中で、出来損ないどもは断末魔の叫びさえあげることができずに炭となって崩れ散る。

「うぉおおおおおおおおおおおおおおおおおおおおっ！」

業火の中、宙に浮いたカルラの更に上、高さ五メートルもある地下墓所《カタコンベ》の天井からゴストーラが剣を振り下ろす。

「――【氷槍《アイスランス》】――」

すぐさまカルラから迎撃の魔法が放たれる。でもその時、ゴストーラの背中から黒い血が噴き出し、歪な黒い翼となって宙を舞い、カルラの氷槍を躱してみせた。

黒い翼は吸血鬼の能力ではなく、吸血氏族に伝わる己の血を媒介とした闇魔法だ。その力でカルラの攻撃を躱したゴストーラは、大きく振りかぶった剣をカルラに叩きつけた。

バキンッ！

その渾身の一撃は咄嗟に受けようとしたカルラの短剣を打ち砕く。とどめは刺せなかった。だがカルラにも大きな隙が生まれた。

「これで終わりだっ！」

その最大の好機にゴストーラは、最大の攻撃を繰り出すため戦技の構えを取る。

砕かれた鋼の刀身が舞う思考加速の中、この距離なら確実に殺せる――とカルラを見たゴストーラの背筋に言いようのない悪寒が奔る。

「――【火矢《ファイアアロー》】――」

　カルラがレベル１の火魔術を放つ。だが、いかに炎が吸血鬼の弱点だとしても、今更低級の魔術程度ではゴストーラを止められない。

「なんだとっ⁉」

　だがカルラは、そのたった一つの詠唱で、その場すべてを埋め尽くすように百本以上の火矢を生み出していた。

「おのれぇえっ！」

　雨のように降りそそぐ火矢にゴストーラも躱しきれない火矢を腕で弾く。だが、たかがその一本の火矢がゴストーラの腕を一瞬で炭化させた。

「ぐぉあああああああっ⁉」

「ゴストーラ様ぁあっ！」

　ゴストーラを庇うように前に出た女吸血鬼が、十数本の火矢に焼かれて灰になる。その配下である下級吸血鬼たちも次々と射線に割り込むように盾となり、ゴストーラを守りきった……が。

「どこに行こうとしているの……？」

　火矢を躱すことに集中していた吸血鬼たちはカルラの接近に気付かず、カルラは再生を始めていたゴストーラの右腕を掴み、黒い茨の強化で易々と引きちぎった。

「おのれ、おのれぇえええええええ‼」

　生き残りの魔族たちに護られたゴストーラが後方へ下がり、カルラも地に降りて血塗れの黒い腕を弄ぶ。

すでに数百もいた出来損ないどもは炎の中で灰になり、残りはゴストーラを含めても四人の魔族しか残っていなかった。

戦闘向きの【加護《ギフト》】を持っていたとはいえ、たった一人の少女に蹂躙され、魔物であるはずの吸血鬼たちがまるでバケモノを見るような目でカルラを見る。

「そろそろいいかしら……」

「なに？」

ボソリと呟いたカルラに片腕を押さえたゴストーラが問い返す。

だがカルラはそれに答えることなく炎に包まれ始めた地下墓所《カタコンベ》を見渡し、彼らに信じられないような言葉を掛けた。

「ここもそろそろ持たないわね。あなたたちはもう行っていいわ」

「どういうつもりだ……っ！」

ここまでしておいてカルラは魔族たちにここから逃げろと言う。あまりにも身勝手な言葉に真意が分からず、再びゴストーラが問い質すとカルラはニコリと笑って軽く手を振った。

「前に言ったでしょ？　王国に恨みはあるのよ。……そうそう、今この地には私の他に、王女の護衛である〝最大戦力〟が来ているわ。あの男と手を組んで倒すでも良し、手薄になった学園を襲うのでも良し……好きになさい」

その言葉を聞いて、ゴストーラは真意を見極めるように睨め付けた。

本当に何がしたいのか？　あまりに理解不能な彼女の言動に怒りが湧き上がるが、ゴストーラは戦況が不利だとみて撤退を決める。

「私は最初から、あなたたち魔族に恨みなんて無いの。ほらほら、早くしないとここで生き埋めになるわよ？」

「………覚えておけよ」

ゴストーラは捨て台詞を吐いて配下と共に闇へと消えた。

「…………」

カルラはそれを黙って見送り完全に気配が消えたことを知ると、浮かべていた朗らかな笑みが崩れるように陶然とした狂気へと変わり、炎の海原の中で熱い息を吐く。

「ああ、アリア……」

カルラがアリアに同行したのは、自分の手を離れた魔族の始末ではなかった。その真の目的は、ほどよい数の魔族をアリアにぶつけて彼女を終わりのない戦場に誘い込むことだった。

魔族など、カルラが企てている数ある謀略の一つに過ぎない。それがカルラの手を離れようと勝手に滅びようと、カルラは最初から気に留めてもいなかったのだ。

この国への憎しみは消えていない。でもカルラは『彼女』と出会ったことで憎しみも怒りも謀略も、そのすべての優先順位が彼女の下になってしまった。

初めて出会ったときから、その存在は衝撃だった。

大人でさえ怯えて顔色を窺うカルラと、真正面から向き合う同じ歳の少女。

彼女だけだった。真っ暗な闇の中で、〝狂気〟という自分も他者も傷つける刃の上を素足で歩く生き方をしていたカルラと、ただ一人、同じ場所に立ってくれたのが彼女だった。

彼女の瞳は常に遠く先を見つめている。でもその先にカルラの存在はないだろう。

カルラは彼女の瞳に一瞬でも自分を映すために彼女を傷つける。そのために自分を傷つけ、その傷の分だけ彼女を血塗れにしたかった。

彼女は血がよく似合う。彼女の血でもカルラの血でも……。

互いの血に塗れて自分を殺すアリアはカルラの想像の中でも美しかった。

黒い血に塗れた指先で笑み崩れそうになる頬を押さえながら、カルラは炎の中で恋する乙女のような表情を浮かべた。

疲弊したあの魔族たちは必ず新しい協力者を頼るだろう。その先には必ずアリアがいるはずだ。

彼女が自分以外に殺されることなどあり得ない。自分を殺すのもアリア以外にあり得ない。

自分を狂わせてしまったこの国を滅ぼす。城に集まる貴族の皆殺しを始めれば、アリアはカルラと戦ってくれる。

その最期を飾る『舞台』として血塗れの王国が必要だった。

でもアリアが今のままでは、二人きりの殺し合いにきっと邪魔が入ってしまう。

アリアは魔族の血を浴びて、きっと更に強くなる。そして沢山の貴族が集まる華やかな舞台で、アリアとカルラは血の海に倒れる貴族の中で殺し合うのだ。

「アリア。早く強くなって……殺しにきて」

死闘　グレイブ戦

グレイブの力は最後に見たときよりさらに上がっていた。

肌で感じられる威圧感から判断すれば、同じランク5であるフェルドを超えて、ドルトンや師匠の力量にまで迫りつつある。

「……その左腕は治さなかったの？」

広い石造りの部屋で一人、私を待ち構えていたグレイブにそう声を掛けると、彼は微かに片眉を上げ、見せつけるように魔鉄製の義手を軋ませながらその指先を動かした。

「腕の再生に半年や一年かけるなど時間の無駄だ。お前もそう思うだろう？　アリア」

「……そうだね」

軽口のようなやり取りを交わし、会話による最低限の情報収集を終えた私が音もなく前に出ると、グレイブは私と逆にわざと足音を立てるように歩み出た。

「さあ、アリアよ。お前の〝生き様〟を見せてみろ」

――ダンッ！

同時に床を蹴るようにして飛び出した私とグレイブが空中で交差する。

グレイブの生身の腕で振るう剣を私は宙を蹴り上げる空間機動で回避するが、それでも躱しきれずに肩を浅く斬られた。

以前のグレイブは二刀を使っていた。でもどうして今は右手でしか使わない？

義手では上手く扱えないから？　……違うな。左腕にはもう〝武器〟は必要ないからだ。

どちらも宙に浮いたまま思考だけが加速される世界の中で、グレイブがゆるりとその左腕を私に向けた。

「っ！」

その嫌な予感に、飛び出すと同時に置いてきた斬撃型のペンデュラムを旋回させ、真横からの襲撃を魔鉄製の義手で弾いたグレイブと私は地に降りて再び距離を取る。

「随分と慎重だな。お得意の毒はどうした？　力のすべてを見せてみろ」

「…………」

未知の手札《てふだ》がある相手と正面から戦うのは危険だ。それでもこの短い攻防で分かったことがある。

グレイブの戦闘力が上がった大きな要因はあの魔鉄の義手だ。

この世界では義手や義足は発達していない。ある程度の財力があれば【治癒《キュア》】系の魔術で治すのが一般的であり、義手を着けるのは半年も治療する財力がない者たちだけだ。

だがグレイブの義手は指まで動いた。本来なら装備品の優劣が戦闘力に影響することはないが、私の目で視える魔素から判断すると使用者と一体化するような、かなり高性能な魔道具の義手なのだろう。強度と力で本来の腕さえ凌駕して、おそらくは私のブーツのように何かしらのギミックが存在するはずだ。

考察しろ、その力を暴け。私がグレイブに対抗できるのは鍛えた速さと観察眼だけだ。

「来ないのなら、こちらから行くぞっ！」

右手の片手剣を構え直したグレイブが飛び出した。すかさず私もスカートを翻すように腿から抜き放ったナイフを投擲すると、グレイブは速度を落とすことなく左の義手で弾き落とす。

「――【闇の霧《ダークミスト》】――」

「無駄だっ！」

私が放った闇の霧が義手の一振りで払われた。元から私の魔法はグレイブに効果は薄かったが、あの義手は以前の魔剣同様、ある程度の魔力を拡散する効果があるようだ。

「ハアアッ！」

ドゴンッ!!

私が回避すると同時に振り下ろされたグレイブの片手剣が石の床を砕く。

「どうしたアリア……鍛えた力は逃げ回るためか！」

グレイブが分かりやすい挑発を繰り返す。

元から軽戦士タイプだったグレイブは戦闘を純粋な戦士系に切り替えている。暗部はその任務内容から斥候系だと思われがちだが、その本来の基本戦闘の形は『騎士』なのだ。

私の戦い方は騎士と正面から斬り合うようになっていない。だけど、騎士相手でも私には私の戦い方がある。

「――【影攫い《シャドウスナッチ》】――」

「ぬ！」

私が放ったオリジナル闇魔法にグレイブが警戒する。以前ネロに使ったときに奴はいたが、その効果までは知らないはず。だがグレイブは周囲に漂う幾つかの闇を片手剣で切り伏せ、躊躇もなく踏み込んできた。

初見の切り札は効果的に使う。一つも無駄にはできない。踏み込んできたグレイブの剣と私の黒い刃がぶつかり、火花を散らしながら私の軽い身体が宙に吹き飛ばされた。

その瞬間にグレイブが剣を大きく背後に振りかぶる。

「――【鋭斬剣《ボーパルブレイド》】――」

一瞬で五連撃を放つレベル５の戦技が私を襲う。

でも私は、その瞬間を狙って【影収納《ストレージ》】から出したクロスボウを放ち、スカートの影に吸い込まれた矢が真下からグレイブを襲った。

「ぐっ！」

それをギリギリで回避するグレイブ。だが放たれた戦技は止まらない。だけど一瞬でも戦技のタイミングがズレれば、他の人には躱せなくても私にはこれがある。

「――【鉄の薔薇《アイアンローズ》】――」

▼アリア（アーリシア）　種族：人族♀・ランク4
【魔力値：232／300】【体力値：221／250】
【総合戦闘力：1339（特殊身体強化中：2520）】
【戦技：鉄の薔薇《Iron Rose》 / Limit 232 Second】

私の髪が灼ける鉄のような灰鉄色に変わり、飛び散る光の残滓と、二倍にまで加速した思考の中で身を捻るようにして斬撃を回避した私は、そのまま天井を蹴って、放たれた矢の如くグレイブの首に斬りつけた。

「おおおおおっ⁉」

驚愕の叫びをあげ、見開かれたグレイブの瞳に、光の残滓を翼のようにはためかせて刃を構えた、無表情な私の顔が映る。

グレイブは戦技を撃った直後で動けない。だが――

「っ⁉」

その左腕の義手だけが不自然な動きを見せると、装甲が開いて飛び出した、見えない〝何か〟が私を斬り裂いた。

「くっ！」

とっさに身を捻って致命傷は避けられたが、それでも数カ所斬り裂かれた私が血を零しながら転がり、それでもとっさにナイフを構えると、グレイブが歪な笑みを浮かべて私を見つめていた。

「それがお前の真の力か、アリアっ！」

「…………」

斬撃の傷自体は深くない。でもこのまま血を流せば私の体力のほうが先に尽きる。

今の攻撃はなに？　あの腕に仕込まれたギミックか？　それを警戒して獣のように睨む私にグレイブは追撃を掛けることもせずに、私へと手を伸ばした。

「やはりお前は面白い。お前ならば俺の信念を理解し、この国を護る盾にも刃にもなれるだろう。もう一度言うぞ、アリア……俺の手を取れ！」

グレイブは私を自分と同類である〝狂犬〟と見なした。だからこそ私を狙い、生き残れるほどの信念があるのなら、自分と手を組むのが当然だと思っている。

「断る」

それでも私の答えは決まっている。お前は私の敵だ。確かに似ている部分はあるのかもしれない。それでも、私にはお前に対する〝共感〟はない。

そんな想いを込めた私の言葉を聞いたグレイブは、一瞬だけ睨むように目を据えて手にした剣を私へ向けた。

「……よかろう。それがお前の意思ならば、それを証明してみせろ、アリア。お前の信念をもって俺を止められるものなら止めてみろ！」

「……言われるまでもない」

私は大きく息と共に光の魔素を吸い込み、鉄の薔薇《アイアンローズ》で強化した魔力を心臓の魔石で染め上げ、流れ出る血を止める。

「見せてもらうぞ。お前の本気を。その技は時間制限があるとみた。そんなざまで俺の〝糸〟を躱せるか？」

糸……？　糸か！　そう理解した瞬間、再び義手の装甲が開いて見えない何かが放たれる。

「っ！」

嫌な予感に勘だけで跳び避けると、それでも躱しきれなかった何かが私の肩や腕を斬り裂いた。でもその血が一瞬だけその正体を私に見せてくれた。

「……刃の糸か」

「その通り。お前の使う武器は調べ上げて、俺も《操糸》スキルを得た。これは鋼刃糸《こうじんし》と呼ばれる物で、素手で扱えるものではないが、この義手ならば使えるということだ」

「…………」

鋼刃糸……確か魔族の暗殺者の一族が使う武器だと師匠に聞いた覚えがある。

特殊な技術がないと扱えないそうだが、それを魔族から得たグレイブは義手に仕込むことで使うことを可能にした。これは暗殺専門の武器で鎧を着込めばさほど脅威ではないが、これは鎧を着ない私に対するグレイブの奥の手なのだ。

それをどう見切るか？　睨み合いながら頭の中で攻略法を考えていると、不意に遠くから物音が聞こえて、グレイブが眉を顰めた。

「邪魔が入るか」

バンッ！

「グレイブ!!」

奥にあった扉が開かれ、衣服の裾が焼け焦げた四人の魔族が飛び込んできた。その先頭にいて声をあげた男の様子にグレイブが眉を顰める。

「……ゴストーラ。なんだ、その有様は」

「ぐ……、襲撃を受けた……裏切り者の魔術師だ」

「ほぉ……お前たちほどの者が、随分と痛手を受けたようだな」

面白くもなさそうに呟いたグレイブが一瞬だけ私に意識を向ける。

そいつらをやったのはカルラか。手を抜くとはカルラらしくもなく、カルラらしくもある。そんな私が浮かべた一瞬の表情で襲撃者の正体を理解したグレイブは、唐突に友好的な態度を魔族の吸血鬼たちに向けた。

「ならば好都合だ。ここにいるこの娘は、以前話していた、お前たちの計画を邪魔する最大の障害だ。お前たちを襲ったような手練れもこの地にいるのなら、現地にお前たちを止められる者はいない。そうだろう？」

「…………」

ゴストーラと呼ばれた魔族は、グレイブの言葉に何かを理解したのか意を決したように頷いた。

「……ああ。その者はお前に任せて良いのだな？　グレイブ」

「いいだろう。お前たちを襲った相手も、責任を持ってここに留めると約束しよう」

「……任せたぞ」

嫌な予感がした。魔族の計画？　その障害が私？　その予感に魔族を止めようと動き出した私に、再びグレイブから鋼刃糸が放たれる。

「っ！」

「お前の相手は俺だろう？」

グレイブに足止めされる私を見て、忌々しげに私を見ていたゴストーラがここを去る最後に、嫌がらせのように言葉を置いていく。

「グレイブ。これで我らとお前の望みが叶う。約束通り、王女は必ず我らの国に連れて行こう」

「な……っ」

王女？　エレーナを魔族の国に連れて行く？　闇に消えた魔族からグレイブへ睨むような視線を向けると、奴は興味もなさそうに語り始めた。

「数百年も生きる奴らの気の長い計画だ。有能な王女を排除して、出来の悪い王太子を王位に就ける。数十年もすれば、魔族に邪魔なこのクレイデールの国力も低下するだろうが、問題はない。その時は腐った連中を殺して、有能な配下を残せばいい。お前も知るといい。国家に必要なのは一人の賢王ではなく、賢者たちの有能な傀儡だ」

確かに今の王太子の状況ならその通りになる可能性が高い。それで国が荒れてもエレーナと王位を争うより国は乱れないとグレイブは考えている。

そして、王が無能でも、有能な配下が采配を振るえるのならそれが正しいとまで言い切った。

「貴族派どもが勝手に王太子を殺そうとして、魔族どもも慌てていたぞ。もっともお前が王太子を救ってくれたがな」

「エレーナをどうするつもりだっ」

「生かしてはおくさ。王をすげ替える時に、その血が必要になるかもしれないからな。いざとなれば人質となる王女を魔族も無下にはしないだろう。……さあ、どうするアリア。王女の側にお前がいなければ、緩みきった学園内で魔族を止められる者はいないぞ？」

「…………」

多分、成功の確率は低いはずだ。魔族もそう考えたからこそ、眷属を増やして使える手駒を揃えていた。

でも、カルラから逃亡するほどの痛手を受けた魔族たちは追い詰められ、私とカルラがいない学園を襲撃するという強硬手段に打って出た。

「さあ、お前の本気を見せろ。王女を護りたければ、俺を殺して追うしかないぞ」

学園には衛士もいるし、王族を警護する近衛騎士だっている。見た目の違う魔族は学園に辿り着くことさえ難しい。でも、万が一でも学園に入り込まれたら、並の騎士や兵士では奴らを止められない。

奴らを追うとしても、私を足止めするグレイブを出来るだけ早く倒す必要があり、私は足止めをする鋼刃糸をまだ見切れてすらいない。

「……わかった」

本気を見せろと言ったな、グレイブ。覚悟などとっくにできている。今まではお前と決着をつけるために戦っていたが、お前がそのつもりなら、お前と〝戦う〟のはもう止めだ。

「お前を〝殺す〟ためだけの〝本気〟を見せてやる」

「面白い……それではお前の本気とやらを見せてもらおうか！」

本気の私と戦えることを愉しんでいるのか、それとも自分に自信があるのか、私の言葉を聞いたグレイブが口の端をわずかに上げる。

鉄の薔薇《アイアンローズ》を解除した私は腰のポーチから二つの陶器瓶を取り出し、その一つをおもむろにグレイブの足下に投げつけた。

「ぬ？」

私が投げると同時にグレイブが後ろに下がり、床に落ちた陶器瓶が割れてドロリとした液体が床に広がる。

「……何のつもりだ、アリア」

「…………」

切り札である【鉄の薔薇《アイアンローズ》】さえ止めて、水でも油でもない匂いさえしない薄緑色の液体をぶちまけた私に、グレイブが訝しげな表情を見せた。

私はその問いに答えずもう一つの陶器瓶をその液体の上に投げつけると、割れた二つ目の瓶から零れた液体が一つ目の液体と混ざりあい、異様な臭気を放ち始めた。

「これは……っ！」

一瞬でそれが『毒』だと理解したグレイブが、口元を押さえながら更に距離を取る。

「アリア、お前はっ」

「グレイブ……。私は〝殺す〟ための本気だと言ったはずだ」

私が使った物は、オークソルジャーを狙撃するときに矢に塗った『腐食毒』だ。

二液性の溶剤を混ぜ合わせることで猛毒と化し、矢の尖端に塗ったわずかな量でランク4のオークソルジャーさえ即死させた。

これが二液性なのは、混ぜ合わせた瞬間から気化を始め、その気体も人体を蝕む毒となるからだ。臭気が酷いので室内で使用するのなら気付かれて逃げられてしまうが、この状況なら問題はない。

この毒は、わずか数滴ずつを混ぜ合わせるときにさえ、口元を布で覆い、最低限の影響で済むように細心の注意を払う必要があった。だが、残りすべての溶剤を混ぜ合わせて毒としたら――

「この部屋の広さでも、数分もあれば気化した毒が充満する。毒の成分を知り、毒耐性を持ち、毒消しの溶剤を染みこませたマフラーで口を覆った私でも四半刻で死ぬ。お前ならどれだけ耐えられる？　そこまで警戒しておきながら毒が効かない事もないでしょ？」

「………」

グレイブが無言のまま私の真意を見極めるため、鋭い視線で睨め付ける。

私はそんな奴に向けて、肩越しに自分の背後を指さした。

「出口はそこだ。生き残りたければ私を倒せ。時間を掛けすぎれば、私を殺せても肺が腐るぞ」

暗い部屋の中、腐食毒が石の床さえも腐らせる音だけが聞こえる戦場で、手拭いを口元に捲いたグレイブが静かに片手剣を構えた。

「狂っているな……。力でも技でもない、その精神がお前の〝本気〟か」

「お前やあいつと一緒にするな」

もう一人の存在をにおわせた私にグレイブが一瞬眉間に皺を作る。

さあ、ケリをつけよう。

ガキンッ！

私たちは同時に床を蹴り、毒の煙を躱すように一瞬で距離を詰めた私の黒いダガーとグレイブの剣が火花を散らす。

スキルレベルと体格の差で私のほうが押し負ける。それでも体勢を崩すことなく、そのまま軽業師のように宙を舞いながらナイフを投げる私に、追い打ちを掛けようとしたグレイブが一瞬足を止めた。

死亡まで四半刻。全力で戦闘をしているなら、多分その半分で危険域に達する。

グレイブもそれを理解しているはずだ。私を逃せば、私は自分に【解毒《トリート》】を使って、再び毒に侵されたグレイブを殺しにくる。グレイブが逃げても、解毒した私が毒に侵されたグレイブを追って必ず殺しにいく。

グレイブが生き残るためには、私に【解毒《トリート》】を使わせる隙を与えず、この場で確実に殺さなければいけない。

「……ちっ」

グレイブも刃のぶつかり合いでは時間が浪費されると判断したのか、顔を顰めるようにして距離を取ると、左腕の義手を私へ向けて装甲を展開した。

「お前を過大評価していたようだな、アリア。どれだけ力を持とうと、俺と相打ちを狙うような王家の犬に成り下がるとは。所詮は野良犬。俺のいる場所へと辿り着くことはなかったか……」

義手のギミックから視えない刃、鋼刃糸が放たれる。

「――【魔盾《シールド》】――」

この魔術の盾は、本来は魔術そのものを防ぐためのものだが、わずかながら玻璃《ガラス》程度の物理防御力がある。

パリィンッ！

「くっ」

魔盾が割れる幻聴が聞こえ、魔盾の魔力と反応して打ち破った鋼の糸が私の腕や脚を傷つけた。でも、わざわざ鉄の薔薇《アイアンローズ》を解除してでも魔盾を使った事で分かったこともある。

鋼の糸でも私の蜘蛛糸のような柔軟性はなく、操糸で操れる範囲も限られている。ペンデュラムのような重りも無しに高速で放つには、鋼刃糸をバネのようにたわめて撃ち出さないといけないのだ。そして魔盾で受けたことで鋼刃糸が纏う魔力量も把握した。

腐食毒の臭気が濃くなり、目や咽に微かな痛みを感じはじめた。運動量が多くなって肺に空気を吸い込めばそれだけ命を縮めることになる。

それはグレイブも感じているのか、呼吸を浅くするように口元を袖で押さえて、左腕を私へ向ける。

「これで終わりだ、アリアっ！」

再びグレイブから鋼刃糸が放たれた。

グレイブ、お前は私が相打ちを狙っていると言ったな。王家のために命を懸ける犬に成り下がったと。だけどそれは違う。毒を撒いたのはお前を確実に殺すため……。

そして……私自身を追い込むためだ。

「――【鉄の薔薇《アイアンローズ》】――」

再び私の桃色の髪が灼ける鉄のような灰鉄色に変わり、私の闘志を表すように全身から飛び散る光の残滓が銀の翼のようにはためいた。

常人の三倍の速度で跳び避けるが、それでも躱しきれなかった視えない鋼の刃が私の肩を切り裂いた。

「その技はもう見たぞ！」

その瞬間、グレイブの義手から放たれている魔力が広がったように感じられた。おそらくは直線的に放っていた鋼刃糸を、幾つにも分けて四方から包囲するように放っているのだろう。

でも、グレイブ……お前が見た技は〝本物〟じゃない。

戦技【鉄の薔薇《アイアンローズ》】はそんな単純な技じゃない。私が鋼刃糸を躱せないのも、お前がそれで私を殺せると思ったのも、すべて私が鉄の薔薇《アイアンローズ》を使いこなせていないせいだ。

東の森で暗殺者ギルドのギルガンと戦ったとき、私は鉄の薔薇《アイアンローズ》に匹敵する迅さを求めて、鉄の薔薇《アイアンローズ》の魔力の動きを一瞬だが自分で再現した。

その結果、脚に酷いダメージを受けたが、私はあの行為が、戦技の制御にも使えるのではないかと考えた。

▼アリア（アーリシア）　種族：人族♀・ランク4
【魔力値：163／300】【体力値：144／250】
【筋力：10（22）】【耐久：10（22）】【敏捷：17（36）】【器用：9（10）】
【総合戦闘力：1339（特殊身体強化中：2520）】
【戦技：鉄の薔薇《Iron Rose》 / Limit 163 Second】

全身の力を脚に込めて迫る刃が纏う殺気を頼りに回避するが、それでも腕や脇を浅く斬られた。

本気を出せ。自分を極限に追い込め。負ければ死ぬ。それならエレーナは誰が救う。まだ足りない。もっと迅く。目を凝らせ。集中しろ。戦う力はすでに私の中にある。

鋼刃糸に含まれるわずかな魔力。私を殺すという殺気。そして何度も私を斬ってこびりついた私の血の魔力が四方から迫る、十数本の鋼の刃を一瞬だけ私に見せてくれた。

口元を覆う邪魔なマフラーを剥ぎ取り、全力を出すために周囲の毒ごと深く息を吸い込み、精霊語の単語を叫ぶ。

「ア・レッ《迅く》！」

▼アリア（アーリシア）　種族：人族♀・ランク4
【魔力値：159／320】【体力値：113／250】
【筋力：10（14）】▽8DOWN　【耐久：10（14）】▽8DOWN
【敏捷：17（52）】△16UP　【器用：9（10）】
【総合戦闘力：1339（特殊身体強化中：2520）】
【戦技：鉄の薔薇《Iron Rose》／ Limit 159 Second】

その瞬間、あの森の戦いの時のように視界のすべてが灰色に変わり、粘液のように緩やかに流れる景色の中を一瞬だけ見えた刃の軌跡を躱してグレイブへと迫り、ゆっくりと目を見開く奴の咽を、すれ違い様に黒いナイフで斬り裂いた。

飛び散る血しぶきの中で、全身が悲鳴をあげていることに気付いた私が、即座に鉄の薔薇《アイアンローズ》を解除して滑るように着地すると、愕然とした顔で振り返っていたグレイブの暗赤色の瞳と目が合った。

「……ぐぉ」

何かを喋ろうとしたグレイブの口から言葉の代わりに血が溢れる。

「こふ……っ」

毒を吸い込んだ私も血を吐きながら、それを拭いもせずに黒いナイフを構える。

お前と私の〝生き方〟に差なんてありはしない。だが、お前は最後の瞬間、死を〝意識〟してそれを回避するために動きを抑えて義手に頼り、私は死を乗り越えるために生き足掻いた。

「「…………」」

私たちは身動きもせずに見つめ合う。グレイブの右腕は力なく剣の切っ先を地に突け、左腕の義手も機能を失ったかのように動かない。

それでも警戒するように私はナイフを構えて、凄惨な光をたたえるグレイブの瞳を、冷たい眼差しで受け止める。

「お前が死ぬまで見ていてあげる……」

「…………」

一瞬も油断はしない。私のその言葉にグレイブの頭に浮かんだものは怒りか絶望か。

首から流れ出る血がグレイブの生命を削り、初めて山賊長を殺したあの時のように、その瞳から覇気と光が失われてその命がすべて失われるまで、私はナイフを構えたまま見つめ続けた。

「グレイブ……やはり、お前とはわかり合えないな」

▼アリア（アーリシア）　種族：人族♀・ランク4

【魔力値：121／320】△20UP　【体力値：75／250】

【筋力：10（14）】【耐久：10（14）】【敏捷：17（24）】【器用：9】

《短剣術レベル4》《体術レベル4》

《投擲レベル4》《弓術レベル2》《防御レベル4》《操糸レベル4》
《光魔法レベル3》《闇魔法レベル4》《無属性魔法レベル4》
《生活魔法×6》《魔力制御レベル5》△1Up 《威圧レベル4》
《隠密レベル4》《暗視レベル2》《探知レベル4》
《毒耐性レベル3》《異常耐性レベル1》
《簡易鑑定》
【総合戦闘力：1428（身体強化中：1774）】△89UP

狙われた王女

「……【解毒《トリート》】……」

グレイブの死を確認した私は、腐食毒が充満した部屋から離れるとすぐに解毒を行う。

本来は液状で扱う毒で、気体化した場合は即死性が無くなるとはいえ、決着を早めるために随分と肺に入れすぎた。通路の壁に背を預け、【治癒《キュア》】で肺と呼吸器を癒してから、私は口元の血を拭って暗い通路を走り出した。

グレイブは因縁のある相手だった。本当ならちゃんとした戦場で決着をつけたかったけど……本当に生き方が不器用な奴……。

グレイブにはグレイブの思いがあったのだろうが、奴が余計なことを始めたせいで、その思いはもう私には届かなくなった。

私は走りながら自作の回復ポーションと魔力回復ポーションを飲む。魔力も体力もかなり減っている。無理をした自覚はあるけれどそれでも得るものはあった。

速度特化の【鉄の薔薇《アイアンローズ》】。以前から私は自分の特色である速度に重きを置く戦闘スタイルを貫いていたが、身体に無理を強いた幾度かの戦闘を経て、魔力の大量消費と肉体への負荷はあるが、新たな切り札を一つ得ることができた。

その無茶のおかげか、《魔力制御》スキルがレベル5に達している。人間種の限界、選ばれた者のみが到達出来る領域に、私はたった一歩だけだが踏み込んだことになる。

私はその魔力制御で筋力寄りに身体を強化して、四階相当の高さにある窓を塞ぐ板塀を蹴り破り、すでに陽が落ちて暗くなった空に飛び出した。

「ネロッ!!」

夜空に叫ぶ。

『ガァオオオオオオオオオオオオッ!!』

それに応じて夜を斬り裂く黒き疾風が、咆吼と共に城壁を駆け上がり、空に舞う私をその背に拾いあげた。

暗視を持つ私の目に、森に散らばる数百体もの出来損ないどもの亡骸が見えた。これほどの敵を引きつけてくれたネロの背を軽く撫で、ネロの髭が指し示す方角に視線を向けると、そこに魔族の一人がネロに引き裂かれて死に絶えている姿が見えた。

確かあの魔族は、ゴストーラが連れていた配下の一人だと記憶している。おそらくはゴストーラと仲間を先に行かせるために一人で残ってネロと戦ったのだろう。

魔族であろうと吸血鬼であろうと、仲間のために命を懸けるその覚悟を感じて、今までのように相手の驕りに付け込む真似はできないと、私も気を引き締めた。

「ネロ。魔族を追う」

『ガァアアアアアアアッ！』

＊＊＊

ケンドラス侯爵領から王都までは、通常なら三週間から一ヶ月ほどの行程になる。だがそれも、安全がある程度確保された人が住む領域を馬車や徒歩で進んだ場合で、狼や魔物などが生息する深い森を、通常と異なる移動手段を用いれば一週間程度に短縮できるだろう。

その日、王都近郊の魔術学園にある貴族の館では、突然戻ってきた主である令嬢に従者や使用人たちは驚愕し、慌てふためいた。

「カルラ様っ⁉」

「いつお戻りで！」

「ケンドラスに向かったはずではっ？」

「そのお姿は……」

「ただ今、戻ったわ」

突然屋敷内の玄関ホールに出現したカルラは、その病的な白い肌に黒い茨を張り付けたまま、慌てふためく従者たちに答えることなく己の要望のみを告げる。

「そんな事よりも、蜜を入れたお茶が欲しいわ。それから温かな湯にも浸かりたいから、すぐに用意してくれる？」

「は、はいっ」

「ただいま用意いたします！」

屋敷の使用人たちが自分の役目を思い出して慌ただしく動き始める。レスター伯爵家は宮廷魔術師を多く輩出する魔術の名家ではあるが、上級貴族家にしては寄子も少なく、猜疑心が強いのか使用人の数も少ない。

その使用人の多くは筆頭宮廷魔術師である現当主の弟子が兼ねていたが、幼いカルラによって魔術の門弟が半数以上殺されていた。

レスター家において恐れられているカルラに従う使用人はなく、ここにいる者たちは、カルラが幼い頃よりただ一人彼女を気に掛けていた老執事が、外部から連れてきた者たちだった。

親に借金があり売られた者、やむを得ず罪を犯した者など、まともな職に就けない者が大半だったが、それ故に敵対さえしなければ虐待されることもないカルラの使用人という立場は、逃げ場のない彼らにとって拠り所になっていた。

「慌ただしいわね」

自分に怯える使用人や従者が、主である自分の着替えさえさせずに誰もいなくなったことを皮肉げに笑い、カルラは自分の脚で二階にある自室に戻ると、そこでようやく彼女の加護である魂の茨《ソウルソーン》を解除した。

「……こほっ」

小さく咳き込むとその唇の端から血が一筋零れる。

カルラが数日は掛かるはずの距離を戻ってこられたのは、【魂の茨《ソウルソーン》】の無限の魔力を使った、レベル6の闇魔術【空間転移《テレポート》】のおかげだ。

向かうときにも使わなかったのは、一度行った場所でないと使えないだけでなく、単純にカルラがアリアと行動を共にしたかったからだ。

「ふふ……」

暗い自室の中で一人掛けソファーに腰を下ろし、カルラは思い出すように笑う。

城の中の様子までは分からなかったが、その途中で出てきた魔族と幻獣クァールの戦いを遠くから見ていたカルラは、彼らが幾つかある選択肢の中から、王族の襲撃……しかも今はアリアを欠いて戦力が下がっている王女を狙うと推測した。

今の王太子エルヴァンは無能ではないのだが、妹姫のエレーナのように一千二百万人もの国民の命を預かり、必要によっては切り捨てる覚悟はない。

七歳の時点でそれを覚悟したエレーナと、そのことを理解して納得したアリアやカルラが異常なのだが、彼女たちに比べればあきらかにエルヴァンは見劣りしてしまう。

平和な時代ならそれでも平凡な王にはなれたのだろうが、この情勢で魔族の任務がクレイデール王国の国力を削ぐことなら、カルラが彼らの立場でも王女は邪魔だと考えただろう。

アリアはあの男に勝つことができたのか？　アリアは王女を護ることができるのか？

いかにアリアがランク4の上位の力を持ち、ランク5の敵とさえ互角に戦えるとしても、そのどちらも達成することは難しいはずだ。カルラが手を貸せばどちらの達成率も跳ね上がるが、カルラはアリアの戦いに手を出すつもりはなかった。

「……だって、あなたは必ず勝つから」

アリアが勝つことは難しい。それでもカルラはアリアの勝利を微塵も疑ってはいなかった。この戦いが終わればアリアはもっと強くなる。カルラの興味はアリアとの殺し合いだけであり、それ以外の命に興味はない。

この戦いで無理をしたカルラは数日間ほど昏睡状態に陥ってしまうだろう。それが分かった上でカルラは幼子のような朗らかな笑みを、病んだ顔に浮かべた。

「目を覚ました時、誰が死んでいるかしら……」

＊＊＊

魔族の吸血鬼たちは暗い森を幽鬼の如く駆け抜ける。休息を必要としない不死者といえ、物質界の存在であるかぎり魔力も生命力も有限であり、その再生力と高い能力を維持するためには昼間の〝眠り〟を必要とした。

吸血鬼の場合は血液を媒介として他者の魂を取り込み、大地に近い墓所で眠ることで闇と土の魔素属性を得てその不死性を保っていたが、今はそれもままならない。

「ゴストーラ様……」

「やはり、そのお身体では」

「……案ずるな、レステス、ガリィ。この程度で滅びはせぬ。それに奴らは油断できない。お前たちは自分のする事だけを考えろ」

「「……はっ」」

ゴストーラの言葉に仲間二人が納得できずとも仕方なく頷いた。

吸血鬼の身体は時間と魔力さえあればどのような傷でも再生できる。だが、カルラに引きちぎられたゴストーラの右腕はいまだに再生もせず、痛みを感じないはずのその顔を苦痛に歪めていた。

物質界に肉体のない精霊がただの武器でも一割程度のダメージを負うのは、攻撃する側の敵意と害意という意思の力が、魔力によって影響するからだと言われている。

肉体的な痛みを感じにくい不死者が苦痛を覚えるのは、それをしたカルラの〝悪意〟が肉体だけでなく魂すらも穢していたからだ。

時間が経てばそのカルラが追ってくる。魔族たちの尖兵として作った出来損ないどもを皆殺しにしていた黒い獣も、仲間の一人が足止めに残ったが、それもいずれは追ってくるだろう。

そしてゴストーラから見ても強者であるグレイブでさえ、あの異様な強さを持つ〝灰かぶり〟の娘を止められる保証はない。

カルラと灰かぶりの娘が偶然同じ時に現れたとは思えない。彼女たちを送り込んだのがたとえ国家だとしても、その情報を流した者がいるはずだ。

やはり人族は信用できない。カルラは元より、グレイブやタバサの雇い主である貴族たちも、誰もがゴストーラたちを利用して裏切った可能性があった。

(絶対に許さん!)

ゴストーラはあらためて人族への憎しみを募らせる。

魔族も一枚岩ではなく、古くからある人族の殲滅派と穏健派が常に争っている状況にある。

だが、氏族として魔族の一員でありながら魔物であることで信用されていない吸血氏族は、穏健派が勝てば、いずれ魔族から排除される恐れがあった。

王女を誘拐し、利用して人族の国家へ打撃を与え、新たな戦争を誘発する。

王女を餌に魔族内で戦いを煽り、始まった人族との戦争で吸血氏族の有用性を示す。

(族長……必ず、我らの居場所をつくってみせます)

ゴストーラたちは犠牲になった仲間の命を無駄にしないためにも、再生する時間さえ惜しんで暗い森を昼夜を舍かず駆け抜け、文字通り命を削るように先に進むしか道は残されていなかった。

＊＊＊

魔術学園にも警備はある。クレイデール王国にいるほぼ全員の貴族にとっては母校であり、自分たちの子や親族が通うことになるこの学園には多額の寄付金が寄せられ、それによって設立された専属騎士団の団員数は二百名にもなる。

もちろんそれだけでは王都と同じ広さを持つ学園すべてを見回ることなどできないが、学園の周囲は原生林に囲まれており、騎馬や鎧を着込んだ者を阻む天然の要塞になっていた。

それ以外にも上級貴族家ならば当然のように数名の護衛を連れてきている。その他にも数百名の衛士もいて、前回のような騎士団の一部が裏切るような事態でないかぎりは、警備に不備はないと思われていた。

だがそれ故に油断もある。王女の場合は信頼できる貴族家が少なく、近衛騎士を一小隊しか連れてきていない。本来ならそれで充分であり、普段は暗部の騎士や、冒険者である虹色の剣の少女が側近として護衛に就いているので、暗殺者程度なら問題にもならなかった。

けれど今……〝灰かぶり姫〟と呼ばれ、裏社会の者たちに恐れられた少女の姿は、王女エレーナの隣にいない。

「アリア……どうか、無事に帰ってきて」

自室に繋がるテラスに寝衣のまま現れたエレーナは、夜空に浮かぶ月を見上げ、そっと指を組んでこの世で唯一心を晒した少女のために祈りを捧げる。

自身に最大の危機が迫っていることにも気付かずに……。

＊＊＊

昼でも暗い巨木が生い茂る森の中を黒い獣とその背に乗った少女が駆け抜ける。

平坦な道も見通せる景色もどこにもない。それでも二人はわずかに速度を落とすことなく数メートルもある巨大な岩を飛び越え、迷路のように入り組んだ木々の間を縦横無尽に駆け抜けた。

ここまで通ってきた木々の幹には獣の爪痕が残され、点々と斬り裂かれ、引き裂かれた魔物の死骸がまるで道標のように転がっていた。

『キギャアアアッ!』

そんな獣と少女に、木々の上から数体の翼を生やした人影のようなモノが襲いかかる。

猛禽類の翼と鉤爪、そして人間の女性のような上半身と顔を持つハーピーと呼ばれるランク3の魔物は、深い森の中において自分たちが圧倒的に有利であると考え、哀れな獲物を引き裂くことを思い、歪んだ笑みで襲いかかった。

「邪魔だ」

暗い森に流れる少女の声。その瞬間に飛び抜けた斬撃型のペンデュラムが一体の首を斬り裂き、その血煙が舞う中を刃鎌型のペンデュラムがハーピーたちの羽根を斬り裂いていくと、墜落するハーピーたちを黒い獣の爪と牙が引き裂き、少女と獣は一瞬も速度を落とすことなく暗い森を駆け抜けていった。

＊＊＊

「……今日は冷えるな」

季節は春を過ぎているが夜はまだ冷え込むことがある。夕暮れを過ぎて暗くなり始めた魔術学園の空を見上げて、用務員の作業服をだらしなく着こなした一人の男が、銅の水筒の蓋を開けて一口だけ咽に流し込む。

水筒の中身は果実酒を蒸留した物だ。仮にも職務中なのだからそんな物を持ち込むことは不真面目に思えるが、蒸留したアルコールは傷口の消毒にも使え、気付け薬にもなり、このように少量なら体温の調整もできる、単独で行動する冒険者には必需品と言ってもいい。

「……やめとくか」

季節外れの寒気にもう一口飲みたいところだが、それでもこれ以上は仕事に支障を来すので、ヴィーロは顔を顰めながら自重した。

この国でも有数の冒険者パーティー〝虹色の剣〟のヴィーロは、学生となった王女の護衛任務に就くため、用務員として学園に紛れ込んでいる。

虹色の剣で今回の任務に就いているのは、どこにでも自然に紛れ込める斥候のヴィーロと学園内にいても不自然ではないアリアだけだ。

同性で同い年であるアリアが王女を側から護り、ヴィーロが周辺の警備と情報収集を担当する。それでも王女が屋敷に戻れば近衛騎士たちが護衛任務を引き継ぐのだが、今回はアリアがグレイブ討伐のために学園を離れているので、夜もそれとなくヴィーロが周辺の警戒を続けていた。

中級貴族が雇うような襲撃者なら近衛騎士だけで事足りる。そもそも王都に近い学園での襲撃は、政治的な面で襲撃側にとっても危険を伴うので滅多に起きるものではない。

それでも、情勢が読めない者や逆恨みした者が、子飼いの手練れを暗殺者として送り込んでくる場合もあるが、それらは王女を警護するアリアの所まで辿り着くこともなく、ヴィーロと暗部によって始末されてきた。

(……なんか違ぇなぁ)

ヴィーロが銅の水筒を懐に仕舞い、代わりにミスリルの短剣に指で触れながら心の中で独りごちる。この寒気は気温のせいだけじゃない。長年死線の中で培ってきたヴィーロの勘が大気に淀む違和感を察して、意識を警戒から戦いへと切り替えた。

以前起きた第二騎士団の反乱によって暗部からの人員も増えている。今はまだヴィーロ個人の曖昧な勘に過ぎないが、もし本当に何か起きる場合に備え、ヴィーロは暗部の連絡網に警戒を上げる指示だけを残して王女のいる屋敷へと一人駆け出した。

＊＊＊

「……どうした？」

学園の北側にある森近く、そこを二人一組の騎馬で見回っていた学園騎士の一人が、馬の脚を止めた同僚に振り返る。

「いや、何か……」

人を拒むように学園を囲んでいる深い森も、特に北側は木々が密集しているせいか昼間でも暗い。ごく稀にだが流れてきた狼や野犬がそこから現れる場合もあり、学園騎士による巡回は多く行われていたが、馬を止めたその騎士はその森の奥から寒気のようなものを感じた。

彼はその違和感を伝えようと声を掛けてきた同僚に顔を向けた瞬間、その同僚は森から飛び出してきた黒い影に襲われた。

「なにっ⁉」

驚愕の声をあげる騎士の目の前で、同僚の騎士は声を出すこともできずに首に食いつかれ、見る間に枯れ木のようになって崩れ落ちた。襲撃した黒い影が薄闇の中で真っ赤な瞳と血に濡れた牙を見せたことでその正体を看破したその瞬間、彼は再び暗い森から飛び出してきた二つの影に食いつかれて瞬く間に命を落とした。

「行くぞ」

一人が声を掛けると貪るように血を啜っていた二人が血に塗れた顔を上げる。

目標のいる場所は分かっている。ここまで血を吸うことさえ後回しにしてきたが、ここまでくれば自分たちを止められる存在はもういないはずだ。

そう確信した吸血鬼たちは、陽も落ちて暗闇になった学園の中を幽鬼の如く動き出した。

「ぎゃっ⁉」

途中で遭遇した学園騎士を、魔族の吸血鬼ゴストーラたちは隠れることなくすれ違い様に殺していく。

この強行軍で多少能力は落ちていても、ランク2程度の騎士なら相手にもならない。それ以上にタバサの主人から得た情報には、学園の警備に関することも含まれており、移動時間の短縮に役立った。

その主人……クララからすればそこまでの情報を流すつもりはなかったが、彼女から『憐れまれた』ことを屈辱と感じた、同じ女としてのタバサの意趣返しだった。

そうして学園を駆け抜けるわずかな間に六名の学園騎士と、この時間にも出歩いていた素行の悪い不運な学生数名を牙に掛けた魔族たちは、ようやく王女のいる館へと辿り着く。

王女の護衛は近衛騎士が一小隊の十名と、騎士たちの従者を務める数名の兵士。そして王女の側にいる暗部の護衛侍女と執事だけだ。王太子に比べて半分にも満たない数だが、それだけ王女を利用しようとする者が多く、信用できる者が少ないのだろう。

だが、見かけだけの数など意味はない。王女の護衛だけでなく、学園内で最も厄介だと思われていた〝灰かぶり姫〟と呼ばれる少女は、今ここにいないのだから。

今の時間なら屋敷の外を護るのは二人の近衛騎士と二人の兵士のみ。

屋敷を囲む塀を越えることは魔術的な防御があり突破に時間が掛かることから、ゴストーラたちは自分たちの能力を活かして〝ゴリ押し〟をすることに決めた。

「がっ⁉」

壮年の魔族から放たれたチャクラムが一人の兵士の額を割って即死させる。

「なっ」

「て、敵襲っ！」

残った兵士が仲間を呼びに館へ走り、近衛騎士たちは即座に盾を構えてその兵士の背に放たれたチャクラムを弾いた。

「貴様ら！」

「黒い肌……まさか魔族かっ！」

騎士たちの誰何の言葉にゴストーラは笑うように牙を剥く。

「そこをどけとは言わん。貴公らは王女を護って、先にあの世へ逝け」

「ふざけるな！　殿下の所へ行かせはしない！」

「待て！」

若い近衛騎士が盾と剣を構えてゴストーラに走り出し、もう一人の騎士がそれを止める前に、ククリと呼ばれる鉈のようなナイフを二刀流で構えた女魔族が、盾をすり抜けるように若い騎士の脇腹を斬り裂いた。

「ぐあっ」

「甘い匂い……時間がないから、あなたの血が吸えないのが残念ね」

「その牙は、まさか⁉」

ここにいる魔族は、吸血氏族の中から選ばれた者たちだ。全員が吸血鬼となる前からランク４になる力を持ち、吸血鬼となったことでその戦闘力が倍加されている。

「さあ、死になさい。いずれ私たちもそこに行くから」

女魔族のそんな声と言葉に騎士たちは並々ならぬ覚悟を感じた。

もう一人の騎士が近づくことすらできないまま、ククリナイフが振り上げられたその時、ゴストーラが不意に動いて片腕の剣を振るう。

ガキンッ！

弾かれた投擲ナイフが地面に突き刺さり、その向こうの闇から一人の男が現れた。

「無事か！」

「ヴィーロ殿っ！」

上級冒険者であるヴィーロが現れたことで騎士たちの表情に希望の火が点る。それと同時に館のほうからも数名の騎士が現れ、状況が一変したことで女魔族が露骨に舌打ちをした。

「ゴストーラ様、ガリィ。ここは私に任せて先に行って」

「……任せた」

ゴストーラが女魔族に声を掛け、ガリィと呼ばれた壮年の魔族が深く頷き、二人は駆けつけてきた騎士たちの頭上を飛び越えるようにして屋敷へと向かう。

「なんだ、あの身体能力はっ⁉」

「ヴィーロ殿、おそらく吸血鬼です！」

「ちっ！」

ガキンッ！

それを聞いて後を追おうとしたヴィーロを女魔族のククリが止めて、ヴィーロの短剣がそれを弾く。

「ここは私が任されたの。行かせないわ」

「くそっ、お前たちもあいつら後を追え！　殿下に近づかせるな！」

人間ではあり得ない身体能力に一瞬狼狽える騎士たちをヴィーロが叱咤すると、すぐに気を取り直した騎士隊長のマッシュがヴィーロに目礼する。

「ヴィーロ殿、ここはお任せするっ！」

「おう！」

「あなたたちも行かせは――」

その騎士たちにククリナイフを投げつけようとした女魔族を、今度はヴィーロの投擲ナイフが止めた。

「今度は逆だな。行かせるわけがないだろ？」

「人族風情が……」

女吸血鬼が牙を剥き出した瞬間、辺りの闇を照らすように明かりが点る。

ヴィーロが視線だけで確認すると、脇腹を斬られた騎士が重傷を負いながらも【灯火《ライト》】を使っていた。

ヴィーロだけなら問題はないが、相手が闇に生きる吸血鬼なら、人族が暗闇で戦うことに意味はない。だが、その光に照らされ、浮かびあがった女魔族の姿に騎士たちが息を呑み、ヴィーロが溜息を吐くように言葉を吐き捨てる。

「ちっ、こんな美人が相手とは俺も運がねぇな。女の相手は苦手なのによぉ」

「……こんな姿なのに？」

黒い肌に銀の髪の若い女。だが、美しかったはずのその肌は焼け爛れて、吸血鬼でも再生しきれずに無惨な姿を晒している。

おそらくは昼間も移動した後遺症だろう。暗い森を選んで移動はしていたが、わずかな木漏れ日でもあれば、太陽の光は容赦なく吸血鬼に滅びをもたらすはずだ。それでもここまで辿り着けたのは上級吸血鬼としての再生力と、その執念が肉体の苦痛にさえ打ち勝ったからだ。

そんなボロボロになった身体でもランク4の技能と身体能力は消えていない。まともに戦えばあきらかに分の悪い相手でも、ヴィーロは自分を奮い立たせるように軽口を叩く。

「本当の美人は、傷なんかじゃ隠せねぇんだぜ？」

「……面白い男ね。名前を教えてくれる？」

女魔族は微かに唇だけで笑うと、ヴィーロもニヤリと男くさく笑う。

「ヴィーロだ」

彼女はナイフを構えるヴィーロに、自身も二刀のククリナイフを構えて正面から向き直った。

「私の名はレステス。ヴィーロ……これから本気で相手をしてあげる」

＊＊＊

「殿下の所へ行かせるなっ！」

王女エレーナの所へ向かう二人の魔族を近衛騎士たちが必死に止める。

通常の襲撃者に館まで攻め込まれれば、食い止めながら王族を逃がすのだが、時が夜で相手が吸血鬼なら館の奥に隠《こも》るのが定石だ。

「ぐぁあっ！」

ゴストーラの片手剣で騎士が構えた盾ごと弾き飛ばされ、ガリィが放つチャクラムが兵士たちを斬り裂いた。

死んだ者もまだ息のある者もいる。だがゴストーラたちは倒れた者たちにとどめを刺すことよりも、先に進み王女を確保するほうを優先した。

「ここは通さんっ！」

「ならば屍を晒して忠義を誇るといい」

すでにこの場で自分の足で立っている騎士は、かつてダンジョンまで赴きエレーナを護った六名のみ。ランク5のミノタウロス・ブルートと戦った経験のある彼らは、同等の戦闘力を持つゴストーラたちの猛攻にも耐えていたが、はた目にも彼らの壁が崩れるのは時間の問題に思えた。

「うぉおおおおっ！」

「ハァアッ！」

かつてアリアに救われた騎士隊長のマッシュとゴストーラがぶつかり火花を散らす。

騎士たちはランク3の上位である500近い戦闘力を持っていたが、隻腕でも2000近い戦闘力があるゴストーラの攻撃を受けきれず、盾を構えたマッシュが背後の騎士ごと撥ね飛ばされた。

「……ぐっ」

「ゴストーラ様⁉」

だが、負傷した状態でここまで無理な強行軍をしたゴストーラも膝をつき、兵士たちを打ち倒したガリィが駆け寄ってくる。

「……問題ない。行くぞ」

「はっ」

「……ま、まて」

まだ意識のあったマッシュが倒れたまま手を伸ばし、それを蹴り飛ばしたガリィが最後の最も堅牢な部屋の扉を破ると、その部屋の奥ではエレーナが小さなナイフを持ち、彼女を護るように執事のヨセフが剣を構え、騎士系の護衛侍女であるクロエが大盾を構えてゴストーラを睨んでいた。

エレーナのナイフは戦うためではない。最終手段として自害するためだ。王族である彼女は自らの身柄が利用されるくらいなら死を選ぶように教育されている。

「……ほぉ」

それでも死んでいないエレーナの瞳に、ゴストーラが思わず感嘆の声を漏らす。

その瞳の強さは意志の強さ。その最後の一瞬まで抗おうとする心の強さに、彼女を奪うことがこの国の弱体化に繋がると考え、命を懸けた自分たちの計画が間違っていなかったと確信させた。

エレーナを護るのはヨセフとクロエだけではない。何の戦闘訓練も受けていないと分かる一般のメイドたちでさえ、王女を護るために震えながらも自分の意思で彼女の周りを囲んでいた。

「王女よ。素直に我らが手に落ちれば、その者たちの命は助けてやるぞ」

「戯れ言を。この者たちの覚悟を愚弄することは許しません」

「……それは失礼をした」

眩しいものを見るように目を細めたゴストーラが剣を構え、ガリィが無言のままチャクラムを取り出すと、それを見た一般のメイドたちが押し殺すような悲鳴をあげた。

エレーナはかつて『諦めないこと』を約束した一人の少女を思い浮かべて……、不意に彼女は、何かを感じて窓のある方角へ顔を向ける。

その窓の外――。

暗闇の中を駆け抜ける黒い獣の姿があった。風を切り、闇を斬り裂き、矢の如く駆け抜けていた黒い獣が大地を抉るように制動をかけると、その反動を利用して尾に掴まっていた人影が跳ね飛ばされ、二階にある大窓を打ち破るようにして室内に飛び込んだ。

ガシャァアンッ！

舞い散る破片の中に靡く桃色がかった金の髪。翻るスカートの中からナイフを投擲してゴストーラたちを牽制した少女の名をエレーナが叫ぶ。

「アリアっ！」

「待たせた。エレーナ」

桃色髪の少女――〝灰かぶり姫〟アリア。

この国でも有数の冒険者の一人であり、この学園内に留まらず、新たな協力者たちが最も危険視していた最大の難敵が、あと一歩のところで追いついてきた。

壮絶にして可憐。その姿は憔悴して薄汚れ、全身に乾いた返り血をこびり付かせてなお美しくすらあった。おそらくは彼女の生き様そのものが見る者にそう感じさせるのだろう。彼女が現れただけで王女の表情が輝き、その周りの者たちに希望の光が点っているのを見て、ゴストーラがわずかに目を据える。

「ゴストーラ様、お任せを」

壮年の魔族ガリィが、腕に刺さったアリアのナイフを忌々しげに引き抜き、床に叩きつけ、両手に構えた二つのチャクラムを威圧するようにかち合わせて歪な音を奏でた。

「戦闘力が下がっているようだが、そんななりで俺に勝てると思うな」

強行軍でガリィたちの戦闘力も下がっているが、アリアの戦闘力もあの城で見た時よりもかなり下がっている。それを見てゴストーラもガリィに任せて、エレーナのほうへわずかに意識を向けたその瞬間——

「ぐぉおおおっ⁉」

「っ！」

宙を舞う円盤形の刃がガリィの顔面を真横から切り裂き、その一瞬にアリアが異様な速さで飛び越えてきた。

ガキンッ！

アリアの黒いダガーと受け止めたゴストーラの剣が白い火花を散らし、恐怖も焦りもないただ闘

志のみが浮かぶ、その翡翠色の瞳に寒気を覚えたゴストーラが堪らず距離を取る。

「うぉおおおおおっ！」

その背後から片目を潰されたガリィがアリアにチャクラムを投げつけ、その攻撃を舞うように後転して躱したアリアは、その瞬間に攻撃してきたゴストーラの腕を蹴ってさらに距離を取り、アリアと魔族とエレーナたちは等しい距離を置いて対峙する。

ゴストーラとガリィ、どちらもエレーナに向かえばその瞬間に横から攻撃を受けることになる。

容赦がない。躊躇がない。恐怖も精神的な弱さもない。まだ幼さが残る少女がその戦いのセンスはどこで身に付けた？

（この娘は、なんなのだ……）

戦闘レベルはゴストーラたちと変わらない。身体能力と場数なら永い時を生きてきたゴストーラたちのほうが勝っているはずだ。

なのに殺せない。その戦い方と存在感の不気味さは、数十年前の人族との戦争で戦死したと言われている、『戦鬼』と呼ばれたとある女魔族を彷彿とさせた。

「人族の小娘が……我ら二人を同時に相手にするつもりかっ」

その不気味さを感じているのか、歴戦の戦士であるガリィが珍しく強い言葉を使い、それをゴストーラが止める。

「熱くなるな、ガリィ。そいつはあの黒髪の女魔術師と同じだと思え。少しすればあの男を倒してレステスが追いついてくる。三人で倒すぞ」

「……はっ」

不承不承ながら武器を構えるガリィとゴストーラの会話に、それを聞いたアリアがナイフとダガーを広げるように構えながら静かに口を開く。

「お前たちの仲間が来ることはない。お前たちの言う男が〝彼〟なら……あれでも、私の師匠の一人だから」

＊＊＊

「あまり付きあってあげられないわよ？」

「それはこっちの台詞だ」

魔法の光が仄かに照らし出す夜の中、魔族の女吸血鬼レステスの言葉に冒険者ヴィーロが軽口を返した。

だが、口調の軽さとは違い、二人の間の空気は痛いほどに張り詰めていた。

レステスは仲間のために命を懸ける理由があり、ヴィーロにも護らなくてはいけないものがある。どちらも相手を仲間の所へは行かせられない。そして、戦いに勝った者だけが仲間の救援に駆けつけることができるからだ。

▼レステス　種族：闇エルフ♀（吸血鬼）・推定ランク４
【魔力値：２１８／２４５】【体力値：２２１／３４７】

【総合戦闘力：９４８×１・５（１４２２）】

（やっべぇな……）

レステスの戦闘力を鑑定してヴィーロが内心冷や汗をかく。

ヴィーロの総合戦闘力は身体強化込みで１２８１。技量的にもヴィーロと同じランク４。しかも吸血鬼は位が上がるほど素のステータスが強化される。

だがつけいる隙はある。吸血鬼の戦闘力はその再生力から二倍に換算されるが、レステスの戦闘力は上昇値が下がっていた。体力値を見ても分かるが、おそらくは昼間にも移動をしてきたせいで吸血鬼の再生能力が落ちているのだろう。

これならまだ戦える。けれど油断をすれば死が待っている。不死者となったレステスは通常の手段では死なず、手数で攻める短剣では碌なダメージも与えられないのだから。

「仕方ねぇ！　やるかっ！」

自分を鼓舞するように声を出したヴィーロが体勢を低くする。そんな様子に若干呆れた顔をしたレステスの目の前で、ヴィーロは流れるようにミスリルの短剣で地面を掻いて、土埃をレステスに飛ばした。

「小賢しい真似を！」

両手のククリナイフを振り回し、風圧で土煙を払いながらレステスが前に出る。だがその足が一瞬止まり、わずかに膝を折ったレステスが仰け反るように首を反らすと、その黒い咽を掠めるようにミスリルのナイフが横薙ぎに通り過ぎた。

そのまま後転するように距離を取ったレステスは、いつの間にか右膝に刺さっていた投擲ナイフを引き抜いて闇に捨てる。

「本当に小賢しい男ね……」

「そいつはどうもっ！」

賞賛するような嫌みにニヤリと笑みを返したヴィーロが前に飛び出した。

投擲ナイフでは当たっても大きなダメージにはならない。だからこそヴィーロは土煙に隠してナイフを飛ばし、小さな傷を気にしない不死性さえも利用して膝を殺し、一気に勝負を決めようと考えた。

でも、同じ手はもう通じない。この隙を逃さずヴィーロは怒濤の連撃を繰り返し、レステスも高い身体能力を使って、崩された体勢のまま二本のククリナイフでヴィーロの攻撃を捌いていく。

「……これがランク4」

この場に残った二人の近衛騎士たちはランク4同士の攻防に息を呑み、援護をするはずが手を出すこともできなかった。

ランク3の騎士たちは、一般的に見ればその道の上位者であり熟練者だ。

だが、それ以上の者たちは特殊な才能と、それ以外を切り捨てることができる精神力を持つ者たちであり、ナイフという一般的には弱い武器同士の戦いにも拘わらず、騎士たちが戦いに割り込むにはかなりの勇気を必要とした。

「ハァアアアアアアッ!!」

焦れてきたレステスが吸血鬼の筋力を使い、ぶちぶちと筋繊維を千切るような音を立てながら、強引にヴィーロのナイフを押し返す。

「くっ」

レベル4の戦闘スキルで一般人より遥かに高い筋力値を持つヴィーロが、下から振るわれる攻撃に押し負けた。

ヴィーロは二刀を使わない。二刀流は高い攻撃力がある反面ある種の弱点もあるからだ。その一つが一撃の重さが低いことにあるが、それをアリアは二種の武器を使うことで克服し、レステスは吸血鬼の筋力で補っている。

逆に一刀の弱点は防御の低さにあるだろう。基本的に短剣は正面から斬り合うような戦い方に向いていない。

攻守が逆転し、レステスの二刀流の猛攻をヴィーロが一刀で捌いていく。技量は同等でも手数と身体能力の差でヴィーロの足が徐々に退がりはじめた。

「ちっ！」

辺りにチラリと視線を巡らせ、ヴィーロが大きく下がりながら地面の土を蹴り上げ、同時に左手で引き抜いたナイフを投げ放つ。一刀のもう一つの強みである、片手が空いていることで多彩な攻撃が可能になるが——。

「そう来ると思っていたわっ！」

追い詰められたこの男なら必ず何か仕掛けてくると予見していたレステスは、ヴィーロの攻撃を躱しもせずに左手のククリナイフを投げつけた。

「っ！」

ククリナイフはヴィーロの腿に突き刺さり、ヴィーロの投擲ナイフもレステスの脚で受け止められていた。

土埃に片目を塞がれながらも踏み込んできたレステスがヴィーロの心臓を狙い、その刃をギリギリで弾いて逸らすことはできたが、逸れた刃は彼の腹部に深々とめり込んだ。

「ぐぉおおっ！」

「なかなか手こずらせてくれたけど……楽しかったわ。ヴィーロ」

一撃で殺すことはできなかったが、人間なら腹部でも充分に戦闘力は奪える。

逆に殺せなかったからこそ、この面白い人間と話ができると焼け爛れた顔をほころばせたレステスに、ヴィーロも口の端から血を零しながら咳き込むように溜息を漏らした。

「やっぱ、二刀使いは強ぇわ……。だけど、俺には合わなくてなぁ」

「これから試してみたら？　あなたが望むなら私の眷属にしてもいいのよ……？」

唇からわずかに牙を覗かせ、瞳に怪しい光を漂わせるレステスの言葉に、ヴィーロはゆっくりと首を振る。

「あんたみたいな美人に誘われるのは光栄だが、まっぴらゴメンだな」

「それならもう死になさい」

答えが分かっていたように微笑んだレステスが刃に力を込めようとしたその時、不意にヴィーロが口を開く。

「俺はなぁ、これでもお師匠サマだからよ。二刀を使うアイツには何度も言っているんだよ。とどめを刺すときこそ〝警戒〟を怠るな、ってな」

「え……」

ドス……ッ！

レステスは自分の胸から突き出た鋼の刃に大きく目を見開いた。

後ろから攻撃をしてきたのはこの場に残った騎士の一人だった。二刀流は強力だが攻撃面に意識を削がれて周りの確認が疎かになる。だからこそヴィーロは一刀に拘り、その弱点も弟子《アリア》に伝えて、それを守ったアリアは暗殺者ギルドのギルガンに痛手を負わせた。

そして後退する振りをして微妙に位置を変えて、騎士たちが背後から攻撃を出来るお膳立てをして、その勇気を貰った傷ついた騎士も脇腹を押さえながら立ち上がった。

「……人間がぁあっ！」

レステスが獣のように顔を歪ませ、片手で攻撃してきた騎士を殴り飛ばす。

心臓を貫かれても魔石からわずかに逸れていたのか、まだレステスは滅びていない。

腹を刺されながらもナイフを振りかぶるヴィーロに、ククリから手を離して距離を取り、鋭い爪と牙を吸血鬼の本性と共に剥き出したレステスを見て、ヴィーロがニヤリと笑う。

「だから、周りを見ろと言っただろ？」

〈――伏――〉

突然頭の中に響いた『声』に騎士たちが思わず身を伏せると、黒い疾風がレステスの背中を引き裂き、黒い血煙を巻き上げながら通り過ぎた。

「クァールっ⁉　まさか、あの娘がもう追いついてきたというの！」

黒い幻獣クァールの出現は、おそらく共に現れた最も危険な少女がグレイブを倒して追ってきたことを意味していた。

受けたダメージさえ忘れてレステスがその存在に意識を向けてしまうと、その背後で腹からククリを引き抜いたヴィーロが、ミスリルのナイフを大きく振りかぶる。

「――【神撃《クリティカルエッジ》】――っ！」

「なっ」

無防備な背後から神撃の一撃が放たれ、愕然とした顔で振り返るレステスの首が斬り飛ばされて宙に舞う。

その瞳から光が消え、最期にヴィーロに向けて微かに微笑んだ気がした。

「……じゃあな。レステス」

最後にレステスに別れの言葉を告げたヴィーロは、力尽きたように仰向けに倒れて、静かに近づいてくるネロに視線を向けた。

「いってぇっ……だが、お前が来たんならアイツが戻ってきたんだろ？」

『ガァ……』

倒れたヴィーロに答えるようにネロが唸り、ヴィーロは安堵したように目を瞑る。

「へへ……後は任せたぜ、アリア」

＊＊＊

奇妙な三竦みが出来上がっていた。

ゴストーラたちがエレーナを襲おうとすれば私が攻撃をして、私が先に動けばどちらかにエレーナが襲われる。

エレーナたちだってただ護られるだけじゃない。エレーナは魔術が使え、側近であるヨセフやクロエもランク3の力がある。衰弱していてもランク5に近い戦闘力があるゴストーラと戦うことはできないが、わずかな時間を稼ぐことはできるはずだ。

私が鉄の薔薇《アイアンローズ》を使えば今の状況を打開できる可能性もある。でも、どちらかを倒す数十秒の間にエレーナを襲われたら意味がない。その時間をエレーナが稼いでくれるかもしれないが、私からそんな賭けをすることはできなかった。

▼アリア（アーリシア）　種族：人族♀・ランク4
【魔力値：105／320】【体力値：153／250】

【総合戦闘力：１４２８（身体強化中：１７７４）】
【状態：疲労】

それ以前に毒を受けて数日間眠っていない私は回復できていない。戦技や身体強化を考えれば、安易に鉄の薔薇《アイアンローズ》を使うことすら難しい。

あと数時間もすれば朝になり、そうなれば状況も変わるが、そんなことはゴストーラたちも気付いているだろう。

でも彼らは頑なに、仲間を犠牲にしてでもエレーナの襲撃を優先した。まるでエレーナを捕らえればすべてが終わるかのように。……その行動は不自然であり、違和感を覚える。

でも、私のやることは何も変わらない。ネロやヴィーロがその身で時間を稼ぎここまで導いてくれた。それを無駄にしないためにも、私はすべてを使ってでもエレーナを護ってみせる。

「小娘が……っ」

ついに焦れたのか、ガリィと呼ばれた壮年の闇エルフが両手に円形の刃を構え、私に向かって突っ込んできた。それと同時に片腕のゴストーラがエレーナのほうへと向かい、それと同時に飛び出した私のナイフとガリィのチャクラムがぶつかり合う。

ガキンッ！

ガリィと打ち合いながら、牽制のために飛ばしていた分銅型のペンデュラムを左手で操作して、私に背を向けたゴストーラの後頭部を狙った。

「くっ！」

「――【空弾《エアブリット》】――っ！」

ゴストーラは背後からのペンデュラムをギリギリで躱し、その隙を突いてエレーナから放たれた風魔術に阻まれ、彼が元の位置まで後退すると、ガリィのチャクラムが牽制するように私の前を飛び抜け、エレーナのほうへ位置を変えようとした私を元の位置に戻した。

「ちっ……」

ゴストーラが忌々しげに私とエレーナを見るが、面倒なのはお互い様だ。

それとお前はエレーナを甘く見すぎている。あれはそんなに弱い女じゃない。

「ぬぉおおおおおおおっ！」

ギンッ！

ガリィがチャクラムを投げつけ、私はとっさに引き戻した分銅型のペンデュラムで、高速移動するそれを宙で叩き落とす。

そんなことは少し前なら無理だった。でもグレイブとの戦いで見えない糸を見切る経験がそれを可能にした。

昨日より今日。今日より明日。私は少しずつ強くなっている。

師匠にもヴィーロにも視える戦闘力は目安でしかないと教わった。戦闘力とはステータスとスキルを単純に数値化したものにすぎず、上位者同士の戦いなら戦闘に臨む意思と経験……戦闘力には表れない何かが必要だった。

ガキンッ！

ガリィの豪腕で振るわれるチャクラムを、目を逸らさずに目前数センチで躱し、そのまま全身で回転するように黒いダガーをガリィの眉間に突き立てた。

「ぐおぉぉお!?」

「ガリィ！」

それでもまだガリィは滅びない。その瞬間、仲間の危機に横からゴストーラの剣が振るわれる。同じランク4なら受け止めるか避けることはできるだろう。でも、それが出来るのなら、さらに出来ることもある。

「なんだとっ!?」

横薙ぎに首を狙ってきた剣の腹を下から手刀で弾く。少しでも躊躇すれば私のほうが死んでいた。でも私に迷いはない。

「おのれっ！」

逆側から振るわれたガリィのチャクラムも、ダガーを持ったままの手刀を上から叩きつけるように身体ごと飛び越え、空中で蹴り上げるようにその反動で体勢を入れ替えると、ガリィが大きく目を見開いた。

「貴様、その〝体技〟は!?」

「――【暴風《サイクロン》】――っ！」

私が放つ魔術属性を持つ範囲攻撃の戦技が吹き荒れ、ゴストーラとガリィを斬り裂いた。

意識が変わる。見えていた世界が変わる。私は踏み込みかけていた〝強者〟の世界へまた一歩踏み込み、意識をさらに深く集中させた。

＊＊＊

（この娘、バケモノかっ）

アリアの戦闘力は自分たちと変わらない。見た目も十数年しか生きていない小娘でしかない。それなのに、吸血鬼の強者である自分たちが二人掛かりで殺せない。

理由が分からない。昼間も休まなかったゴストーラたちは再生力を失っていたが、この少女も同じように衰弱しているはずだ。

（これが成長する人間の可能性だというのか……）

人でなくなる事で強靱な身体と力を得たゴストーラたちは、同時に人としての成長を失った。けれどこの少女は違う。努力？　才能？　そんなものではない。あの王女が絶望の中でも諦めなかったように、人間なら誰でも持っていながらその弱さ故に得られなかった人間の可能性――その生命の〝輝き〟をあらためて見せつけられた気がした。

「……ゴストーラ様」

片目を潰され眉間を貫かれたガルィの声が、ゴストーラの意識を呼び戻す。

さきほどの【暴風《サイクロン》】は威力が低い範囲技で、個対個の戦いで使う技ではない。だがその攻撃は吸血鬼の生命と言うべき魔力を削り、普段は致命傷にならないガルィの傷も再生せず、確実にその生命力を危険域まで削りつつあった。

アリアは時間を稼ぐなど消極的なことはせず、確実にこちらの命を獲りにきていた。おそらくは強敵を前にして後手に回ることは、心が負けてしまうことを本能的に知っているのだ。それをガリィも察したのだろう。彼は死体のように濁りはじめた残った瞳でゴストーラを見つめ、彼にあらためて覚悟を問うた。

仲間たちの犠牲と献身でここまで来られた。誰にも頼れない異国の地で、十数名の仲間は氏族存亡のために戦ってきた。

最初からすべてを犠牲にするつもりでいれば、目的を果たすことは出来たかもしれない。だが、最後の最後まで仲間を見捨てることができなかったゴストーラは、最後に残った仲間であるガリィの想いに強く頷いた。

「……ここで死んでくれ、ガリィ」

「お任せを。……どうか、あなた一人でも生き残り、氏族の存命をっ!!」

ガリィの肉体が大きく獣のように歪んでいく。戦士ではなく吸血鬼の本性を顕し、すべての力を解放した。

今の身体でそんなことをすれば長くは持たないはずだ。けれどガリィは氏族のため、死んでいった仲間のため、未来のためにすべてを捨てることを決めた。

ガリィの様子を見てエレーナの盾になるように位置を変えようとしたアリアに、それをさせまいとチャクラムを捨てたガリィが獣のように襲いかかる。

「ガァアアアアアアアアアアアアアアッ!!」

「…………」

そんな彼を、目を据えて迎え撃つアリア。ガリィの爪を掠めるギリギリで見切り、腕を逸らすように受け流したアリアは、そのわずかな隙間に割り込むように、ガリィの顔面に膝を叩き込む。

「ぐぉおおおっ！」

黒い血しぶきが噴き上げ、折れた牙が宙に舞う。

極限の集中力が時間さえ引き延ばす戦場の中、ガリィがアリアのすべてを引きつけたその一瞬の隙を突いて、ゴストーラがエレーナたちに向けて飛び出した。

すかさずアリアがそちらへ動こうとした瞬間、弾かれていたガリィが防御もせずに身体を広げて飛びかかる。

「行かせるものかっ!!」

血塗れの潰された顔でガリィが執念の叫びをあげた。

「――【風刃《ウィンドカッター》】――っ！」

「――【火矢《ファイアアロー》】――！」

エレーナやヨセフから攻撃魔術が放たれる。だがゴストーラはそれを躱すことすらせず、首を切られようと顔面を炎で焼かれようとも詰め寄り、大盾を構えたクロエごとヨセフや周囲のメイドごと体当たりで吹き飛ばし、生命力を限界まで削られながらもエレーナの所へ辿り着いた。

「エレーナっ！」

その瞬間、ゴストーラの後頭部にアリアが放った投擲ナイフが突き刺さる。それでもゴストーラは止まらず、とっさに魔術を使おうとしたエレーナを蹴りつけ踏みつけながら、懐から拳ほどもある〝玉〟を取り出した。

「もう遅い――」

パキン……ッ！

ゴストーラがその玉を握り潰すと、まるで爆発するように魔素が溢れて、立ち上がろうとしたクロエやヨセフを弾き飛ばす。

「……フハハ……やったぞ、ガリィ……レステス……仲間たちよっ！」

ゴストーラが血の涙を流すように呟きを漏らし、ガリィの背から心臓にダガーを突き立てていたアリアを睨みつけた。

「もう遅い。いま使ったこれが分かるか……人族ども」

それはかつてグレイブがクァールを追い払うために使い、ダンジョンにおいてヴィーロが使用した、魔術を封じ込めたダンジョンの秘宝――『宝玉』であった。

「これには、【空間転移《テレポート》】の魔術が込められている」

ゴストーラの友であり、吸血氏族を束ねる長は、過酷な任務に就く仲間たちのために氏族の宝である〝ダンジョンの宝玉〟を託した。

この大陸でも歴史上十数個しか確認されていない、レベル6の魔術を封じた正真正銘の秘宝だが、ゴストーラはそれを持たせてくれた友に感謝すると共に、出来る限りそれを使うつもりはなかった。

だが、グレイブや新たな協力者から情報を得て、ゴストーラたちはそれを使って王女を誘拐する計画を思いついた。

ゴストーラから見ても王女エレーナは、高い女王の資質を持っている。

当初は王太子を誘拐もしくは殺害することで国力そのものを削ごうとした。だが、その王太子に成長の兆しが見えず、逆に身体が弱いはずの王女は健康な姿を見せるようになり、その評価は王太子を上回り始めた。

そこで魔族たちは計画を変更する。

無能なままの王太子に王位を継いでもらい、有能な王女を誘拐する。

クレイデール王国に混乱をもたらすには、王女を生かしておきながら消えてもらわなければいけないのだ。

無能な王太子が王位を継げば、王女の有能さを知る者たちが不満に思うだろう。王女が死ねば諦めもつくだろうが、不満は王国内の不和となり、乱れた国を治める能力がない王太子の下で、王国は二つに割れる。

消えた王女を求める貴族の中で王太子はまともに国を治められるのか？　それを不満に思った王太子がまともな王となれるのか？

そこに裏から不和を煽るだけで王国の力は衰退する。魔族が手を出さなくとも周辺国が勝手に動いてくれるだろう。

気の長い計画で、長い寿命を持つ闇エルフだからこその策略だった。複数の思惑が重なり王太子を殺そうとする者までいたが、結果的にはこうして事を為せた。

「――くっ」

わずかな情報からその思惑を読み取ったエレーナが、自害しようとナイフに手を伸ばし、その手をゴストーラが踏みつける。

「殿下……っ！」

王女エレーナを人質の取られたことで誰も手を出せず、倒れたクロエが必死に手を伸ばす様を嘲笑うように、ゴストーラと踏みつけられたエレーナの身体が円形の闇の魔素に包まれはじめた。

「もう足掻いても無駄だ。俺が死んでもこの魔術の発動は止められん。王女よ、お前は魔族国にて自国が滅亡するざまを見せて――」

「――【鉄の薔薇《アイアンローズ》】――」

そのとき風のように声が流れた。

桃色の髪を灼ける鉄のような灰鉄色に変えて、光の残滓を銀の翼のようにはためかせた一人の少女が、流星のようにすべてを飛び越え、〝一瞬〟、彼女から目を離したゴストーラの心臓に黒いダガーを突き刺した。

「生きて帰すわけないでしょ」

＊＊＊

心臓の魔石を貫かれたゴストーラが信じられないように目を見開き、その瞳がわずかに揺れるとその光を失っていった。

闇エルフたちの執念を見誤っていた。即座に倒れたエレーナを担いで脱出しようとしたが、ゴストーラが言っていたように魔術の発動は止まらず、私たちは闇の魔素に包まれていった。

クロエやヨセフたちが外から何か叫んでいるがもう声も届かない。

私は最後に外に向けて『任せて』と唇で伝え、彼らに軽く手を振って、エレーナの身体を護るように抱き寄せた。

「アリア……」

「大丈夫だよ、エレーナ。私が側に居るから」

完全に闇に包まれ、自分と互いしか見えない暗闇の中で、不安そうな顔をしていたエレーナが私の言葉に微笑を浮かべて縋り付く。

ゴストーラの死体が何処かの空間へと消えて、私たち二人もどこかへ跳ばされる。

数分か数時間か……自分の感覚さえも曖昧となる空間転移の中で、突然目の前が開けて夜空と月が視界に広がった。

空と大地を見て上下を確認した私は、エレーナを抱いたまま数メートル下の地面に、衝撃を殺すように着地する。

微かな緑と乾いた土の匂い……。気温の低さと空気の乾燥からここがクレイデールではないと判断した私は、不安そうなエレーナを地に下ろしてそっと自分の足で立たせた。

「無事？」

「ええ。でも……ここは？」

「まだ分からない」

予想していた伏兵の気配もない。魔族たちの集落どころか生き物の気配さえもない、乾いた森の中、私は部屋履きと薄い寝衣のままのエレーナに【影収納《ストレージ》】から出した外套と学園のローファーを履かせて、森の中を歩き出す。

夜空が薄い群青色になる朝になって見覚えのない森から外に出ると、その丘の上から見えた光景に、エレーナは驚きを抑えるように口元を押さえて碧い眼を見開いた。

「……知っているの？」

「……ええ、アリア。ここは――」

雲ひとつない蒼白い空と、どこまでも続くような広大な砂漠……。

その中心に砂漠の砂と同じ色をした、砂のヴェールに覆われた巨大な都市廃墟があった。

エレーナが息を呑み、私の腕を掴みながらそっと呟く。

「……砂漠の古代遺跡……『レースヴェール』……」

王都の休日

「面倒だな……」

「え、どうして嫌なの？」

アリアの〝手加減〟訓練と、野外研修での負傷からどの程度回復したか見るため、再び王都のレイトーン家別邸に呼ばれたセオは、アリアが漏らした呟きに思わず問い返した。

「はい、隙あり」

「うわっ」

制服のロングスカートを揺らすことなく歩法だけですり寄り、膝の裏を軽く蹴られて転がされたセオは執事服のまま背中から庭の芝の上に落ちた。

「う～～」

手加減して……とはセオも言えない。アリアは養子とはいえ姉であり、ダンジョン攻略やランク5の暗殺者まで退けることのできる強者ではあるが、セオが色々な意味で超えたいと願い、その時には想いを伝えたいと思う〝女の子〟なのだから。

「集中を乱さないで。これだと一人でオーガに囲まれたら死んじゃうよ？」

「いやいや、一人で複数のオーガに囲まれたら、普通は死ぬからね？」

あまりの道のりの遠さにセオは目眩を覚えた。

家族となってからセオとの距離感は縮まったように思えるが、どうもアリアから感じる視線が、『やんちゃな弟を微笑ましげに見る姉』のように感じて、セオはそれが不満だった。

アリアに手を差し出されて立ち上がりながら、身長ならほぼ追いついたと感じたセオが、もう少し……心の中で気合いを入れる。

「……それで、どうして〝面倒〟なの？　準男爵令嬢より男爵令嬢のほうが、殿下の護衛はしやすいでしょ？」

「絡まれるから」

セオがもう一度聞くとアリアは当然のようにそう答えた。

レイトーン家は下級貴族である準男爵家から、中級貴族である男爵家に陞爵した。

元々下級貴族でありながら王女殿下のただ一人の側近のような立場にいるアリアは、上級貴族にも絡まれやすい立場にいる。手柄を立てれば陞爵もあり得るが、下級から中級、中級から上級貴族への陞爵は滅多にあるものではなく、伝統のある中級貴族は面白くないだろう。

レイトーン家は暗部の家系で、セラが王宮警備責任者の一人と、元からかなり評価は高く、アリアの件はあくまで切っ掛けにすぎないのだが、何も知らない貴族家からすれば王女殿下の贔屓で陞爵したように見えるのだろう。

そして一番面倒なのは……。

「セラから聞いたけど、私宛に幾つか縁談が来ているみたい」

「えっ!?」

王女の侍女をする下級貴族の娘ならそれほど問題はなかった。

養女であるアリアは下級貴族なら政略の駒にされることはなかったはずだ。だが、中級貴族となれば国の上層部と繋がりを持ちたい貴族家が、王女と懇意であるアリアに目をつけるのも当然のことだった。

エレーナはアリアを守ってくれるかもしれないが、問題はそこでなく、今回の件は国王陛下直々の報奨としての陞爵なので、アリアも簡単に貴族を辞めることが難しくなった。

「アリアが他の貴族と婚約なんて嫌だよ！」

「元より、するつもりもないけど」

どちらかといえば、男爵家の跡取りとなったセオのほうがこれから大変になるかもしれない。

見た目も人当たりも良い彼が来年学園に入学することになれば、多くの女生徒から迫られることになるだろう。

セオは入学前でありながら、すでに上級生の女生徒たちから目をつけられているらしい……と、クロエから聞いていたアリアは、〝姉〟の婚約話に気を取られてそれに気付いていないことを不憫に思った。

もっともその話をしたクロエからすれば、ここまで話してセオの気持ちに気付かないアリアに溜息を吐いたことだろう。

「とにかく、その話は母さんに聞いてみるからっ！　それとアリアはまだ無理しちゃダメだよ。僕はもう学園に戻らないといけないけど、町に行くときは誰かに付き添ってもらってね」

「わかった」

「……それで俺が呼ばれたのか？」

「うん」

〝弟〟の忠告を聞いたわけになるが、アリアは友人関係が壊滅的で、いつ襲撃されるか分からない彼女がレイトーン家のメイドに付き添ってもらうわけにもいかず、結果的に冒険者ギルドという連絡がつきやすい場所で暇をしていたフェルドに白羽の矢が立った。

ちなみにもう一人の暇そうなエルフのミランダは、王都の甘味巡りに出掛けていて、どこにいるのかも分からない。

「まぁ、いいけど……そうしていると、本当に〝お嬢様〟に見えるな」

「そう？」

気が抜けているのか、冒険者時の凜々しい雰囲気と違う、愛らしく首を傾げるアリアの仕草に、フェルドの視線がわずかに泳ぐ。

お嬢様としてレイトーン家のメイドに薄く化粧されているのもあるが、気が抜けている原因が、自分を信頼しているからだとフェルドも気付いたせいかもしれない。

「それで、どこに行くんだ？」

「ゲルフのお店」

「……またか」

王都でアリアが行く所と言ったら、武器屋か冒険者ギルドかゲルフの店に決まっている。そしてあの店主は、虹色の剣の男性陣にとってトラウマ級に苦手な存在だった。

淡々と話すアリアにフェルドは少しだけ溜息を吐きたい気分になる。

「まぁ、いいけど……」

見た目では分からないがアリアはまだ脚が完治していないので、確かに荷物持ちはいたほうがいいだろう。

アリアは知り合いこそ少ないが、彼女が声を掛ければ名乗りを上げる男も多いはずだ。同時に下心を持たない者はほとんどいないと予想できた。

（……だから、俺なんだろうな）

それほどまでに成長したアリアの容姿は、仲間である贔屓目を抜きにしても、かなり上等な部類だとフェルドも理解している。

「それじゃゲルフの店だな。行くぞ」

「うん」

まぁアリアだから仕方ないと考え、そう言ってフェルドが背を向けた瞬間、アリアがひょいとその肩に自分の上半身を乗せる。

「……おい」

「脚を怪我している」

「……そうだったな」

気配も感じさせず肩に乗れるのなら普通に歩けるだろう、とか、そもそも馬車を使えば良いとか頭を過ぎるが、今更言っても仕方ないのでフェルドはアリアの好きにさせることにした。

アリアを肩に乗せるのは嫌ではないが複雑な気分になる。それはフェルドに複雑な事情があるからだ。

フェルドは平民の出身ではない。王都より南東側に向かった最東端にある貴族家の出身である。以前は武門として知られていたが今はその影もなく、文官寄りの者ばかりの中でフェルドだけが武術剣術において非凡な才能を発揮した。

すでに領地は兄が継ぐことに決まっていたが、昔を懐かしむ老人たちからフェルドを推す声が聞こえ、フェルドは成人前に自分の意思で、父親と懇意にしていた冒険者ドルトンに預けられることになった。

成人の段階ですでにランク4に達していたフェルドは、他者から見てあきらかに異様だった。虹色の剣の仲間たちはフェルド以上の実力者ばかりだったが、それは長い時間をかけた鍛錬と実戦の成果だ。

フェルドのように十代で兵士たちさえ蹴散らすような力を持つ者は異質であり、フェルドはずっと奇異と嫉妬と羨望の視線の中で生きてきた。

そんな時に出会ったのがアリアだった。最初は男装をしていてまだ子どもだったが、次に会った時は、そんな昔の忘れかけていた印象すら吹き飛ばすほどの衝撃をフェルドに与えた。

平民の成人ほどの外見をした、ランク4の力を持つ美しい少女は、ようやく見つけた強い力を持った自分の〝同類〟であった。

だが、その少女がまさか、まだ十歳かそこらの〝子ども〟だと誰が思うだろうか？

出逢いが間違った。女好きのヴィーロが取るアリアへの態度が『若い娘』ではなく『幼い娘』であった時点で気付くべきだった。

フェルドが対等な存在として認めた綺麗な少女が〝子ども〟であったとしても、最初の印象と、アリアの壮絶な実力が彼女を子どもとして認識することの邪魔をした。

それなのに不意に見せる〝少女〟と〝子ども〟の顔がフェルドを困惑させる。

実際は子どもなのだからそう接しようとしたが、アリアは師であるヴィーロの前では気を抜かなくても、フェルドの前では無防備な少女の顔で、彼の懐に容易く踏み込んでくる。

その理由が『父親のようで安心するから』と聞いて、フェルドは安堵すると同時に、さらにフェルドの中に踏み込んでくるアリアに、これまで以上の複雑な気分を味わう羽目になってしまった。


「あぁら、いらっしゃいアリアちゃん、また綺麗になったわね。フェルドきゅんも、いつにも増して素敵な筋肉していているわぁ」

「お、おう」

アリアとフェルドが店に着いて早々、全身に張り付くような艶あり革ドレスを纏った岩ドワーフのゲルフが現れ、フェルドは気圧されるように挨拶を返す。

「例のタイツがかなり血を吸ったので手入れをしたい。それと国から報奨金が出たので予備も注文する。それと頼んでおいた靴は出来ている？」

「……あなたは本当に、動じない子ね」

本当にそうだ、とフェルドも深く頷く。

何故か子どもに芸を無視された道化師のような顔をしたゲルフは、アリアから透けるような薄手のタイツを受け取ると、職人の顔になって吟味を始めた。

「あなた、また無茶をしたのね？　ミスリルの銀糸でも血を吸いすぎると再生した時に黒ずみが残るから注意してね、強度が落ちるから。学園指定のローファーは、ちゃんと魔鋼の鉄板を仕込んで、踵と爪先に仕込み刃を付けたわ。でも、前使っていたブーツよりも強度は落ちるから、使う敵は選びなさい。それとタイツの予備は……」

ゲルフがそこで言葉を切って少しだけ考えると、ポンと手を打った。

「ああ、予備はあるわよ。試作品のミスリルの銀糸に魔鋼の黒糸を交ぜ込んだものになるけど、魔法耐性は少し落ちるけど物理防御力は少し上がっているわ。それと同じ素材でビスチェもあるからサイズが合うか奥で試着してみて。それと……色が黒だから下着もそれに合わせてみて。黒なら絹の未使用品があるから」

「わかった」

「………………」

フェルドは男が聞いていけないような台詞を聞いて、冷や汗をかきながら意識を逸らした。見た目が上等な美少女でありながら、情操的にまだ子どもであるアリアのそういう話題は、奇妙な背徳感で生真面目なフェルドの精神を苛んだ。

とりあえずゲルフは、アリアの足りない女性としての情操を補ってくれる〝母親〟的な存在のようだ。実際、男性で、ドワーフで、あっち系の人物ではあるが、その辺りは目を瞑る。

戦いしか知らないようなアリアだが、そういう存在がいることで、いつかは立派な女性となるだろう。

それまでフェルドは、アリアの〝父親〟代わりに見守っていればいい。同じように彼女を気遣ってくれる〝弟〟もいる。

フェルドがそうして自分の中で折り合いをつけて安堵していると、不意にカーテンで仕切られた店の奥から、ゲルフの焦った声が聞こえてきた。

「――アリアちゃん、ちょっと待って！」

「あ、フェルド」

突然カーテンが開いて、自分を呼ぶ声に振り返ったフェルドが硬直する。

「腰回りが緩くて、もう少し動きやすいほうがいいと思うんだけど、どう思う？」

そこには、黒いビスチェに、黒いショートドロワーズを着た、黒いガーターベルトで黒いタイツを履いたアリアが、腰回りを捻りながらそこにいた。

その後ろではゲルフが焦った顔で布を捜し、そんな様子に手に持った荷物をボトッと落としたフェルドは、色々と思いがこもった声を張り上げた。

「ふ、服を着ろぉおおおおおおおおおおおおおおおっ!!」

フェルドを含めたアリアを取り巻く男性陣の苦労は、まだまだ続きそうであった。

とある男爵子息の悩み事

魔術学園の二年生に、とある男爵家の少年がいた。

北方の国境に近いセイレス男爵領。地理的には王都よりかなり離れ、男爵という数万の領民を持つ中級貴族の生まれでありながら、実に田舎くさい感性しか持たなかった彼は、初めての王都で、初めての学園生活を経て、初めて〝貴族〟というものの〝格差〟を思い知らされた。

教養。礼儀。武術。魔術。その知識が、今までの常識とあまりにも違いすぎた。

それでも入学した当初は良かった。二学年上に姉のマリアがいて、礼儀作法や上級貴族への礼儀など注意してくれていた。

同学年に王太子殿下もいたが、実家の寄親である上級貴族さえも側近として連れ歩くようなお方に近寄ることもできず、さらに格差というものを思い知ることになった。

姉マリアもその翌年には卒業し、学園内で彼女を見初めた、同じ寄親を持つ子爵嫡男との婚約のため、ウキウキとした花嫁修業の日々を送っている。

そして彼も学園の二年生となり、その年に入学するという王女殿下を一目見ようと、気心の知れた友人たちと連れ合い、覗き見をすることになった。

学園では建前上〝平等〟の学生ではあるが、それもあくまで下級貴族同士、中級貴族同士の場合で、上級貴族とは大きな壁がある。この学園生活を逃せば、王城勤めにでもならないかぎり、もう二度と間近で王女殿下を見る機会なんてないだろう。

王女殿下は、正しく『お姫様』であった。ふわりと流れる金の髪。引き込まれそうな碧い瞳。その姿は美しくも愛らしく、噂では病弱とも聞いていたが、凛とした王族としての立ち振る舞いに、隠れ見ていた友人たちは呆けたように見蕩れていた。

だが、彼は……ロディ・セイレスは、美しい王女殿下ではなく、王女をエスコートする桃色髪の女生徒に目を奪われ、その名を思わず口から漏らした。

「……アリア？」


アリアと出会ったのは、ロディがまだ九歳だった五年近く前になる。

その頃、セイレス男爵領では『怪人』が噂となっており、姉のマリアが怪人の被害に悩まされて困っていたところに、ダンドール辺境伯から紹介されてやってきたメイドがアリアだった。

最初はメイド服も所作も田舎のメイドとは違いすぎて浮きまくり、それを生意気だと感じたロディが突っかかったりもしたが、簡単に一蹴されて、彼女の舎弟にさせられた。

とにかく、アリアの存在はあらゆる意味で衝撃的だった。

見た目は自分と同じくらいの歳の可愛いメイドだったので、ちょっかいを出したような感じだったのだが、その少女が怪人問題の解決に派遣されたなど誰が信じられるだろうか？

当時、父親にアリアのことを聞いたこともあったが、父は『俺は気付いたけど、お前、わかんないの～？』みたいなドヤ顔をするだけで、何も教えてはくれなかった。

ロディはアリアと共に怪人のことを調べ、戦う準備をして……実際はアリアに事情聴取されて、こき使われただけだったが、事件のことで鬱屈としていた生活に何か新しいことが起きそうな、心が躍ったことをよく覚えている。

だが、ある夜を境に怪人は出没しなくなり、アリアの姿も消えた。

男爵家の庭や街にも戦いの跡があったことから、アリアが怪人と戦ったことは分かっているが、アリアの行方は最後まで分からなかった。

それ以来、ロディにとってアリアは忘れられない思い出になった。

それが恋だとはロディにも分からない。もしかしたら、吊り橋効果的な感じで勘違いをしているだけかもしれないが、アリアは忘れられない女の子だった。

もう一度、壁に追い詰められて睨み付けられたいとか、思ったわけではない。

少し年上の少女に憧れるような、そんな少年の……

「あれ？　アリアって年下か⁉」

その事実が一番衝撃だった。


「……い、いや、まだあれがアリアだと決まったわけじゃない」

最初は年上だと思っていたから舎弟になったし、行方不明になった彼女が突然王女殿下の侍女っぽいことをしているとか意味が分からないし、元々可愛かったけど、とんでもないクール系美少女になっていたので、ロディも確信が持てなかったのだ。

そこでロディは父や姉が何かを知っているかも、と考え、小遣いから銀貨三枚を出して、家族に電報を打った。

正確には電報ではなく『遠信』と呼ばれる、遠話の下位の魔道具を使う伝達方法だが、商業ギルド経由の手紙では何週間かかるか分からないし、学園にある遠話の魔道具を使うとなると金貨が必要になるので、ロディには使えなかった。

その翌日、姉と父から遠信が返っていた。

姉のマリアからは、婚約者と逢い引きをして楽しかったとか、一緒に行ったお店の食事が美味しかったとか、色々と惚気話が書いてあり、それが随分と続いた後に、『アリアが見つかったのね、わたくしも会いたいわ』で終わっていた。

「会いたいわ、じゃないよ！」

おっとりとした姉らしい内容にロディは憤慨しながらも、姉はアリアが死んだとは微塵も考えていなかったことに気付いて、信じ切れなかった自分にちょっと落ち込んだ。

父からの遠信には、成人したばかりの十五の娘が、婚約者と早く結婚したいと浮かれていることへの愚痴が延々と書いてあり、最後に『彼女のことは気にするな』で終わっていた。

「気にするなって、なんだよ⁉」

もしかしたら父は、アリアが行方不明になった後、ダンドールやどこかと連絡を取っていたので何かを知っていたかもしれない。それが王女殿下と関わることなら、あのへたれな父のこの反応も頷ける。

仕方なくロディは自力で、王女殿下の侍女をしていた彼女のことを調べることにしたが、それはかなり困難なことだと気付くのにそう時間は掛からなかった。

「あまり情報がない……」

分かったことといえば、やはり彼女が王女殿下と同時に入学した今年度の新入生で、ロディより年下であったこと。

そして彼女が準男爵家の令嬢で、名前が『アリア』であること。

名前が同じであったことは大きな収穫だったが、それ以上のことが分からなかった。

どうして下級貴族の令嬢が王女殿下の侍女をしているのか？

どうして下級貴族の令嬢が怪人退治など請け負ったのか？

彼女は、自分が知っている『アリア』と本当に同じ人物なのか……？

なにしろ下級貴族家など王国内に何千とある。それでも王女の侍女に抜擢されるほどなら誰かしら知っているはずだが、ロディの交友関係の中で彼女を知っている者は皆無だった。

相手は下級貴族なのだから、中級貴族のロディが直接聞けばいいのだが、彼女と王女殿下の周りは謎の空白地帯となっており、王女殿下とお近づきになりたい中級貴族や上級貴族が牽制しあって睨みを利かせていたので、ロディは近づくことさえできなかったのだ。

「そんなことよりロディ。一年の女子を見に行こうぜ」

「今ならお近づきになれるかもよ」

ロディの友人たちは、そんな高嶺の花に懸想していないで身近な花に目を向けろという。

時期的には新入生の野外研修が謎の中止となり、その代わりとして夏期に行われるはずだった舞踏会が、一年生だけ前倒しで行われることになり、新入生たちが浮ついていた頃だった。

だが、前倒しになったことでまだ上手く踊れない新入生も多く、前倒しの舞踏会は新入生だけで行われるので、ロディたち二年生は関わることはできないが……。

「新入生の女子に、ダンスを教えるよ、って声を掛けるんだよ」

「なるほどっ！」

その考えに納得したのではない。ロディは下級貴族で新入生であるアリアもダンスに慣れていないと考え、それを切っ掛けに話しかけられるのではないかと思ったのだ。

だが——

「隙がない……」

結局は、王女殿下を取り巻く環境を突破できなければ、アリアに辿り着けないことに変わりはなかった。

アリア自身に隙がないことは確かだが、それ以上に男は近づきにくい〝空気〟になっている。

まさかロディも、下級貴族である側仕えを守るために、王女殿下が権力を使って男性を近づけなくしていたとは思いもよらないことだろう。

それでもロディは根気よくチャンスを待った。

この広すぎる魔術学園で、この浮ついた空気とダンスの練習という行動が読みやすい状況でなければ、本人を捜すことすら難しいからだ。

そしてその執念は思わぬ形で実ることになる。

「……ロディ？　何をしているの？」

ロディが接触できたのではない。彼は王女の周りをうろつく不審者として、人目の少ない場所でアリアに捕縛されていた。

「あ、アリア！　俺が知っているアリアでいいんだよな⁉」

初めて会ったときのように壁に追い詰められ、首を掴まれたままでロディはそう叫んだ。

アリアもすぐに思い出したのではなく、この壁にドンッと押しつけるこの構図を見て、ロディのことを連想したのかもしれない。

「当たり前でしょ。何を言っているの？　それと私の質問にも答えていない」

殺気で威圧をしたり、ナイフで脅さないだけ、アリアも昔なじみに気を使っているのだろう。

間近から覗き込むように睨む美少女のご尊顔に思わずロディは赤い顔を背け、アリアは視線を険しくする。

「怪しい」

「怪しくないっ！」

「それならどうして、エレーナ様を監視していたの？」

「ち、違う！　それはその……アリアに会いたくて……」

追及の厳しさにロディも思わずぶっちゃけた。幼いあの日から、アリアに逆らえないように心に刻み込まれていたのかもしれない。

ロディもアリアに話しかける際、色々と脳内シミュレーションを行っていた。

一緒にいた時間は少なかったし、それでも幼馴染みと呼んでもおかしくないし、お互いに成長もしたし、劇的とはいわずとも素敵な再会を演出できれば、燃えあがる何か的なものがあるのではないかと期待していた。

だが、再会はこんな感じになってしまったが、もしかしたら、下手に格好つけずぶっちゃけたことで、アリアも自分を意識してくれるのではないだろうか？

「うん。それならちょうどいい。背の合う相手がいなかったので、ダンスの練習に付き合って」

「え……」

だが、アリアはあっさり納得すると、特に顔色一つ変えることなく、ロディの襟首を掴んでそのまま練習場まで連行した。アリアにとっても気を使わなくていい相手は貴重だったのだ。

思いがけず、目的ではなく声を掛けるための〝手段〟を達成したことになるが、とりあえずロディは目的を達したのだった。


「アリアって、貴族だよな……」

ダンス練習はアリアが数時間で女性パートを覚えたことで、その日限りで終わってしまったが、接点ができたことに変わりはない。

アリアも準男爵家の令嬢……情報通の者から聞くと男爵家に陞爵する噂もあるらしく、彼女が中級貴族になることを見越しての側近候補なのではないかと言われていた。

そうなると同じ男爵。同じ中級貴族。これまで以上に気軽な付き合いができるのではないかと、軽く考えていたロディだったが、同じ家格であるのならなんの障害もないことに気づく。

「……い、いや。あくまで俺とアリアは友達だし？　あいつのことなんて、別に気にならないこともないんだけどさぁ……」

気が付けばロディは最後の小遣いを消費して、父に向けてレイトーン家令嬢の婚約事情はどうなっているのか遠信を送っていた。

気にならないのなら学生割引が利く普通の手紙でもよいのだが、なぜかロディはそんなことすら思いつかなかった。

じりじりと焦る気持ちで待ち続け、その二日後、ようやく父から遠信が届くがその中には、一言だけが記されていた。


『あきらめてね』


「なんじゃそりゃぁあ！」

少年ロディの苦悩の日々はまだ続く。

あとがき

初めましての方は初めまして。お久しぶりです。春の日びよりです。

ついに第二部となる第五巻が発売となりました。乙女ゲームの華『学園編』です！

まぁ、私の書く物語の学園編は、『え？　学園編？』とよく言われる感じなので、第二部の名称を本当に学園編でいいか最後まで悩んでいたのですが、予告のラフに学園編とあったので、そこで腹をくくりました。これは学園編であると！

それでも本書をすでに最後まで読み終えられた方は、こんな感想をお持ちになった方も多かったと思っております。

『え？　学園編？』……と。

四巻のあとがきにも書きましたが、学園生活の内容を増やします、と私がほざいたのは、そんな理由がありました。

ところが実際、書き始めて、ウェブ版では解説が多くて読みにくそうな箇所を修正し、読みやすいように内容の前後を入れ替えて、スムーズに物語が進行するようにした結果！　ストーリー進行が怒濤の展開となり、ほんわかした学園生活が……あれ？　邪魔っぽい。となり、結局省くことになりました……。

その代わり、短編のほうにそちらの内容を纏めたものと、書き下ろしでアリアを取り巻く学園物語を追加いたしましたので、そちらでどうかご勘弁ください。

乙女ゲームの本編に入り、偽ヒロインちゃんも堂々と暗躍しはじめました。

まぁ、暗躍していない人はいないのですけど、これまでアリアが生き残ることがメインのサバイバル殺伐バトル物語だったのが、これまで合間で見せてきたドロドロした部分が一気に出てきた感じになります。恋愛事情はぼちぼち……といった感じですが（笑）

暗躍になると、カルラが輝いています。もちろん、クララやエレーナもがっつり策を巡らしてサバイバル（生き残り）をすることになるでしょう。

こう書くと語弊があるかもしれませんが、第一部はアリアが強くなるための準備編でした。

第二部から組織や集団を相手にすることが多くなり、そこでアリアのこれまで鍛えた強さが発揮されることになります。

それじゃあ、スリル感は減ったの？　となりますが、ちゃんと強敵もいます。ただこれまでと違うのは、今までピンチとスリルだけのところに〝無双〟が入るところです。

これは好みもあるかと思いますが、私は少年マンガなどで、主人公が強敵を乗り越え、あれほど強くなったのに、いきなり弱くなったようにピンチになる展開が大嫌いでした。

なんだ、お前は？　成長しないのかよ、って気持ちです。そんなの私が嫌なのです。

これはアリアの成長の物語でもあります。アリアが戦士として成長し、少女として成長する様を温かく見守ってあげてください。

イラストもひたきゆう先生が綺麗に可愛く描いてくださりました。今回より第二部ということで絵柄も素敵に変えてくださっています。

コミカライズのほうもいよいよバトル展開に入り、わかさこばと先生の可愛らしい絵柄と相まって、殺伐したストーリーでもふとしたところで、ほっこりとさせてくれます。

それでは六巻でお目にかかりましょう。読んでくださる読者様と、置いてくださる書店様と、本書に関わったすべての方に感謝を！

第一種制服（一般生徒用）

王立魔術学園の制服は臙脂色を基調とし、それぞれ一般生徒用の第一種、上級貴族用の第二種、付き人用の第三種に分かれる。アリアは第一種と第三種の制服を持っているが、エレーナの側近として行動するときは第三種制服を身につける。

キャラクター設定集

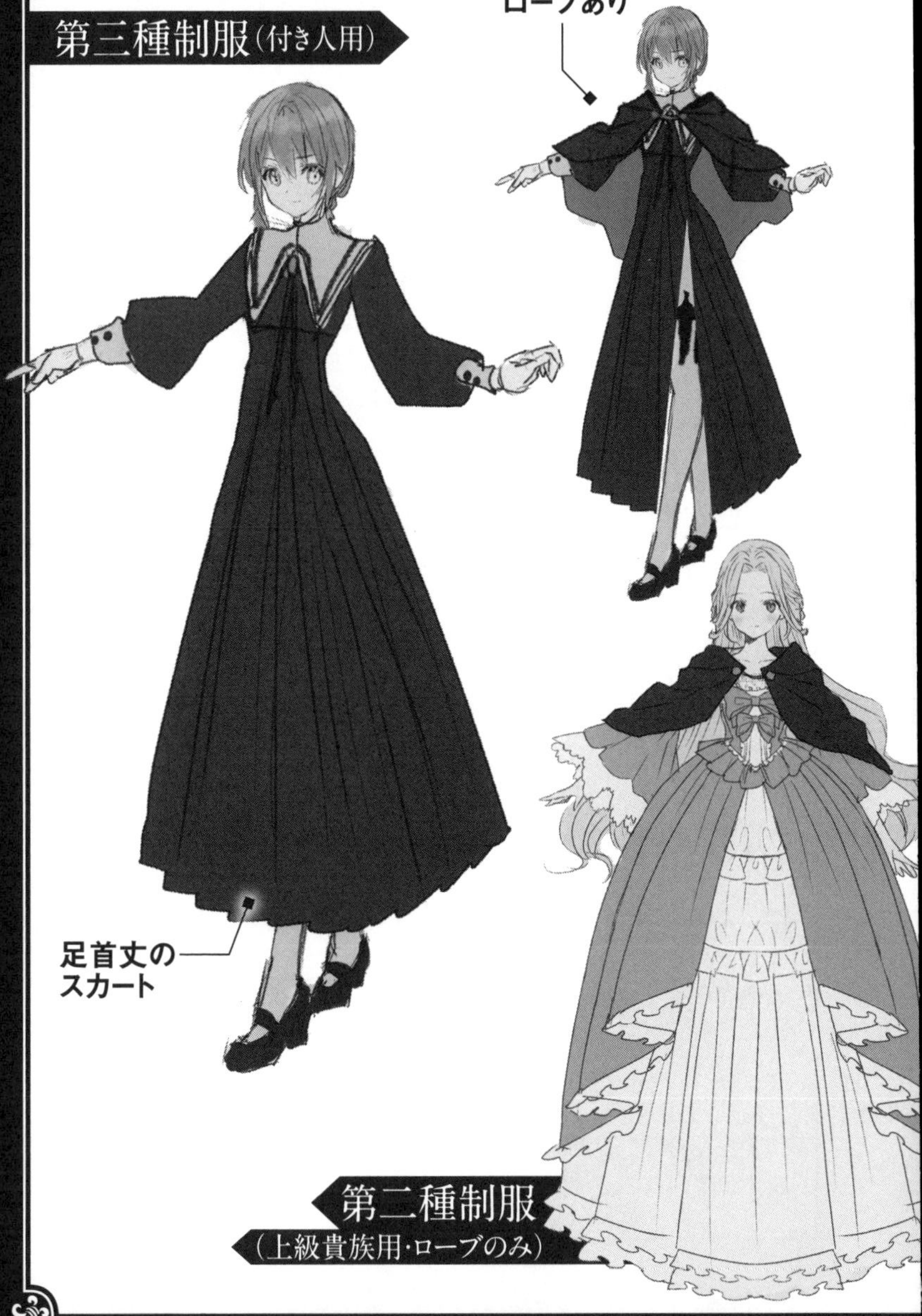
第三種制服（付き人用）
ローブあり
足首丈のスカート
第二種制服
（上級貴族用・ローブのみ）

本編内の貴族が持つ権力や役職を、現代に（大まかに）当て嵌めた設定。
※本編独自のもので、現実の貴族とは異なる部分があります。

【上級貴族】

領地を統治し、中級以下の貴族家を
寄子として取りまとめる貴族。

王家	旧家、財閥系。内閣と首相。 国軍総大将。
公爵	旧家。県知事。警察署長と裁判所。 大臣の役職を持つ国会議員を兼ねる。
辺境伯	侯爵と同等。この作品においてダンドール家とメルローズ家は、東京都知事や大阪府知事ほどの経済力と発言力を持つ。大臣の役職を持つ国会議員を兼ねる。
侯爵	政令指定都市や国際空港を有する県知事。 警察署長と裁判所。国会議員を兼ねる。
伯爵	県知事。警察署長と裁判官。 国会議員を兼ねる。

【中級貴族】

領地を統治し、下級貴族家を
寄子として取りまとめる貴族。

子爵	政令指定都市の市長。 警察署長と裁判官を兼ねる。
男爵	市長と警察署長、裁判官を兼ねる。

【下級貴族】

国家や貴族家に仕える文官や騎士。
国家に功績を認められた個人。

準男爵	町長と警察署長、市会議員や簡易裁判所を兼ねる。
名誉貴族 （一代貴族）	町の有名企業オーナー。 町会議員を兼ねる。
士爵 （騎士爵）	村長もしくは地主。 町会議員と交番を兼ねる。

コミカライズ第12話　試し読み

漫画 **わかさこばと**

原作 **春の日びより**

キャラクター原案 **ひたきゆう**

第12話
相手が単独犯か複数犯かはわからないけど
この穴の感じ……おそらく土魔術の使い手が誘拐犯にいる
トン
行き止まり
ドタン
バタタ.
ドタドタ‥

……【触診《フィール》】
ピク
!?
バッ

ぎゃっ⁉
ドドッ
ダヅーン
逃げた女と子どもはどこだ？

な……なんだよ
お前は……！
俺は何も……
ザクッ
ぎゃあっ
お俺は
金をもらって
見張ってただけだ
勘弁してくれっ！
そんなことは
聞いていない
早く答えろ
ザクッ
ぎゃあああっ!!
あの女は右――
いや左の方へ
行った！
その先に
馬車があるっ!!
他に仲間は？
嘘だったら
戻ってきて殺す
ぐりぐり
ほ 他にはいねぇ!!
町の外に行けば
仲間がいるって
言ってた!!
嘘じゃねぇ!!

わかった
こいつは生かしておけばセラの仲間たちがまた情報を聞き出すだろう
男は『左』と言い直していたけど——

かすかに荷物を抱え直したような足跡……
こっちか
タッ
アリア
この国には殿下たちを快《こころよ》く思わない派閥が存在します
もしも何かしらの手段を講じてきた時はあなたも殿下だけはお護りするように
おそらく誘拐犯の目的はエレーナを生きたまま連れ帰り政治的に利用することだ

それでもエレーナが殺されないという保障はない
足跡から見て筋力もあまり高くない点から斥候か盗賊系か——
きっと相手が戦闘系でなくてもホブゴブリン以上の強敵になる
なのにどうして私は危険を冒《おか》してまで追っている?
葉いっぱいいれる
栄養とれる
こんもり
クス
クス
代わります
……いつからだろう

エレーナといると
心が軽くなるように
なったのは
子どもらしく
いることを
許されず
いつも
『王女』として
大人のような
立ち振る舞いを
している彼女
ねぇ
アリア
あなたには
何が見えるの
かしら?

エレーナは
この
残酷な世界で
暗闇を孤独に
歩き続ける
私の――
たったひとりの
〝同類〟だ

仕事だから
じゃない
私は……
エレーナに
死んでほしくないだけだ
[redacted]
[redacted]
泣いてないで
続けなさい！
バシッ

王になるのはあいつの子じゃない！
あなたが王位を継ぐのよ!!
母に温もりを感じたことは一度もない
幼かった私はその温もりを求めて
母の望むまま必死に教育を受け続けた
さすがですエレーナ様

齢《よわい》4歳にして魔術属性を4つも会得なさるとは——
手に入れたのは『4つの属性』と『知性』
聞いた？王女殿下の噂
もう走り回ることもできないそうよ……
失ったのは『子どもらしさ』と
『丈夫な身体』
一般的には知られていなかったけれど
心臓の魔石は属性を増すごとに肥大化し
その身体を容赦なく蝕《むしば》んでいく
お可哀相に
大人になれたとしても子を成すのはもう難しいって——
たとえ普通に生きることができても
それは王位を得るには致命的であり

母の興味は私から急速に離れていった
エレーナ
──エレーナ　7歳
お兄様！
そんな私を支えてくれたのは腹違いの兄
エルヴァンだった
正妃が産んだ王太子
穏やかで人の痛みを感じることのできる優しい兄
私にはもう兄しか頼れる者はいないのだと
周りが困り果てるほどに私は兄に執着した

ように
見せかけた
私が
母の言いなりに
なったままでは
国はいつか王家派と
貴族派に分かれ
争うことになる
兄の〝優しさ〟は
2つに
引き裂かれた国を
纏《まと》めるほどの
〝強さ〟ではなかった
王位を継げない私を
反王家の象徴としたい
貴族派を
私の言葉だけで
退けることは難しい
だから王太子に
強く執着して見せ
『私は王家派である』と
示す必要があった
この事実を知る者は
限られている

もしも王太子が次代の王として『弱い』と判断された場合に備え
第2王子か王太子の子が成人するまでの間『国王代理』としての役割を果たすため
女王教育は今も秘密裏に続いている
……たとえ母を裏切ってでも
私にはこの国を守る責務がある

そう
覚悟してきたのに――

漫画配信サイト
CORONA EX
コロナEX
TObooks
TOブックスコミカライズ
連載最新話が
読める!
詳しくはこちら!
https://to-corona-ex.com/

灼熱の砂漠。強力な魔物。
死の大地へと飛ばされた
二人の運命は——?
ために——!
必ず、
二人で
帰りましょう。

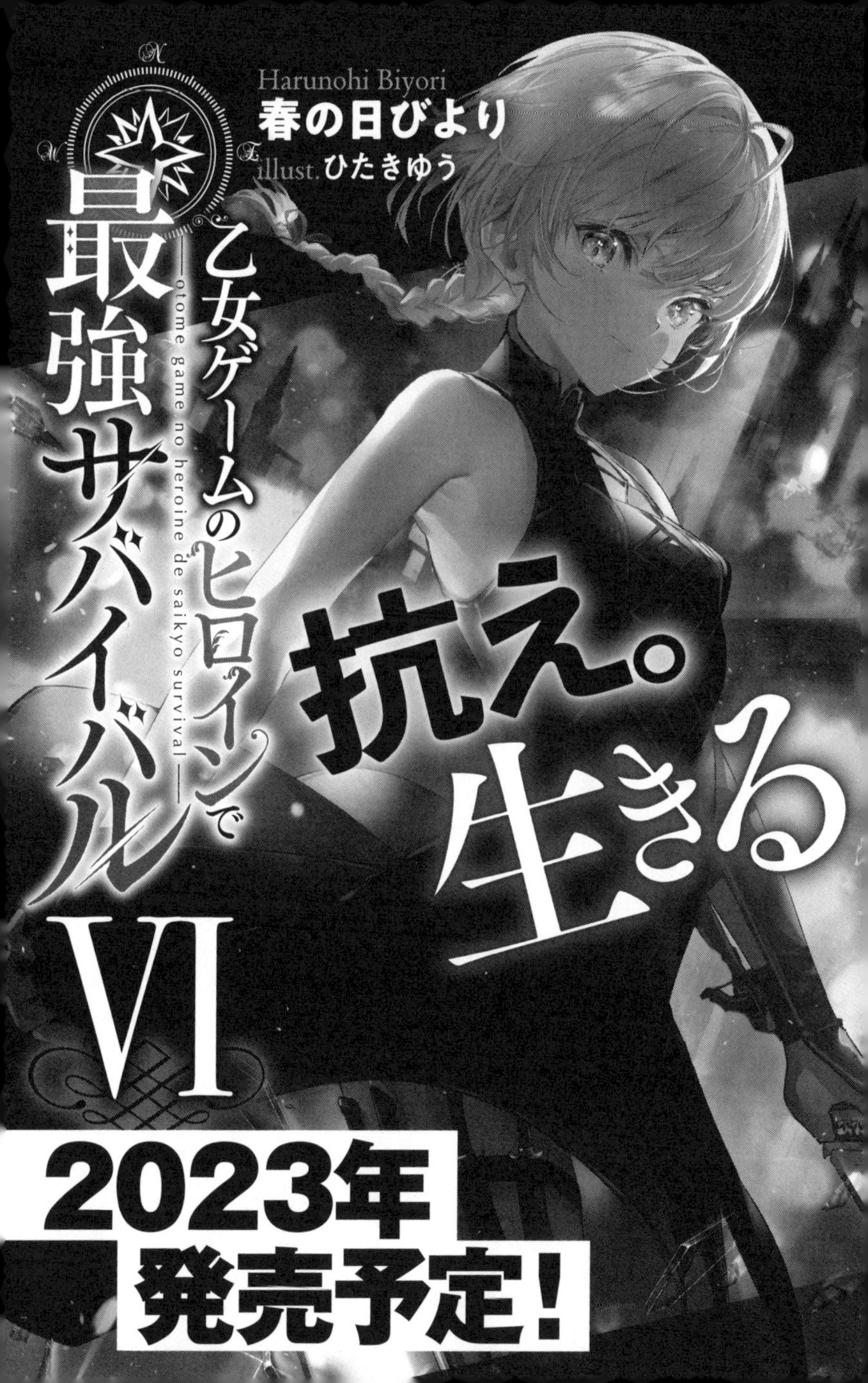
Harunohi Biyori
春の日びより
illust.ひたきゆう
乙女ゲームのヒロインで
最強サバイバル
—otome game no heroine de saikyo survival—
VI
抗え。
生きる
2023年
発売予定！

ティアムーン帝国物語
小説
第⑫巻
2023年
1月10日
発売!
ニメ化決定!
帝国物語
餅月 望——著
Gilse——イラスト
式HPへ!
TVアニメHP
原作HP

Comics
ティアムーン帝国物語
ティアムーン帝国物語
ティアムーン帝国物語
ティアムーン帝国物語
コミックス
第6巻
2023年春
発売予定!
漫画：杜乃ミズ
2023年TVア
ティアムーン
断頭台から始まる、
姫の転生逆転ストーリー
詳しくは公

年1月
コミックス
第9巻
2023年
1月14日
発売!
決定!
お楽しみに!
漫画：飯田せりこ
ミカライズ
おかしな転生のコミカライズ最新話がどこよりも早く読める!
富国強兵!!
お菓子で満ち溢れた国!!
想像がどんどん拡がっていく
やっぱり僕はこの為に生まれてきたんだ!!
世界で一つのお菓子の国を作るために!!
銀貨のみか…
分かってないな所詮は戦場上がりの田舎貴族か
これでは口止め料には足りんよ
僕の夢の邪魔する奴は必ず後悔させてやる!!
ORONA EX
コロナEX
0books
にてWEB連載中!
ttps://to-corona-ex.com/

「おかしな転生」次巻予告
2023
小説
第22巻
2023年
1月10日
同月
TVアニメ化
著：古流望
イラスト：珠梨やすゆき
予約受け付け中!
詳しくは公式HPへ!
シリーズ累計
（電子書籍含む）
95万部
突破!
AUDIO BOO
おかしな転生
オーディオブッ
第１巻
朗読：長谷川玲奈
絶賛発売中
古流 望
おかしな
転生
I

乙女ゲームのヒロインで最強サバイバルV

2023年1月1日　第1刷発行

著　者　春の日びより

発行者　本田武市

発行所　TOブックス
〒150-0002
東京都渋谷区渋谷三丁目1番1号　PMO渋谷Ⅱ　11階
TEL 0120-933-772(営業フリーダイヤル)
FAX 050-3156-0508

印刷・製本　中央精版印刷株式会社

ISBN978-4-86699-728-5

Printed in Japan